U0598563

在历史语境中审视

《新青年》同人反"传统"问题研究

何玲华◎著

中国社会科学出版社

图书在版编目(CIP)数据

在历史语境中审视:《新青年》同人反"传统"问题
研究/何玲华著.—北京:中国社会科学出版社,2009.9
　　ISBN 978-7-5004-8128-7

　　Ⅰ.在…　Ⅱ.何…　Ⅲ.期刊—研究—中国—
民国　Ⅳ.G239.296

中国版本图书馆 CIP 数据核字(2009)第 162947 号

责任编辑　史慕鸿
责任校对　王雪梅
封面设计　回归线视觉传达
技术编辑　李　建

出版发行　**中国社会科学出版社**
社　　址　北京鼓楼西大街甲 158 号　　　邮　编　100720
电　　话　010—84029450(邮购)
网　　址　http://www.csspw.cn
经　　销　新华书店
印　　刷　北京君升印刷有限公司　　装　订　广增装订厂
版　　次　2009 年 9 月第 1 版　　　　　印　次　2009 年 9 月第 1 次印刷
开　　本　880×1230　　1/32
印　　张　9　　　　　　　　　　　　　插　页　2
字　　数　218 千字
定　　价　26.00 元

凡购买中国社会科学出版社图书,如有质量问题请与本社发行部联系调换
版权所有　侵权必究

序

吴立昌

　　研究"五四"（包括新文化运动和学生爱国运动）的专著和论文，近些年来接踵而至，真有点"山阴道上"应接不暇。它们多以丰富的史料、清晰的梳理，力图全景式还原历史"现场"，于客观冷静叙述中显示各自对五四运动的态度。除了继续前一阶段反思、质疑五四"激进主义"，又增添了不少新的内容，诸如对梁漱溟当年提出的"学生事件赴法庭办理"、"学生去遵判服罪"的主张激赏有加，为复古派代表人物林琴南的竭力辩护，予以全盘肯定，乃至彻底否定五四先贤发动新文化运动的历史合理性和必然性，等等。不管这些观点怎样的见仁见智，对"五四"研究视域的拓展和反思视角的转换，都是值得欢迎的学术新景观。

　　本书是作者对其博士学位论文《〈新青年〉反"传统"问题研究》的增修。何玲华博士经过多年思索和准备，不仅补充了许多重要史料，而且新写了两章，更在不少关键之处深化了原有的论述。她虽能汲取各家之长，注重返回历史"现场"，十分关注相关群体及个人，但又不为时论所左右，而是立论集中，专题性强，以《新青年》以及《新潮》、《每周评论》等为重点，通过对众多五四先贤反"传统"言论文本精细的解读和缜密的理论剖析，从而得出与当下众说迥然不同的判断。这是本书的特点，也是其现实意义所在。

正如本书书名所强调的，"在历史语境中审视"《新青年》同人的反"传统"问题，因此作者颇策略地一开始就辟专章对"传统"和"语境"作详尽充分阐述，以夯实全书立论之基础。她一方面肯定中国的文化传统以儒学为主，但还有其它各"家"各"学"；一方面在毫不讳言五四先贤反"传统"确有不少过激之处、个别人还相当严重的同时，仍坚持他们反的主要是儒学中的"纲常名教"，而非其他。如果说因史实俱在，此点尚不难说清，那么讲透"语境"问题则较费力。因为时下论者往往仅从纯学理角度质疑、否定五四先贤的反"传统"，而有意无意忽视历史语境。本书特别强调"不可忽略"陈寅恪提出的"同情之了解"的主张，就是针对这一现象。记得七八年前作者撰写论文时，我恰好因工作之需对"了解之同情"一语做过一点诠释。此语出自陈氏《冯友兰〈中国哲学史〉上册审查报告》，"凡著中国哲学史者，其对于古人之学说，应具了解之同情，方可下笔。盖古人著书立说，皆有所为而发。故其所处之环境，所受之背景，非完全明了，则其学说不易评论"。可是今日依据之材料，仅为当时遗存最小之一部，所以陈氏提出，"必须备艺术家欣赏古代绘画雕刻之眼光及精神，然后古人立说之用意与对像，始可以真了解"。我们一般理解"艺术欣赏"，是要求欣赏者应具有丰富想象力，并对作为欣赏对象的艺术品注入强烈感情，甚至能与该艺术品的创制者同脉搏共呼吸，以达到二者融为一体的至高境界，才能把捉艺术之真谛。陈氏又说，"所谓真了解者，必神游冥想，与立说之古人，处于同一境界，而对于其持论所以不得不如是之苦心孤诣，表一种同情，始能批评其学说之是非得失，而无隔阂肤廓之论"。"处于同一境界"，就是研究者应该为古人设身处地去想，去言，去行，而不是离开古人当时之情境。"同情""艺术欣赏"云云，盖指此也。所以我们应该领会陈寅恪强调的虽含有艺术欣赏中的感情因素，但更指对历史的客观体认和评说。否则，他为何紧接着警告研究者，"此种同情之态度，最易流于穿凿傅会之恶习"，倘若"依其自身所遭际之时代，所居处之环境，所熏染之学，以推测解释古人之意志。由此之故，今日之谈中国古代哲学者，大抵即谈今日自身之哲学者也。所著之中国哲学史者，即其今日自身之哲学史者也。其言论愈有条理系统，则去古人学说真相愈远。"如将"古代哲学"换成"五四新文化"，不也击中当下学界之弊？我们不应在一味指责五四先贤"激进主义"时，忘却一个事实：陈独秀当年不是像今日学者教授这样关在书斋里撰写全面评价孔子学说的学术专著或教科书。

20世纪90年代学界曾有"传统文化"和"文化传统"乃不同概念之说。数年前过世的一位大学者认为前者是中国自古以来形形色色文化现象之总和，是丰富的、复杂的、变动不居的；后者则是前者的核心，其影响支配着中国人的行为、思想甚至灵魂，是稳定的、恒久单一的，一言以蔽之曰"专制主义"。显然这是他根据"纲常名教"、"君道臣节"等儒家思想支配中国两千多年的封建社会实际状况概括出的结论。所以纯学理研究，一旦离开特定的历史语境，是很难揭示研究对象本相的。研究五四反"传统"，亦复如是。本书第二章谈陈独秀时，已经指出一些论者以陈寅恪的"三纲六纪"说，"作为否认儒学曾以国家意识形态面貌出现的理论依据质疑陈独秀的反孔非儒，则不足为据"，第九章又通过阐释柏拉图"理念"，进一步揭示他们"将'三纲六纪'抽象为'和谐意识'，并比附于柏拉图'理念'"的做法存在三方面问题，论证也较有逻辑力量。虽然作者觉得怎样解读陈寅恪这段话，属另一语义层面，所以未作深究，但我还想在此略"究"几句，但愿不是赘语。

陈寅恪在《王观堂先生挽词并序》中的原话："吾中国文化之定义，具于白虎通三纲六纪之说，其意义为抽象理想最高之境，犹希腊柏拉图所谓 Idea 者。"我以为，以此为据质疑否定陈独秀的反"传统"，不仅置历史大"语境"于不顾，而且也无视陈氏此文小"语境"——语言环境。其实，"三纲六纪"只是陈氏对中国文化的精练概括，并未表明自己的态度，但指出怎样认识这"抽象理想"的一条正确路径，因此下文笔锋一转："夫纲纪本理想抽象之物，然不能不有所依托，以为具体表现之用；其所依托以表现者，实为有形之社会制度，而经济制度尤其重要者。"陈寅恪这样讲，不正是提醒人们研究传统文化不可离开其依存的历史语境吗？不是比纯学理抽象化谈论"天人合一""和谐意识"之类更合乎科学？

强调"语境"还启发我，不仅要重视五四反"传统"的历史语境，而且应关注 20 世纪 90 年代以来的现实语境，这样也许更有利于理解近一二十年"国学热"、尊孔读经、反思质疑乃至否定"五四"等为什么会扎堆而至这一文化现象。虽然经济持续发展，但是各种社会矛盾却有增无减。面对这一客观现实，要实现社会主义现代化，当前最最需要的是什么？当然是深化改革，尤其是政改必须迎头赶上。怎么赶？恐怕还非得请出五四先贤力推的"德先生"（民主）和"赛先生"（科学）不可。传统的精华必须汲取继承，也应当引以自豪，但继承和自豪的毕竟不能代替最需要的，而上述文化现象，至少表明当事者未认清什么才是当下最需要的，它的出现，主要因十年"文革"的"大革文化命",以及由此带来的道德滑坡,信仰缺失等,以为要靠复兴传统文化,提升道德,重树民族自信心;而"文革"的"横扫一切牛鬼蛇神",追根溯源则来自五四反"传统"的"激进主义",必须肃清其流毒。虽想治病救人,却未对症下药,更忘了一味"主药"。本书作者对一位1988年还为五四精神辩护的论者,没几年便"一变为积极的批评者"的观点大变很重视,因为他是大学者,有代表性;对他在批评陈独秀时的"非'心平气和'语"很不以为然,"仅用当下书斋中的'玄想',置评当年的是非,解构曾经的定见,焉是?焉非?"话虽说得含蓄,但倾向鲜明。如反思"文革"的巴金,早在20世纪80年代中就针对香港某作者关于"五四"的"害处"是"全面打倒历史传统、彻底否定中国文化"的说法,反驳道:"我的看法正相反,'五四'的缺点恰恰是既未'全面打倒',又未'彻底否定'……所以封建文化的残余现在到处皆是。"并认为那位作者说的"'文革'之所以做出这许多令人震惊的事情","正是从封建社会学来的,作为十年浩劫的受害者,我有深的体会"。他反复忏悔的就是迷信"神明",丧失独立思考,不敢讲真话。言外之意当然是呼唤民主自由,但他的建立"文革"博物馆的倡议,主管部门就是不理睬。不久前过世的著名学者任继愈坚持"儒教是教"的主张虽然仍存在争议,但他的"十年动乱期间的造神运动之所以得逞",其宗教根源就是"儒教的幽灵在游荡"的论断是难以驳倒的。

"文革"所有的荒诞,可以说都是在"造神运动"的大背景下出现的,这究竟应归咎于五四"激进主义",还是恰恰因完全抛弃"德""赛"二位先生所致?时代潮流毕竟没有停止向前的步伐。进入新世纪,"科学发展"已成国策,"民主是个好东西"更得到普遍认同，"保障人民的知情权、参与权、表达权、监督权"这一名言正在不断深入人心。一年多前我在一篇文章里曾将"德""赛"先生在中国九十多年的坎坷遭遇喻为："只听楼板响，不见人下楼"，难呵！当今虽然形势大好，但要将"国策"和"名言"真正落到实处，仍然障碍重重。"民主恐惧症"患者，"叶公好龙"现象，并不鲜见。近年来对现代文明的批评，似有昔日大批判架势，就是有力佐证；这与社会上祭孔、读经、拜祖，甚至运动会上也要弘扬传统文化的现象，倒也相映成趣；再加学界趋之若鹜的反思、质疑甚至否定五四，三者形成一股合力。

我一直在思索，这股合力，有无转移民众对"德""赛"先生视线之嫌。十余年前曾研究过《论语》的一位学者最近也表示，今后不再谈了，"因为讲孔子成了掩盖更重要更必须的东西的手段。中国现在最需要的还是五四推出来的两先生：德先生与赛先生。我高度评价孔子，但反对以尊孔的潮流来掩盖现代文明所要的科学与民主"。

做"德""赛"先生下楼的促进派，任重道远——愿与作者共勉。

2009 年 7 月 24 日

序于沪上四乐居

目　录

引　言

众所周知，《新青年》是五四时期陈独秀、胡适、李大钊、钱玄同、鲁迅等知识精英进行新文化启蒙与反传统思想活动的主要舞台。从旧道德到新道德、从旧学到新学、从专制迷信到民主科学、从旧文学和文言到新文学和白话，等等，《新青年》见证并记录了20世纪初期中国思想文化转型的重要时刻；因此，《新青年》也成为认识"五四"、研究"五四"的重要文本；当然，它也成为有关"反传统"问题讨论的重要原典。自进入新时期之后，有关"五四"反传统的再认识再评价问题，随着人们对于"文化大革命"反思的深入和文化保守主义思潮的再度凸起，而纷论不休。尤其是进入21世纪后，在种种因素的作用下，潜沉已久的"国学热"以极为罕见的自下而上的姿态，迅速升温并如火如荼四下蔓延，有关以"反传统"为特征的五四新文化运动再度凸显。对此，重返《新青年》现场，再现《新青年》风貌，历史而具体深入地考察与揭示《新青年》同人反传统的精神样貌与特质，其意义不言而喻。

一

《新青年》创刊于1915年9月15日，初名《青年杂志》，主撰陈独秀。因刊名与当时上海青年会的《上海青年杂志》相近似，招致纠葛，在发行人群益书社陈氏弟兄的再三劝说下，陈独秀始将《青年杂志》，第2卷第1号更名为《新青年》，该名称一直沿用至1922年7月1日终刊。兴许是因为诞生于风云际会的民国之初，《新青年》之"变"，继"刊名"之后，其编辑形式和著者队伍也在不断地"变化"。应蔡元培的邀请，陈独秀1916年抵北大长其文科，《新青年》1917年正式迁到北京，同年8月出至第3卷第6号，休刊四个月。其间，陈独秀一直为主撰。至1918年1月复刊，出第4卷第1号，开始实行编辑集议制，陈独秀、胡适、钱玄同、沈尹默、李大钊、鲁迅等参与编辑会议。1919年1月，改行轮流主编制，从第6卷起由陈独秀、钱玄同、高一涵、胡适、李大钊、沈尹默轮流编辑。1920年夏，陈独秀到上海筹建共产主义组织，杂志社也随之迁回上海。从同年9月初第8卷第1号起，《新青年》成为上海共产主义小组的机关刊物，仍由陈独秀编辑，1922年7月第9卷第6期休刊，共刊出9卷54号。

编辑方面如是，著者方面也颇相近。陈万雄在《五四新文化运动的源流》一书中，对此方面的情况有着较早的研究与揭示。即：（1）上海创刊时期：首卷主要撰稿人陈独秀之外，还有高一涵、易白沙、刘叔雅、高语罕、潘赞化、谢无量等，从著者相关情况来看，《青年杂志》最初是一份以陈独秀为首的皖籍知识分子的同人杂志，且相互间有共事革命的背景。第2卷著者除原有之外，新加入的撰稿者主要有李大钊、胡适、刘半农、杨昌济、马君武、苏曼殊、吴虞、陶履恭、光升、吴稚晖等，这些新加入的著者，除少数为皖籍人士外，大多为外省籍。也就是说，从第2卷起，《新青年》已突破了皖籍作者为主的局限，但"圈子"色彩仍浓，大都有留学东京或从事革命的背景，并大都曾是《甲寅》杂志、《中华新报》的编辑或作者。（2）北京时期：新加入的著者主要有章士钊、钱玄同、蔡元培、周作人、沈尹默、沈兼士、陈大齐、鲁迅、王星拱、恽代英、常乃德、毛泽东、傅斯年、罗家伦、俞平伯、林玉堂、俞颂华、欧阳予倩、朱希祖、陈衡哲、李剑农、李次九、任鸿隽、王光祈、周建人、陈启修、杜国庠、潘力山、张慰慈、张崧年、孙伏年、高君宇、戴季陶等。较之以往，这一时期加入《新青年》的著者情况，尤为值得注意的是，除鲁迅及个别人外，大都是北京大学的教员和学生以及全国各地较活跃的知识分子和学生青年。如此情况至少说明三方面问题：陈独秀进入北大之后，《新青年》迅即成为北大革新力量的言论阵地；反过来，《新青年》因北大教授的加盟，声势更盛。相对于倡导者而言，五四时期年轻一代的加入，不仅示意着《新青年》唤醒青年初衷的实现，也揭示了新文化倡导力量与新兴革新力量的结合，是新文化运动迅猛发展的原因所在；同时还揭示了《新青年》对全国革新力量的吸纳，之于新文化运动在全国范围鼓动与兴起的意义。（3）南迁返回上海时期：该时期的《新青年》已成为倡导唯物主义和社会主义运动的刊物，著者面目一新，主要有李季、李汉俊、扬明斋、周佛海、李达、沈玄庐、沈冰雁、陈望道、沈泽民、陈公博、成舍我、施存统等，皆为社会主义信仰者。鲁迅、周作人、胡适、陈衡哲、沈兼士、蔡元培、朱希祖、王星拱、周健人等也时有撰述。

随着新文化运动的深入进行，《新青年》著者队伍不断发展壮大并富于变化。但是，就其主导力量而言，其"同人"共性相通的一面令人瞩目。首先，他们与辛亥革命的革命知识分子同一时代，同处于民族危机深重的历史环境，有的甚至本来就是辛亥革命力量的一部分；并具有适逢其会历史仅见的教育背景，既经历过系统的传统训练，又吮吸了近代西方思想的滋养，新旧学问兼备，中外影响集于一身，对古今中西文化的碰撞皆更易产生敏感和心理冲突。其次，相对于孙中山、宋教仁、黄兴等革命家和政治家，他们有着更为浓重的知识分子和学者的性格特点，思想上更注重文化价值的取向。但同时他们大都仍是政治革命的积极参与者，与清末和民国间的政治有千丝万缕的联系。总之，他们集学者、革命者和教育者于一身，皆是中国第一代近代知识分子的代表。①

李泽厚曾在《二十世纪中国文艺一瞥》中指出："经由庚子之后大批留日学生的涌现，中国传统的士大夫知识层开始向近代行进和转化，不仅在思想上、认识上，而且也开始在感情上和心态上。""这批第一代中国近现代知识分子已经在政治上、思想上接受了西方的自由、民主和个人主义，但他们的心态并不是西方近现代的个体主义，而仍然是自屈原开始的中国传统的承续。"② 或者说，尽管心向"西学"，但他们忧国忧民的思想和情绪及其对伦理道德的强烈关注，与历史上所表彰的士大夫并无二致，只是相关的内容不同罢

---

① 陈万雄：《五四新文化的源流》，生活·读书·新知三联书店1997年版，第182—183页。

② 李泽厚：《中国现代思想史论》，东方出版社1987年版，第210—211页。

了。作为第一代"近代知识分子",他们始终被近代与传统、东方与西方纠缠于一身。如果不谙《新青年》同人"近代知识分子"的共性特征,在相关问题的解读过程中,难免不出现误读与困惑。

二

《新青年》的创刊,虽无冠冕堂皇的发刊词,而且因其涉及的思想流派与社会问题众多,实难一以概论。但是,刊于1915年9月15日首期的《敬告青年》和五四前后的《本志罪案之答辩书》与《本志宣言》等篇目,对《新青年》基本的精神有着较为充分的揭示,历来为论者所重视。《新青年》对传统文化态度,也尽显其中。

《敬告青年》①,因其率先揭示了《新青年》所蕴含的民主与科学的思想基质,素有不是发刊词之发刊词说。其精义在于,为"敏于自觉与奋斗之青年"所提出的"六义"主张,即:自主的而非奴隶的;进步的而非保守的;进取的而非退隐的;世界的而非锁国的;实利的而非虚文的;科学的而非想象的。具言之:它首先对传统文化重整体轻个体、重义务轻权利的家族本位所导致的国民之"奴性"加以批判。认为人生而平等,绝无奴隶他人的权利与自处奴隶地位的义务;传统的忠孝节义、轻刑薄赋、称功颂德、拜爵赐第、丰碑高墓,等等,皆为"听命他人"的"奴隶"之所幸,在倡人权平等、脱"奴隶羁绊"的时代,已"非血气所忍受"。其二,认为"世

---

① 陈独秀:《敬告青年》,《青年杂志》第1卷第1号,1915年9月15日。

界进化，骎骎未有已"，固步自封，无异于自摒于 20 世纪世界之外，自困于"奴隶牛马黑暗沟中"，主张与时俱进善变图存而"不惜国粹之消亡"。其三，认为"排万难而前行，乃人生之天职"，化民成俗亦需"百尺竿头，更进一步"，传统隐逸的思想正是东西民族强弱的渊薮，主张效欧俗"横厉无前"和孔墨进取有为。其四，认为当今万邦并立的世界，动辄相关，一国兴废存亡半在内政，半在国际，笃旧速亡善变因进，莫能违之，主张世界意识反对"锁国"陋见。其五，指斥儒家礼教文化崇尚虚文脱离生活导民于虚妄。主张效欧洲"举凡政治之所崇，教育之所期，文学技术之所风尚，万马奔驰，无不齐集于厚生利用之一途"。其六，斥主观想象张客观理性。认为传统思维模式偏于直观想象，有假定无实证，导致蒙昧浅化；科学则综合客观诉之理性，近代欧洲优越于他族，科学之功不在人权说下。显然，《敬告青年》对传统文化的指斥始终与民族存亡、时代进步紧密联系，且始终以欧洲近代文明为尺度。这一思想特征一直贯穿于《新青年》，并随着社会新旧矛盾和东西文化碰撞的加剧而日益深入与凸显。

刊于 1919 年 1 月 15 日《新青年》第 6 卷第 1 号的《本志罪案之答辩书》，对社会攻之以"破坏孔教、破坏礼法、破坏国粹、破坏贞节、破坏旧伦理（忠、孝、节）、破坏旧艺术（中国戏）、破坏旧宗教（鬼神）、破坏旧文学、破坏旧政治（特权人治）"之"罪状"，直认不讳；但坚称其"本来无罪"，"要拥护那德先生，便不得不反对孔教、礼法、贞节、旧伦理、旧政治；要拥护那赛先生，便不得不反对旧艺术、旧宗教；要拥护德先生又要拥护赛先生，便不得不反对国粹和旧文学"。"只有这两位先生可以救治中国政治上、道德上、学术上、思想上一切的黑暗。"为此，"一切的政府的压迫、社会的攻击笑骂，就是断头流血，都不推辞"。时正值"五四"运动爆发的前夜，因欧战反思因素的影响，新旧思想交锋尤为激烈，《新青年》反传统的态度尤为峻急。

《本志宣言》，刊于1919年12月1日出版的《新青年》第7卷第1号，即轰轰烈烈的五四运动落幕之后，藉着这一声势浩大的社会政治运动，《新青年》所倡导的新思想新文化，成为继戊戌与辛亥之后又一影响广泛深入持久的社会主潮，《新青年》本身也由此成为引领新青年发展与奋进的旗帜。在新形势下，《新青年》在反传统问题上，更多了一份稳健。该宣言一方面进一步表明："求社会进化，不得不打破'天经地义'、'自古如斯'成见"的决心；一方面又坦陈要："综合前代圣贤、当代先哲和我们自己所想的，创造政治上、道德上、经济上的新观念，树立新时代的精神，适应新社会的环境"；并强调指出："创造新时代、新社会生活进步所需要的文学、道德，便不得不抛弃因袭的文学、道德中不适用的部分"，"尊重自然科学破除迷信妄想"、"尊重女子的人格和权利"是"社会进化的必要条件"和"社会生活进步的实际需要"；称言为着"实验我们的主张，森严我们的壁垒，宁欢迎有意识、有信仰的反对，不欢迎无意识、无信仰的随声附和。但在反对方面没有充分说服我们以前，我们理当大胆宣传我们的主张，出于决断的态度。不取乡愿的、紊乱是非的、不着边际的、没有信仰的、没有主张的、超实际的、无结果的绝对怀疑主义"。虽然，此后不久《新青年》因社会形势的急剧变化，内部不同声音日增日大，以至走向分裂，但该"宣言"仍不失为《新青年》基本思想之总结。

显而易见，《新青年》对传统的指涉甚广，儒、释、道皆未能幸免，而且对居传统文化主干地位的儒家文化，抨击尤甚尤烈。必须指出的是，《新青年》责儒故多，但其所侧重的破坏孔教、破坏礼法、破坏旧伦理（忠、孝、节）、破坏国粹、破坏贞操，大都属于儒家文化的观念与制度层面，对儒家所谓的仁义、心性及其天人相谐等内容，则涉及甚少。或许是在新思潮的冲击下，儒家前一层面的弊端暴露尤多，而且又多为遗老遗少倡言固守之所故。然而，五四以降的新儒家及其追随者，常常无所顾忌，其设论的立足点往往在于《新青年》"光顾"不及处，故对话针锋不接的问题时有发生。虽然，"《新青年》杂志并非民元之后反孔思潮的始作俑者，远在这个杂志创办之前，随着清朝封建帝制的被推翻，民主共和体制的建立，这种反孔思潮，就已经以新旧思想斗争的形式出现"①；但是，基于特殊历史情境和传统思维模式的考虑，《新青年》同人对孔子及其儒家文化的抨击尤为剧烈与持久，其情势远甚于前人。对此，孙玉石在文章中指出："从1915年9月到1921年间，《新青年》杂志展开了批判孔子思想和孔教的强大攻势。以陈独秀、吴虞代表的此一反传统举动，被称为是对'儒学的歼灭战'，'这一对儒学的歼灭战乃不限于理学，包括今文经在内的所有儒学宗派'。与此同时，后来的《新青年》同仁们和其他爱国青年，也在其他的新文化刊物发表了一些反孔的言论，由此，酿成了一个反对孔子之道与孔教的文化批判思潮。"② 儒学在中国思想文化领域中的统治地位的基本终结，与之密切相

---

① 孙玉石：《五四新文化运动反孔思潮之评议——以〈新青年〉杂志为中心》，《中国文化研究》1999年第3期。

② 同上。

关。也许正因为这样，在后来的若干反思中，《新青年》同人不仅难获悉数谅解，而且还常常背负"非历史"的包袱，甚至被诟难终身，胡适"暴然"命绝，与此不无关系。

三

关于《新青年》反传统问题的讨论，几近持续了一个世纪，即由 20 世纪初叶而绵延至今。这期间随着世事风云的变幻和现代社会的演进，尤其是进入新时期以后，人们关注这一历史命题的热情有增无减，不但立论的立场、讨论的方法以及深入的层面日趋丰富与多样，而且相关的新见、独见也时有面世。

在众多的议论声中，两种截然不同的底调依旧泾渭分明：一种或是斥之为全盘否定传统造成民族精神断层，或是在"反思"中一味以"激进主义情绪"大加质疑；或是依据所谓学理，将传统儒学的纲常文化抽象为颠扑不破的"放之四海而皆准"的真理；或是拟借"阳儒阴法"说来消解反孔非儒的合法性；或是以儒学先后有别说来否定之。持如此观点者，海外及大陆思想界皆有。虽然，两者不可完全同日而语，但后者所作的反思深受前者的影响，有着明显的重学理轻历史的共同倾向，所作结论颇值商榷。另一种观点则认为，《新青年》的反儒非孔是其所推进的思想启蒙运动的一个重要内容，尽管在批判之中存有不足，因从历史条件的问题上考虑，其总体上应基本予以肯定，并认为"正是由于以批孔为中心五四运动的展开与胜利，才有现代意义的思想解放运动"，"如果否定了陈独秀等人的五四批孔斗争，也就从根本上否定了五四运动"①。如此论争在文学界也有所反映。即一种观点认为《新青年》的反传统，造成了文化传统的断裂，使新文学发展的路径日趋狭窄；一种观点则认为文化传统并不曾像臆想中那样断裂开来，而是恰恰深潜在作家的潜意识中并规约于具体的创作。

倾向不一的观点，不说它剑拔弩张也可谓分庭抗礼。如何走出抵牾的论争困境，夯实立论的力度，深化讨论的意义，直接关系着如何继承并超越"五四"；同时，对于"国学热"现实功能发掘，避免在纠偏过程中再一次的矫枉过正，大有裨益。

四

笔者以为，《新青年》创刊之际，中国仍处在"数千年未有之变局"②的社会震荡之中，经由鸦片战争、洋务运动、甲午海战、庚子事变、戊戌维新和辛亥革命，《新青年》同人对"变局"有着更为充分的认识，并深刻地意识到：无论被迫还

① 郝斌、欧阳哲生主编：《五四运动与二十世纪的中国》，社会科学文献出版社2001年版，第832页。

② 西方资本主义对中国的入侵并非单纯中世纪式的攻城略地，抢劫烧杀。他们打开中国的门户，主要目的是要按照资本主义的方式进行自由贸易，将中国纳入由西方主宰的世界市场，使之成为西方工业国家的商品倾销地和原料产地，进而成为直接占有和统治的殖民地。中国囿于中国范围的历史就要成为过去，传统的经济与政治格局将被改变。无论被迫还是自愿，中国开始进入世界范围的历史时代。从农牧对峙转向农工对峙，从内陆经济转向沿海经济，从大陆文明转向海洋文明，从封闭社会转向开放社会，是"数千年未有之变局"实质所在。传统格局的大转向，便是朝着这一方向徐行的。见甘霖著《变局——前11世纪以来自21世纪中国区域发展与社会变迁》，上海人民出版社1999年版，第203页。

是自愿，中国囿于中国的历史成为过去，中国社会开始进入世界范围的历史时代。与社会、经济、政治剧烈变革同步，中国固有文化也必将发生由旧向新、由古向今、由传统向近代的转换与转化。实际情形正是如此，自"变局"发生以来，仁人志士对于"传统"的追问与质疑从未停止；随着共和的建立，传统主义的崛起，新旧思想及其势力之间日趋紧张。《新青年》同人的反传统，便是"变局"以来，中华民族救亡图存社会变革运动情势发展的必然，是老大帝国被迫进入"世界"无以规避的"劫数"。当然，《新青年》同人反传统态度是激烈的，但"全盘性"的论断不合事实；对"激进"的鞭挞则有着无视具体之"实在"的倾向；"断裂"说，即使为反传统者主观所诉求，其实也难于遂愿。

笔者以为，《新青年》同人反传统问题的讼论不断，既正常难免，也极为必要。因为该"事件"的性质和其所构成的影响极其重大，而且该"问题"曾在相当长的历史阶段为政治意识形态所左右，并因此打上了许多"非历史"的痕迹，加诸文化保守主义思潮的再度兴起，以及"国学热"的愈演愈烈，等等，由此衍生出了许多亟待进一步析论的问题。需要进一步提出讨论的是，反思过往以及追忆传统，尤其是探问关乎中国文化现代转型的重大"事件"，我们不应放弃历史的立场和理性的思辨。故此，笔者认为把"问题"回置于历史语境之中加以审视尤为切要，即：该命题的讨论，须重视原典的研读和对与之相关历史因素的考察。基于此，本书主要有三个组成部分：有关"传统"的阐释以及《新青年》同人反传统的历史"语境"，为本书的开端部分；有关《新青年》同人反"传统"的历史情状的展示与阐释，为本书第二个组成部分；有关《新青年》同人反传统问题的当下若干思考，为本书的

第三组成部分。简言之，"总论—史实—思考"为本书的基本框架。

当然，讨论如此传统而又现实性很强的重要命题，无疑会遇到许多制约与困难。首先面临的问题便是认识的拓展与创新。人所皆知，该命题不仅涉域广阔而且经年日久，史海钩沉自不消说，问津者不计其数，加之纷陈缭乱不休的讼论，致使立论此中，不啻于跋涉"棘"中。如果非要掘"新"不可的话，则容择三特点以应对。（1）重视与立论切要"概念"的诠释与解读，以坚实立论基础，增强论证的逻辑力度。（2）通过对《新青年》同人反传统历史情状的具体解读，来揭示《新青年》反传统的基本特征。较之以往的类似立论，不仅仅是有关阐释点面的深入与扩展；更重要的是，藉此将《新青年》同人在反传统中的同声共气及其同中不同的历史状貌尽可能的整体还原出来，聊可弥补择二三人立论说道之缺憾。（3）本著立论有一定的历史纵深度，且注意追踪和吸纳相关学科领域的最新学术动态与研究成果。

说"新"是如此的穷心竭力，道"难"则应声而出。其一，一般论者讨论并不仅仅以《新青年》为限，而是常常涵盖"五四"以降的相关内容，若不加以注意很可能会出现左右相错的问题，故在阐释《新青年》同人反传统思想时，乃尽可能将其此后相关思想一并纳入考察，宁突破时空论域的边际，而不犯立论失当的错误。其二，新论旧讼多不胜数，不可一一穷尽，只能择要就近。其三，《新青年》同人，座座高山仰之弥高，古今中外渊源深厚，踟蹰时日仍不免挂一漏万。

第一章

关于"传统"与"语境"

一 所谓"传统"

传统，作为现代汉语的一般词条，其被释义为："传统是世代相传的，具有特点的社会因素，如文化、道德、思想、制度等。"① 或释为："传统是历史上流传下来的社会习惯势力，存在于制度、思想、文化、道德等各个领域。从范围分，有家庭、团体、民主、国家等区别，对人们社会行为有无形的控制作用。传统的历史发展继承性的表现，在有阶级的社会里，传统具有阶级性和民族性，某些积极的传统因素对社会发展起促进作用。"②

作为人文与社会学科领域的重要概念，它的释义则更为繁复。首先，人们对"传统"语义之源颇为深究。朱维铮曾阐释道："'统'的本义，是缲丝时从众多茧抽出的头绪所打的

---

① 《现代汉语词典》（修订本），商务印书馆1998年版，第194页。
② 《辞海》（缩写本），上海辞书出版社1990年版，第242页。

结，抓住它便可以顺利缫出一束丝。衍化开去，凡含义相似的概念都可称为'统'。所以，形容万有总束与一个根本，称一统，形容君主嫡系或总规律总宪章世代相承不绝，称王统、道统、法统，形容某一君主世系是'天命'的唯一寄托，便是正统，反之是闰统、伪统。"① 张立文则指出："传统"，汉刘熙《释名·释典艺》曰："传，传也，以传示后人也。"王先谦《释名疏证补》曰："汉儒最重师传"，犹前人传后人，代代相传。"统"，《汉书·贾山传》曰："自以为过尧舜统。"颜师古注引如淳云："统，继也。"故，传统，有世代相继之义。佛教有衣钵相传的"法统"，儒家有圣贤相传的"道统"，都与"传统"意义相类。② 显然，"传统"的古典含义，集中表现为"历代相传，至今不绝得某种根本性的东西"；这种根本性的东西，被有的社会学家，称之为社会所积累的经验，它的作用在于维持社会所公认的合宜的行为规范。

关于"传统"现代阐释，李振刚在《文化忧思录——中国文化的历史走向》一书中指出：西方解释学者伽达默尔在海德格尔的基础上，给"传统"的现代含义做出了深刻的释义：（1）"传统"永远处在"制作"之中。传统是流动于过去、现在、未来这整个时间性中的一个过程，有如海德格尔的"存在"，是一个流动的生成的过程，而不是一种一成不变的"在"者。（2）传统是主客体间的一种关系。"传统并不只是我们继承得来的一宗现成之物，而是我们自己把它生产出来的，因为我们理解着传统的进展，并且参与在传统的进展之

---

① 朱维铮：《壶里春秋》，上海文艺出版社2002年版，第2页。
② 张立文：《传统文化与现代文化》，中国人民大学出版社1987年版，第23页。

中，从而也就靠我们自己进一步规定了传统。"（3）传统只有创新，无法摆脱。不管人们愿意不愿意，传统都先于我们而存在，而且是我们不得不接受的东西。主体在与传统之间的理解、分析、互补关系中，体现了主动性。（4）传统与现在融为一体，并不只有否定的意义，莫如说它是一个中性词。在如此阐述中，伽达默尔也许过分夸大了传统的流动性和主体创造性的一面，忽略了传统的稳定性和滞后性因素，但他将"传统"演绎为一个自我否定、自我超越的变异系统，的确将传统最为隐匿的本质的一面揭示了出来。文化人类学研究也充分证明了这种揭示。因为它的研究结果表明，人类的心态、宗教、道德、思维、审美以至风俗，既是一个自我满足和自我完善的凝聚系统，又是一个自我扬弃、自我否定的变异系统，在传统的凝聚与变异中，传统的内部诸要素既互相整合，又相为分离，旧因子在继承中更新，新要素在批判中继承。由此造成传统的波浪式前进与螺旋式上升。①

　　我们对"传统"符号意义的如此关注，主要有两方面的理由。一方面，"所谓'传统'，本来来自后人的赋予，五四人并不怎么使用这一字眼"②，但"反传统"却成为解读"五四"的重要符号。从若干阐释来看，该"符号"的设置，早已为论界所接受；但是，另一方面，在讨论相关问题时，人们对这一"符号"意蕴把握又存在参差不一的落差。直白地说，因为对"传统"的形成、作用及其影响缺乏应有的考辨，故在"传统"认识问题上，容易陷入误区而导致误读与误判。

────────

　　①　见李振刚《文化忧思录——中国文化的历史走向》，河北大学出版社2000年版，第252—253页。

　　②　章清：《传统：由"知识资源"到"学术资源"——简析20世纪中国文化的失落及其成因》，《中国社会科学》2000年第4期。

借助上述相关论者的阐释，对于"传统"的解读我们可以这样强调：传统就其本质而言，它绝不是一堆僵死的"过去"或"定在"，而是一种历史文化的凝聚和流变。传统是作为文化主体的人创造的，同时它又塑造作为文化主体的人；没有一个时代，没有一个民族，不曾感受到传统的力量。传统的发展与承续是有意识与无意识的统一；不同类型的文化交流，是传统更新、发展的必要条件。将"传统"仅定位于"过去"，仅一味强调"传统"的稳定性、滞后性及其自给自足的一面，显然会陷于偏狭，由此而得出的结论自然有商榷的必要。

传统文化与文化传统，在当下常被当做同义术语，即使学术讨论中也常被交互使用，也常以"传统"直接称谓。

中国传统文化，主要是指1840年鸦片战争以前的中国古代文化。作为中国传统文化之核心的汉文化，又是以儒家文化为其核心或主干的。中国传统文化，从它的具体内容来看，是一个由历史沉淀起来的动态开放概念；是一个由多元素结合起来，由简单到复杂的系统结构。中国文化从其一开始就不是单一的，但是由承继商周文化的齐鲁文化演变而来的儒家文化，经战国时期的"儒墨显学"的对立和后来的"百家争鸣"，进一步完善与发展了自己。虽在秦受到"焚书坑儒"的打击，但很快又在两汉"独尊儒术"中崛起，而成为中国封建社会长期占据统治地位的思想文化。即使秦汉以降至明清时期，中国文化不断地改变着自己的形态，儒学本身也因吸取道家、法家文化的若干因素和外来文化的影响而与原生儒学相较发生了重大变化，但其所占据的统治或主导地位一直未变。虽然，魏晋一度盛行"玄学"，其实质是儒道结合的产物，唐时虽佛道一时鼎沸，经韩愈等人的努力，儒家的"道统"得以恢复和确认。宋时儒学统治地位得以恢复之外，还吸纳若干释、道文化的思想因子，名曰"理学"，但其仍为儒学所支配，是儒学更为完备之形态。

中国传统文化从其物质文化内容到其精神文化甚至制度文化、行为文化的内容，无不受到儒家文化的深刻影响。当然，这并不意味着儒家文化可以因此与传统文化等同起来，传统文化的外延远比儒家文化要宽泛得多，它是一个民族各种思想文化、观念形态的总体表征，而儒家文化则仅仅是民族思想文化形态中的一种而已。传统文化除儒家文化外，还有各种各样的文化形态，如道家文化、法家文化、墨家文化、名家文化、佛家文化，等等。这些内容不同，类型相异的思想文化与儒家思想文化相互激荡、吸收、融合，共同熔铸了中国的传统文化。因此，中国的"传统文化"是中华民族共有的、以儒家思想文化为基线的、涵括其他各种不同思想文化内容的有机的结构体系。

以儒家文化为主干的中国传统文化，孕育于半封闭的大陆性地域、农业经济格局、宗法制度与专制的社会组织结构之中，呈明显的伦理文化类型特质。对此，斯宾格勒曾把道德灵魂当做中国文化的基本象征符号；黑格尔则指出："中国纯粹建筑在这一道德的结合上，国家的特征便是客观的家庭孝敬。"① 因东亚大陆特殊地理环境提供的相对隔绝的状态，和其本身持久的先进性及其在多次"同化"以武力入主中原的北方游牧民族过程中，多方面的吸收新鲜的养料，而不断得以增添新的生命活力，中国传统文化故而表现出历久弥坚的生命力和凝聚力。但是，"隔绝的状态"一经打破，其曾经所固有

---

① ［德］黑格尔著，王造时译：《历史哲学》，生活·读书·新知三联书店1956年版，第65页。

的"同化"之力，显然遭遇到了前所未有的挑战。

不幸的是，这种"遭遇"于19世纪前半期不容抗辩地降临。对此，马克思和恩格斯在《共产党宣言》中曾有深刻的揭示："资产阶级，由于开拓了世界市场，使一切国家的生产和消费都成了世界性的了。……过去那种地方的和民族的自给自足和闭关自守状态，被各民族的各方面的互相往来和各方面的互相依赖所代替了。物质的生产是如此，精神生产也是如此。各民族的精神产品成了公共的财产。民族的片面性和局限性日益成为不可能。"① 在如此时代趋势之下，孔子和儒学因其特殊"身份"与"作用"，陷入困境在所难免；而惯"以道德性衡量问题"的思想特征与价值取向，更使其与"传统中国向何处去"的问题紧密关联，因而无以摆脱"风口浪尖"。近代与之相关事端的接踵而至，包括《新青年》同人的"反传统"，是不争的历史事实与明证。也就是说，对《新青年》同人"反传统"事件的深入考察，还必须对有关孔子和儒学的思想状貌，以及相关的重要命题有所体认。

儒学始于孔子，但儒学的思想并不全是孔子一人所创造的。

儒学作为一种完整理论体系出现以前，"儒"早已存在，当然学派之"儒"与早先之"儒"不能等量其观，两者有联系更有不同。据考证，"儒"字在甲骨文中，字形似以水冲洗沐浴濡身状，意为古代儒在祭祖事神，治理丧事，为人相礼等从事宗教活动时须经常斋戒，故为《礼记·儒行》称作："儒有澡身而浴德。"澡身即沐浴，浴德即斋戒。沐浴、斋戒则表

---

① 中共中央马克思、恩格斯、列宁、斯大林著作编译局译：《共产党宣言》，人民出版社1997年版，第31页。

示对上帝、鬼神的诚敬。许慎在《说文》中曾解释："儒，柔也，术士之称。从人，需声。"所谓术士，亦即古代宗教之教士。这些人专门为他人祭祖事神，办理丧事，担任司仪等。所以，在历史上"儒"本与"士"与"史"类似，与"巫"既有联系又有区别。巫事上帝，交通神鬼，而儒事祖先，交通人鬼。再后，儒逐渐从巫分化出来，成为一种专门的宗教职业。简言之，"儒"最初是以职业状出现的。

"儒"的内涵并非一成不变。在殷商时期，"儒"主要是为贵族举办祭祀礼仪的相礼；西周时期重教化，它则成了隶属司徒之官的教官，以"六艺"为教；到周天子衰微之后，官学解体，学术下移，原来主要从事祭祀事宜和"六艺"之教的"儒"地位下降而流散各地，传授"六艺"并以此为谋生之道。孔子是其时"儒"中的一员，但由于他勤奋好学，知识渊博，声名远播，在长期的教育活动中，培养了大批弟子，宣扬自己的学说，从而逐渐形成了在后世影响巨大儒家学派。关于"儒"与"儒家"的辨识，冯友兰先生的解说最为清楚："儒家与儒为两名，不是同一的意义。儒指以教书相礼等为职业的一种人，儒家指先秦诸子中之一派。儒为儒家所自出，儒家之人或亦仍操儒之业，但二者并不是一回事。"又说："后来在儒之中，有不止于教书相礼为事，而且欲以昔日之礼乐制度平天下，又有予昔日之礼乐制度以理论的根据者，此等人即后来之儒家。孔子不是儒之创立者，但乃是儒家之创立者。"[1]

孔子被尊为儒家宗师，在于孔子总结了尧、舜、禹、汤、文、武、周公以来贵族阶级的统治经验，并把它融入自己的理论之中，形成了个人系统完备的思想主张。或者说，他整理了

---

[1]　引自杨朝明《儒家文化面面观》，齐鲁书社 2000 年版，第 3 页。

古代优秀的遗产，深入研究了历史与现实提出的政治问题和文化问题，从而以仁和礼为核心，进行多方位的思考，建构起了儒学的理论体系，奠定了儒学的理论基础。孔子博大精深的思想皆为殷周思想观念的继承和发展，天（天、命）、礼、仁，是其思想的主要范畴；在理论形态上分别表现为超越的层面、社会的层面和心性的层面；三者相互联系，又有所区别。① 具言之：

所谓"天"，在孔子那里，已与周人的人格神意义的"天"有了很大的不同。它或表现为"自然性质的、具体感性的存在"，如《论语·阳货》："天何言哉，四时行焉，百物生焉，天何言哉。"或表现为某种超越社会、个人之上的，而又是人的社会生活内在因素的一种实在，有时又被称为"天命"或"命"的哲学范畴，如《论语·述而》："天生德于予，桓魋其如予何"；《论语·宪问》："道之将行也与，命也；道之将废也与，命也。公伯寮其如命何"；《论语·雍也》："敬鬼神而远之，可谓知矣"；《论语·为政》："五十而知天命。"显然，在孔子看来，"天命"虽不为人所驾驭及改变，但它确是可理性地认识和体悟的对象。如此认识的意义有两方面，它既使中国思想始终保持或潜存着对某种高远精神的追求，又抑制了由此而可能生成宗教的因子。

关于"礼"，孔子虽未明确的界论与解释，但从其大量相关议论来看，其主要是指国家的政治伦理制度和社会成员的行为规范。孔子的"礼"观念与西周以来的有关观念基本一致，但有更深程度地掘发。即针对春秋末年礼坏乐崩的态势，孔子

---

① 本节有关孔子思想体系的阐述，主要参考崔大华《儒学引论》，人民出版社2001年版，第23—39页。

深感"礼"的意义绝非单纯的"仪式",而在于玉帛钟鼓揖让周旋中,实现一种和谐的、等级的人际关系,失落如此内容的"礼",形同虚设,毫无意义。所以孔子曾发出:"礼云礼云,玉帛云乎哉?乐云乐云,钟鼓云乎哉?"(《论语·阳货》)的感叹;所以,孔子对潜越"礼"之行为深恶痛绝,正所谓"八佾舞于庭,是可忍也,孰不可忍也"(《论语·八佾》)。与此同时,孔子还认为,人的感情的真挚性是"礼"的根本,是"礼"的生命,如子曰:"为礼不敬,临丧不哀,吾何以观之哉!"(《论语·八佾》),在"礼"的践行中,孔子对道德自觉的倚重可见一斑。基于此,孔子特别重视对人性的美化与提高,"会事后素"说便由此派生。显然,在孔子那里,"礼"的内涵不仅丰富,而且还应是人所固有的某种感情和道德成长的要求,如此意义的"礼",才能对调谐和稳定伦理秩序充分发挥作用。不仅如此,"礼"的实施范围,也由西周的"礼不下庶人",到推而广之于"民"。孔子认为,"礼"不仅直接关系着是否能"惩之以已然",即"礼乐不兴,则刑罚不中"(《论语·子路》);而且更关系着"防之以未然",即:"道之以政,齐之以刑,民免而无耻;道之以德,齐之以礼,有耻且格。"(《论语·为政》)孔子甚至认为"不知礼,无以立也"(《论语·尧曰》),也就是说,孔子不仅视"礼"为道德之自觉,而且还把它视为全部社会生活的基础。孔子崇"礼"重"礼",但并不由"礼"任行,而是举"中庸"以辖制,即以"无偏无颇,遵王之义"以衡之。当然,孔子时期"中庸"之想实难履之,孔子曾叹言:"中庸之为德也,其至矣乎,民鲜久矣!"(《论语·雍也》)

孔子对"仁"的关注,虽继"礼"之后,但极其重视,视"仁"为"礼"之践行主体的内在要求,子曰:"人而不仁，如礼何？人而不仁，如乐何？"（《论语·八佾》）《论语》中论及"仁"者达一百多处。当然，"仁"之思想并非始出孔子，之于"仁"，孔子的功业在于使之获得更为丰富的内容，并因此成为传统思想的重要范畴。在孔子那里，"仁"已由西周以来的一种"殊德"，演变为统束道德规范的总德（道），成为最高的甚于生命的道德标准与精神追求，如："道二，仁与不仁而已矣"（《孟子·离娄上》）、"君子无终食之间违仁，造次必于是，颠沛必于是"（《论语·里仁》）、"志士仁人，无求生以害仁，有杀身以成仁"（《论语·卫灵公》）。"仁"的本质内涵，则被定义为"爱人"，即"爱亲"与"爱众"。所谓"爱亲"，即表现为对建立在血缘关系上的父母兄弟之爱，具象为"孝"与"悌"的亲亲之道德感情和道德行为。正所谓："君子务本，本立而道生，孝弟也者，其为仁之本与。"（《论语·学而》），"仁者人也，亲亲为大"（《中庸》）。孔子还主张将如此"亲亲血缘伦理"，推之社会生活，以践行并完成"杀身成仁"的社会理想。如：子曰"迩之事父，远之事君"（《论语·阳货》），子曰"出则事公卿，入则事父兄"（《论语·子罕》）。之所以如此，则在于家国同构的社会，"其为人也孝弟，而好犯上者，鲜矣"（《论语·学而》）。

所谓"爱众"，实际上是建立在群类关系上的道德观念，也是儒家道德规范中的功利原则的基础。基于对人类一种深切的同情和理性自觉，以及"老者安之，朋友信之，少者怀之"（《论语·公冶长》）的追求，孔子把对为民众谋功利也纳为"仁"的内容，故视斥儒的"子产"和效力新主的"管子"皆为仁者。总之，"仁"之"爱人"，在孔子那里有着十分具体的道德规定，一是"亲亲尊尊"的伦理原则，二是"博施济众"的功利原则。对于如此内涵的"仁"之践行方法，孔子首先强调的是"修己"。孔子认为"为仁由己，而由人乎哉"（《论语·颜渊》），"仁远乎哉，我欲仁，斯仁至矣"（《论语·述而》），故提出"君子求诸己，小人求诸人"（《卫灵公》）的主张。在强调道德自觉与修养的同时，孔子还主张"约之于礼"，这便有了"克己复礼为仁"之说，以及"非礼勿视，非礼勿听，非礼勿言，非礼勿动"的戒条传世。相对于"严于律己"的另一面，则是"宽于待人"，即以忠恕之道宽厚待人，即："夫仁者，己欲立而立人，己欲达而达人"（《论语·雍也》），以及"己所不欲，勿施于人"（《论语·颜渊》），等等。

孔子的思想，或者说原始儒学的基本内容大抵如此。后来的儒学发展，只是不断地丰富与更新，而从未破坏和逾越孔子有关天、礼、仁范围或领域。不同的是，孔子思想在先秦之际，不过为诸子之一，学术意味浓厚。然而，当汉高祖明白"马上得之"并不能"马上治之"的道理后，经陆贾作《新语》十二篇，讨论"行仁义，法先圣"的重要性，和后来董仲舒献策"罢黜百家，独尊儒术"，儒家思想才渐成为统治者统治天下的利器。当然，这一切皆因了儒学思想中的天道观、大一统观和纲常观念等，恰好与自然经济和血缘宗法制度背景下的专制政权相契合。儒学因获统治者的"青眼"而独语于"天下"，并渐由一种思想观念体系、意识形态体系转变为一种体现与代表中国文化特征的生活方式。孔子作为该源头重要开拓者，功高至伟，无以替代。

孔子之后的儒学发展则经过了若干阶段：（1）先秦儒学初步发展时期。由孔子门徒所促成，因其取舍不一，志趣各异，分化八派。据《韩非子·显学》载："自孔子之死也。有子张之儒，有子思之儒，有颜氏之儒，有孟氏之儒，有漆雕氏之儒，有仲良氏之儒，有孙氏之儒，有乐正氏之儒。"其中，以子思、孟子、荀子为代表的先秦后期儒学，将孔子创立的儒学由初步的理论框架过渡到相对完整的理论体系，标志着先秦儒学获得了初步的发展。（2）两汉儒学经学化神学化时期。汉初，统治者吸取秦"一任由法"而速亡的教训，提倡黄老思想，故一度出现儒法和儒道既相排斥又相融合的局面。自汉武帝出于建立大一统的需要而采纳董仲舒"罢黜百家，独尊儒术"建议之后，儒学经典成为两汉王朝全部思想与政治生活必须遵循的方针。儒学因此由一家之言上升为占统治地位的意识形态，进入经学化时代，并构建了一个以"三纲五常"为核心的完整的伦理道德体系，贯彻于社会生活与家庭生活的方方面面，使儒学的理论和实践层面均得以发展和巩固。因师承渊源不同，有关儒学经典的阐发和解释也呈现出从思想到风格皆不相同的今文经学与古文经学。为增强理论的吸引力，古、今文经学都与为当时统治者所崇信的谶纬之学相结合，儒学在经学化的同时并神学化。（3）魏晋南北朝至隋唐儒学统治地位的动摇及其与佛、道交融的时期。经学神学化后的儒学，因汉末政治危机已日趋没落，而汉末魏晋玄学的流行，使其愈发衰微；与此同时，佛、道二教势力大张，并与儒学相抗衡。儒学只是在保持先秦时期形成的传统品格和人文精神之状态下，在纷争中求生存、在融合中求发展。直至唐中后期，经韩愈等人竭力排佛扬儒，儒学才从数百年的低迷中开始复兴。（4）宋明儒学的理学化时期。宋明儒学继承吸收前人丰富的思想资料，形成了一个庞大的理学体系，集中反映了儒学的基本立场、观念、方法和风貌，从而成为传统儒学发展最为成熟的理论形态。宋明儒学的两大学派程朱与陆王，前者宣扬天理，后者推崇本心良知，都产生了广泛的社会影响。只不过，理学影响更甚，是自宋至清的几百年历史中的主流思潮，也是这一时期科举考试的主要依据内容。

明清之际儒学渐趋衰微，具体表现为以"崇实致用"为特征的早期启蒙思想，对宋明儒学的批判，和以考据为目的的乾嘉汉学的兴盛。即使清初统治者一度曾力倡宋明儒学，也难挽其颓势。

传统儒学虽然经历了不同历史发展时期，并呈现出相应的鲜明的时代特征，但无论其如何发展，皆未出离孔子所提出的"天命"、"礼"、"仁"这三个重要概念范畴。

作为社会伦理纲常的"礼"，仍主要表现为以伦理关系原则，规范人的行为举止。只不过将阴阳五行之说纳入其中，从而将"礼"进一步演化成为："体天地，法四时，则阴阳，顺人情"（《礼记·丧服四制》），"经国家，定社稷，序民人，利后嗣"（《左传》隐公十一年）之神圣状貌。儒学以人际的伦理关系原则或人的道德感情来融摄一切非人类的客观对象，消解其与人类的异己性、对立性；以及在其全部的伦理关系中，将君臣、父子、夫妇三伦置于特别凸显且具有决定性的地位，如此思想特质，相贯始终。然而，须强调指出的是，有关"三纲"说，已成为当下关注的重要命题。因为这一问题的是非曲直，直接关系着反传统与反"反传统"是否成立。尽管随着"郭店楚简"资料的整理面世，有关问题的面貌已得到进一步的澄清，但论争仍在持续，孔子思想的原创与"儒者三纲"的联系，则为其焦点。

作为个体心性道德修养的"仁"，是儒学深入个体人性、心性一层的显露，是儒学注重礼教而重视道德人性追溯的思想产物。儒学把道德感情、道德行为归结为性善论，对人道德之完成充满了信心，因此形成了"人皆可以尧舜"与"修身为本"的儒学又一重要思想特色。作为儒学的最高范畴"天命"，指的是在人与自然之外、之上某种非人力所能左右的客观必然性。

对此儒学有其独到的思想认识与理论把握，即视"天命"为一种可被理智体认的对象，认为经道德实践它可内化为人的道德本性本身，从而消解了"天命"的异己性。因此，也就有了孔子的"五十而知天命"，《中庸》的"天命之谓性，率性之谓道，修道之谓教"，孟子的"尽其心者，知其性也。知其性，则知天矣。存其心，养其性，所以事天也"（《孟子·尽心上》），理学的"在天为命，在义为理，在人为性，至于身为心，其一实也"（《程氏遗书》卷十八），等等。儒学这一理论内容，令其与以创世的人格神信仰为特征的宗教文化有了明显的区隔。

有关这两个层面的内容，当下的讨论也十分的热闹。或是将"仁之爱人"与近世自由、平等之"博爱"混为一谈，举"仁爱"为普世之美德；或是无视孔子有关"性命"之思考，一味谴责宋儒篡儒害儒伪儒。其实这些责词，并不新鲜，早在五四之际便有类似的设论与思想交锋。现在再看，前论疏漏仍然存在；后论则难经"郭店楚简"相勘。有关此"简"的价值，李学勤先生曾阐释道："这些儒书与子思有或多或少的关联，可以说代表了由子思到孟子之间儒学发展的链环。子思相传受学于曾子，又是孔子嫡孙，他的作品不少处是申诉孔子的言论……这些儒书的发现，不仅证实了《中庸》出于子思，而且可以推论《大学》确可能与曾子有关。《大学》中提出的许多范畴，如修身、慎独、新民，等等，在竹简里都有反复的论述引申。《大学》有经有传的结构，与《五行》经传非常相像。由此可知，宋以来学者推崇《大学》、《中庸》，认为《学》《庸》体现了孔子的思想，不是没有根据的。"[1] 海外新

---

[1] 李学勤：《先秦儒家著作的大发现》，《郭店楚简研究》（《中国哲学》第二十辑），辽宁教育出版社2000年版，第16页。

儒杜维明更是喜难自禁："最使我感到惊讶的是在《性自命出》篇中，直接讨论身心性命之学的字汇如此之多，意蕴如此之深而内涵又如此丰富，真是美不胜收。"①

儒学就是这样一个以伦理道德观念为核心，具有心性的、社会的、超越的三个理论层面的比较周延的思想体系。但是，在中国的历史上，儒学并不是以一个单纯的伦理道德思想体系的学术面貌出现和显示功能的，以其提出的君臣、父子、夫妇、长幼、朋友五伦之序的伦理思想和忠孝信义等道德规范，充分满足了以家庭为单位的农业社会和君主专制的社会生活的需要，故在获得社会普遍认同的同时，也为专制的国家政权所看中，并被选用来作为协调社会人际关系，稳定社会秩序的理论工具，从而充当了封建专制政权的意识形态。因此，儒学的社会功能得以最大限度的发挥；不仅仅体现为其固有的道德层面，而且还深入到法律与宗教领域。中华法系所表现出来的法律的儒家伦理化特征，和"儒学"亦称"儒教"，这一基本史实就是最切要的历史佐证。可以说，传统文化系统的方方面面皆为儒学辐射并渗透，它对中国传统的哲学、文学、艺术、科学技术、经济、法律、政治、伦理、史学以及社会"心理结构"、"价值观念"、"思维方式"、"礼仪习俗"、宗教信仰等，均产生了极其重大而深刻的影响。

但是，当社会进入到无以"隔绝"的近代文明时期，曾以旧有政治意识形态面貌出现的儒学，随着"老大帝国"日趋衰落，自然难保一贯数千年的至尊地位。在"睁眼看世界"的新潮涤荡之下，其固有的缺憾与疏漏，在异质文明的比照

---

① 杜维明：《郭店楚简与先秦儒道思想的新定位》，《郭店楚简研究》（《中国哲学》第二十辑），第6页。

下，日显日大。作为一种文化传统，它虽因不合时宜而显出"颓唐"，但它早已融化为民族的集体无意识，而时时作用并影响着它的族群。这已足令"先觉者"忧心如焚。然而，当有人还要竭力继续鼓动和张扬这种"集体无意识"的时候，激烈的交锋在所难免。《新青年》同人的反传统，便是这种思想交锋的历史反映，《新青年》同人对"儒者三纲"激烈抨击也源自于此。

中国传统文化无不打上儒学的深刻烙印，传统文学显然也深受浸染，这也是《新青年》选择"文学革命"为思想革命突破口的原因及意义。

儒学对传统文学的影响，主要表现：（1）在儒学关注现实的理性精神浸染之下，与西方文学相比，传统文学具有特别鲜明的人文色彩。无论是上古神话，还是后世的抒情文学抑或叙事文学，都体现着人类自身的力量，都始终关注着尘世中的悲欢离合，即使是神话中的形象，也基本不以人类异己力量的性质出现，而更多地表现为人类自身力量的凝聚与升华。（2）在儒家诗教传统的影响下，"文以载道"的教化传统，成为传统文学的重要特征。这一方面的影响直接源自于孔子，子曰："小子何莫学夫诗？诗，可以兴，可以观，可以群，可以怨。迩之事父，远之事君。"（《论语·阳货》）正因为诗文具有如此的伦理功能，所以孔子特别强调"思无邪"、"归于正"（《论语·为政》）。这种视诗文为教化手段的文学观，经唐宋古文家之手，又以"文以载道"或"文以贯道"行世，并成为传统文学的基本精神。因其"道"，以今人的眼光看，良莠杂陈，特别是贮满了纲常名教的思想，随"文"刊布于世，流毒深广，所以为《新青年》同人所不满所抨击。实际上，"文以载道"的负面影响，还应包括它使文学在一定程度上沦为政治的附庸，从而削弱了其主体意识和个性自由。这也是如今论者所关注的一个命题。当然，"文以载道"所蕴含着的积极进取的"入世"精神，似乎不应一概抹煞。（3）儒家倡导的"中庸"精神，对传统文学的影响也极其严重。从孔子盛赞《诗经》的："乐而不淫，哀而不伤"（《论语·八佾》），到《礼记·经解》的："温柔敦厚"的"诗教"说，皆旨在强调行文之中的感情宣泄的节制性。由此而形成"怨而不怒"、"婉而多讽"的"中和"之美。这也是传统诗文从未有过西方"酒神"式的迷狂，以及总是热衷于"大团圆"结局的原因所在。如此特征，虽富于含蓄隽永的艺术表现力；但就批判现实而言，则不免迂回、懦弱与麻木，所以也因此遭到主张"真悲剧精神"的《新青年》同人的猛烈抨击。

尽管五四时期，反传统儒学成为一股颇具影响力的思潮，但尊孔读经的声音也从未消停。新中国成立后，虽然大陆不断掀起一阵阵反孔批孔思潮，大陆之外儒学势力却在潜滋暗长，传播发展。影响日趋深广的当代新儒家，主张在坚持儒家道德精神的前提下，促成科学发展和实现民主建国。当代新儒学，重新阐发儒家的内圣之学，确立儒家的伦理精神象征，使儒家的道统得以延续和发扬光大。现代新儒学认为，宋明儒学有"内圣强而外王弱"的缺陷，并对外王理论也有诚心的讨论，但无实质的突破，其主要建树在于对儒学内圣之学的阐发。但并不等同于宋明理学的现代翻版，用冯友兰的话说，现代新儒家对宋明理学是"接着讲"，而非"照着说"①。经当代新儒家的努力，其思想影响范围已由最初 20 世纪 70 年代的中国港台地区，而扩展到 80 年代以后的大陆以及海外，业已成为具

---

① 《冯友兰谈哲学》，当代世界出版社 2006 年版，第 3 页。

有国际影响的文化学派，时至今日仍方兴未艾。

在物质文明高度发达的今天，人们在充分享受飞速发展的科技文明的同时，也饱尝了因人文精神的缺失而导致的种种现代社会病的痛楚，儒学因此重新成为世界关注的思想资源，孔子也因此被列为世界历史上十大思想家之一。更具意味的是，1988年1月全世界诺贝尔奖金获得者的巴黎会议宣言："如果人类要在二十一世纪生存下去，必须回头二千五百年，去吸取孔子的智慧。"① 也许正因为如此，人们在思考未来反省过往，特别是在检省与"五四"密切相关的《新青年》的时候，总不免沉重与躁动。历史唯物主义告诉我们，任何事物的发生发展，都摆脱不了否定与被否定的螺旋式的生长规律。儒学的再"热"，显然不意味着其思想生命全部复苏之可能；当然，它至少反映了儒学所蕴含的内容具有一定的历时性，对人类社会的发展具有一定的指示性。既然历史已经昭示出儒学深厚的思想底蕴，那么，除了应对《新青年》所抨击的传统儒学的发展脉络有所把握之外，对其思想要义及其影响做进一步的体认，也是十分必要的。

二　所谓"语境"

语境，是语言环境或言语环境的简称，有广义狭义之分，即：作品内部的上下文或说话的前言后语为狭义语境；广义语境则指作品外的社会环境等方面的因素。语境，是语言赖以生存、运用和发展的环境，它制约着语言，决定着语言的命运。

---

① 杨明：《现代儒学重构研究》，南京大学出版社2000年版，第248页。

因此，它是社会语言学、语用学、语义学和修辞学等学科中的重要概念，是语言学研究的重要范畴。

语境之所以成为文学批评中经常使用的术语，是因为它涉及词语乃至文本的意义理解问题。福勒说："词语的意义取决于对它的语境的理解"，因为"懂得每一个词的意思并不能使你理解'英国至少有一个值得称赞的主教'这句话"，"词语的语境含义包括狭义的语言（语音的或形态的）范畴，也包括广义的哲学范畴，一方面，文学批评的任务可一部分地看做是把词、短语、句子和作品的其他部分与其语言的语境联系起来的需要；另一方面，更广泛的文学批评就把文学作品本身和与之相关的心理的、社会的和历史的语境联系起来"①。

"语境"之于本书的意义，则在于为我们对"词乃至文本意义的理解"提示或提供一种理性的分析路径。对于解读对中国新文化新文学发生过重大影响的《新青年》同人反传统的言行举止，不切入具体的相关的历史语境，而要获得较为确实的体认，几乎是不可能的。但是，时下若干的反思与诘词，就存在着只据"学理"，不讲"语境"的问题；因此，这不仅使有关论者的立论失之于疏漏，更有甚者或陷入昨是今非的矛盾境地，或沉湎于"抽象"不拔之中。所以，在这里郑重提出"语境"问题。

《新青年》同人反传统的相关重要背景性因素，无疑皆可视之为语境要素；而这些相关要素，在其创刊之初的《〈青年杂志〉社告》中，得以充分揭示。其文如下：

---

① 王先霈、王又平：《文学批评术语辞典》，上海文艺出版社1999年版，第278页。

（一）国势陵夷，道衰学弊。后来责任，端在青年。本志之作，盖欲与青年诸君商榷将来所以修身治国之道。

（二）今后时会，一举一措，皆有关世界关系。我国青年，虽处蛰伏研求之时，然不可不放眼以观世界。本志于各国事情学术思想精心灌输，可备攻错。

（三）本志以平易之文，说高尚之理。凡学术事情足以发扬青年志趣者，竭力阐述冀青年诸君于研习科学之余得精神上之援助。

（四）本志执笔诸君，皆一时名彦，然不拘限社外撰述，尤极欢迎。海内鸿硕倘有佳作见惠，无任期祷。

（五）本志特开辟通信一门，以为质析疑难发舒意见之用。凡青年诸君对于物情学理，有所怀疑，或有所阐发，皆可直缄惠示。本志当尽其所知，用以奉答，庶可启发心思，增益神志。

所谓"国势陵夷，道衰学弊"，所谓"后来责任，端在青年"，所谓"商榷将来所以修身治国之道"，所谓"放眼以观世界，各国学术思想"，所谓"启发心思，增益神志"等辞章，皆表明了《青年杂志》创刊之背景、内容及目的，应该说是其语境的高度概括。循此考察，不难发现，"数千年未有之变局"所导致传统社会的瓦解与巨变，是《新青年》思想活动的重要语境内容，并集中体现在以下几方面：

其一，从政治到经济，中国一切命脉为列强所控制，人们承受着物质生活与价值观念发生逆转的多重煎熬。

19世纪的中国，在经历了两次鸦片战争和甲午战争之后，在世界上彻底显露了没落衰朽的大国原形。中日《马关条约》签订后不到两年，西方列强又掀起了瓜分中国的狂潮。"百日维新"的流产，义和团运动的失败，老大中华帝国更是衰象日盛。鉴于广大中国人民群众反对外来侵略的巨大压力和缓和列强之间在中国争夺势力范围而日趋激化的矛盾，西方列强开始奉行"保全主义"，继续利用清王朝来"以华制华"，对中国加以控制。

由于主权丧尽，中国的经济命脉也几乎为列强所掌握。外来资本侵入，传统自然经济几近破产。郑观应在《盛世危言》中道："洋布洋纱……华民皆采购用，而中国之织奴机女束手坐困者，奚啻千百万人。"朱祖荣《劝种洋棉说》："无论通都大邑，僻壤遐陬，衣大布者不过十之二三，衣洋布者已十之八九……窃恐后数十年，中国大布竟无所泄，而民生益蹙，国计益绌，后患何堪设想。"外来商品成直线上升势态的涌入，严重地冲决和分解着传统的耕织结合的经济结构，"华人生机，皆为所夺"。因此民生矛盾普遍与尖锐。用研究者的话来说："不仅中国的工农劳苦大众生活在水深火热之中，就是工商业者和从事文化、教育、新闻等事业的读书人，也感到生计日蹙，难抑卒年。"①

在西方势力的冲击下，无论个人意愿如何，因物质生活和价值观念的激变，人们都将经受着经济与精神的双重煎熬。曾被龚自珍称为"至不急之物""悦上都少年"的西方商品②，在战后中国社会几乎"家皆有之，遍及穷乡僻壤"。传统的生活信条和价值观念，被世变日亟的商品经济浪潮所侵蚀并冲刷。"贵义贱利"、"君子喻于义，小人喻于利"的传统社会心

---

① 见罗福惠《辛亥时期的精英文化研究》，华中师范大学出版社 2001 年版，第 2 页。

② 见王先明《近代绅士——一个封建阶层的历史命运》，天津人民出版社 1997 年版，第 143 页。

理发生改变，对"利"的追逐已被视为应然。薛福成在《用机器殖财养民说》中道："凡人用物，蕲其质良价廉，此情之所必趋，势之所必至，非峻法严刑之所能禁也，非令名美誉之所能劝也，非善政温辞之所能导也。"① 在近代社会生活的竞争时代，人们的精神追求和价值观念发生了惊人的变化，"近者里党之间，宾朋之际，街谈巷议，无非权子母，微贵贱者矣"②。"贵义贱利"不再是什么"君子"崇尚的美德，反而是愚顽的心理痼疾。"喻于义"的君子难逃现实"利"的冲击："执鞭之士，富不可求。当今之世，笔舌已无能为战，能战惟商。"③ "简朴"、"淳厚"、"尚义"、"贱利"的社会风俗一改为："同光以来，人心好利益甚，有在官而兼营商者，有罢官而改营商业者"，"晚近士大夫重利轻义，骨肉亲戚之间一粟一帛较算必清"④。

对于中国的危殆处境，有识之士大声疾呼："今日之世界，非竞争风潮最激烈之世界哉？今日之中国，非世界竞争风潮最激烈之漩涡哉？俄虎、英豹、德法貔、美狼、日豺，眈眈逐逐，露爪张牙，环伺于四千余年病狮之旁。割要地，租军港，以扼其咽喉；开矿山，筑铁路，以断其筋络；借债索款，推广工商，以朘其膏血；开放门户，划势力圈，搏肥而食，无所顾忌。官吏黜陟，听其指使，政府机关，使司转掾。呜呼！望中国之前途，如风前烛、水中泡耳，几何不随十九世纪之影以俱逝也。"⑤ 对清王朝"感恩戴德"的"保全主义"，爱国

---

① 见王先明《近代绅士——一个封建阶层的历史命运》，第143页。
② 同上书，第144页。
③ 同上。
④ 同上。
⑤ 见罗福惠《辛亥时期的精英文化研究》，第3页。

之士一针见血地指出：“盖以中国危弱之原，实政府腐败之故，而非一般人民全不足有为也。使一旦而分割土地，则动魄惊心之警报，必突然刺激于四百兆人之脑中，而增其万感如潮之忿怒，揭竿斩木，共赋同仇，以致死于强敌，亦未可料之事。”“则何如借傀儡政府为彼任管理镇压之责，而彼坐得利权之为快乎？”“无形之瓜分，更惨于有形之瓜分，而外人遂亡我四万万同胞于此保全领土、门户开放政策之下”，“则二十世纪之中国，将长为数重之奴隶矣”①。

其二，从“经世致用”到“开眼看世界”，儒家独尊文化一统格局，在系列的社会变革之中，受到严重冲击。

其实早在乾嘉之际，清王朝已经走上衰败的道路，社会危机四伏，矛盾重重，思想领域万马齐喑，毫无生气。一些不甘沉沦的有识之士，开始提倡经世致用的思想，即：深究古今治乱得失，通家国天下治安之计，以为“济世利民”。期以社会改良的方式“补天”，挽救和维护清王朝的统治。经世派一方面大胆抨击时弊，探讨解决社会积弊使国家振衰起弱的方法和途径；一方面根据传统的“变易”观念，提出通过“变法”来达到兴利除弊的目的。龚自珍曾大声疾呼：“一祖之法无不敝，千夫之议无不靡，与其赠来者以劲改革，孰若自改革？”②魏源强调：“变古愈尽，便民愈甚。”由此而提倡并推行一系列匡世济民的“实政”、“实学”主张。

鸦片战争之后，民族陷入危机，经世派中的一部分人开始向西方求救国之道，为传统经世致用思想注入新的时代精神。林则徐不仅主张坚决抵抗外来侵略，而且是近代史上开眼看世

---

① 见罗福惠《辛亥时期的精英文化研究》，第 3 页。
② 龚书铎：《中国近代文化概论》，中华书局 2000 年版，第 86 页。

界的第一人。他力倡探求域外新知，开了学习西方的风气之先。魏源的《海国图志》，提出了"师夷长技以制夷"的著名主张，从而使西学传入中国有了中介和桥梁。伴随着引进西方生产方式的洋务运动，西方科学文化（包括自然科学和社会科学）的输入与传播初具规模，江南制造局从开始翻译的1868年到1879年共翻译377本，出版了235本著作，"销售量已达31111部"。到1896年，西学输入从规模和知识范围上均有较大发展。从《西学书目表》可知，除兵政、医学、工政方面的译书占绝对多数外，明显的是增加了社会学方面的书目，其中史志、法律、议论、学制、商政等书在354部译书中共有67部，占了相当比例。①

随着西学的传播与洋务运动推进，"师夷"思想逐步发展为"中体西用"。从1861年冯桂芬提出："以中国之伦常名教为原本，辅以诸国富强之术"②始，到沈康寿在1895年正式揭橥"宜以中学为体，西学为用"止，"中体西用"遂成为中西文化交接过程中的主导思想。"中体西用"作为近代中国社会面对西方文化的一种选择，本质上已经意味着在纯粹的大一统儒家文化体系中纳入了"西学"的成分。向来被传统文化斥为"夷狄"的文化，虽是极其艰难的，却最终与"中学"相结合，衍生为适应时代的一种新的文化模式。尽管洋务运动其旨仅在单纯学习西方物质技术，"以练兵为要"，"以制器为先"。但是，作为兼容中西文化的"中体西用"，毕竟标志着一个文化时代的根本性转折。许多年轻的功名之士正是从

---

① 王先明：《近代绅士——一个封建阶层的历史命运》，第141页。
② 《中国近代启蒙主义思潮》（上），社会科学文献出版社1999年版，第71页。

"西学"与"中学"嫁接融会过程中，告别了传统的"旧学"而趋于"新学"。梁启超在《三十自述》中的回忆，比较真切地揭示了中国社会文化的这一历史变迁：

> 余以少年科第，且于时流所推重之训诂词章学，颇有所知，辄沾沾自喜。先生（谓康有为——引者注）乃以大海潮音，作狮子吼，取其所挟持之数百年无用旧学，更端驳诘，悉举而摧陷廓清之。……明日再谒，请为学方针，先生乃教以陆王新学，而并及史学、西学之梗概，自是决然舍去旧学。

"戊戌六君子"中的谭嗣同也有过类似议论。甚至一些极端守旧之士，也难以再固守"旧学"，而认为"时事孔棘，亟在燃眉，参用西法，克图速效，转贫弱为富强，亦维持世变不得已之苦心也"①。如此背景之下，伴随民族资本主义工业产生而出现的早期维新思潮的代表人物，提出发展工商业经济，求达富国强兵的"商战"思想，并主张仿照西方君民共和政体来改造中国君主专制。显然，中国文化的变革已由器物表层向制度深层推进。

黄海腾起的狼烟，宣告了洋务运动的彻底破产，也使中国人彻底从舍本逐末的迷狂中觉醒，从而更坚决地主张政治体制和思想意识的变革。因此，便出现了1895年4月因马关条约的签订而引发要求整饬朝纲、理性变法、图强御侮的"公车上书"风潮和应运而出的变法维新运动。于是，西方的资产阶级政治制度和西方的进化论、天赋人权、自由民主等思想学

---

①　王先明：《近代绅士——一个封建阶层的历史命运》，第143页。

说，不仅得以大力宣传与倡导，而且还成为维新派抨击封建专制主义的不可或缺的思想资源。康有为提出的所谓"三世公羊说"的社会历史进化论，虽颇"牵强附会"，但可鉴其勉励之所以。谭嗣同在《仁学》中则据平等思想，猛烈抨击了"父为子纲"和"夫为妻纲"的封建礼教文化。严复除在《辟韩》中喊出伸张民权最强音外，最重要的建树和功绩，就是在中日甲午战争后翻译出版了英国学者赫胥黎的著作《进化论与伦理学》中的导言和本论两篇，即《天演论》，首次系统地将达尔文的进化论介绍给国人。他所着力阐述的"物竞"与"天择"的思想，为甲午后中国人寻求救亡图存道路提供了极其重要的思考路径，产生了极大的反响。胡适曾经回忆道："几年之中，这种思想像野火一样，延烧着多少年轻人的心和血，'天演'、'物竞'、'淘汰'、'天择'等等术语都渐渐成了报纸文章的熟语，渐渐成了一班爱国志士的口头禅。"①

戊戌变法的失败，使中国先驱们义无反顾地投身于推翻封建制度的暴力革命。谙透帝国主义的侵略本质和封建朝廷的专制腐朽的革命派，意识到要挽救中国，"其责任专在于国民"。然纵览古今中外，"世界万国，以有民权而兴，无民权而亡者，踵相接，背相望"②，而中国三千年专制之历史乃奴隶之历史，数千载奴隶之风俗，无数辈奴隶之教育，若干种奴隶之学派，等等，导致中国人中"奴隶性之恶毒，深而且烈"。为形成健全向上的国民意识，他们一面向大众宣传西方有关

---

① 胡适：《四十自述》，亚东图书馆1933年版，第99页。
② 张枬、王忍之编：《辛亥革命十年间时论选集》第1卷，生活·读书·新知三联书店1977年版，第70页。

"权利"、"责任"、"自由"、"平等"、"独立"思想，一面围绕造就新国民、革除奴隶性的问题进行讨论与鼓动，相继提出了不做天的奴隶，不做古人的奴隶，不做圣贤的奴隶，不做一家一派学术的奴隶，不做伦理纲常的奴隶，以及"祖宗革命"、"毁家"、"女子解放"等思想解放的主张。20世纪初期，中国社会思想解放的程度远远超过19世纪末，各种自由创办的报章杂志如雨后春笋，从中即可发现，辛亥革命酝酿时期的文化底色，就是反对形形色色的奴隶主义，造就新国魂。如此发展势头，也预示着在外来异质强势文化冲击之下，本土的固有文化为求得新的生存与发展，正发生着质的变化。

辛亥革命虽然推翻了两千年的封建君主专制制度，建立其民国，但由于革命的不彻底性，旧社会的经济基础并没有被触动，旧的上层建筑也没有发生大的改变。人们一度为之欣喜若狂的中华民国，随着孙中山的退位，袁世凯的上台，便很快有名无实。袁世凯下台后，国家政权落入北洋军阀手中。社会上的封建守旧势力乘机卷土重来，导演了"洪宪帝制"和张勋复辟的闹剧。与政治上封建势力的复辟活动相呼应，在思想文化领域则出现了尊孔复古的逆流。袁世凯上台后不久，便下令尊孔读经，并在孔庙举行祭孔典礼。戊戌变法中的风云人物康有为，此时以"当代孔子"自居，攻击辛亥革命导致"国危民悴"、"纲纪尽废"之祸，鼓吹"中国不可一日无君"，为复辟帝制摇旗呐喊。1912年10月，康有为的弟子陈焕章在上海发起成立孔教会，先后两次向国会提出要"定孔教为国教"。次年9月，孔教会迁到北京，推康有为任总会长，陈焕章为主任干事，各地广设分会。其他尊孔社团，如孔道会、孔社、宗圣会、尊孔文社等，在全国纷纷出现。正如鲁迅所说："从二十世纪的开始以来，孔夫子的运气是很坏的，但到袁世凯时代，却又被从新记得，不但恢复了祭典，还新做了古怪的祭服，使奉祀的人们穿起来。跟着这事而出现的便是帝制。"①

尊孔复古逆流的猖獗，使封建沉渣泛起。各种迎神拜佛、鬼怪迷信之风复炽。中国向何处去？针对"中国不宜于共和"思想论调，有识之士反思之后的结论是，"我们中国多数国民口里虽然是不反对共和，脑子里实在装满了帝制时代的旧思想，欧美社会国家的文明制度，连影儿也没有，所以口一张，手一伸，不知不觉都带君主专制臭味"②。因此，要想巩固共和制度，必须进行思想领域内的革命。"这腐旧思想布满国中，所以我们要诚心巩固共和国体，非将这班反对共和的伦理文学等等旧思想，完全洗刷得干干净净不可，否则不但共和政治不能进行，就是这块共和招牌，也是挂不住的"③。应该说，以1915年《青年杂志》（后改名《新青年》）为肇端的新文化运动的掀起，重因就在于此。

其三，随着社会权势中心的转移，"四民"社会解体，新式知识分子应运而生。

中国的读书人，被称作"知识分子"或"知识阶层"，其群体被称为"文界"，是19世纪末20世纪初的事。此前，他们则被称为"士人"、"文人"、"儒生"，其群体则谓之为"士林"。当中国尚未历经"鸦片"浩劫之时，读书人作为"士、农、工、商"四民之首，处于传统社会权势中心，亦官亦绅皆为社会之中坚；"达则兼济天下，穷则独善其身"

---

① 鲁迅：《在现代中国的孔夫子》，《鲁迅全集》第6卷，人民文学出版社1993年版，第317页。

② 陈独秀：《旧思想与国体问题》，《新青年》第3卷第3号，1917年5月1日。

③ 同上。

是其主要的人生信条和准则。但是，因着清政府的腐败日重，关系着读书人进身之阶的科举制度也弊端日增，加上后来外来的政治、经济、文化势力的渗入，读书人的地位发生了根本性变化，渐于中心旁落。

随着科举制度的取消而彻底地边缘化之后，他们或是走商，或是投军，或是接受新式教育实行自我转化，或是偏居一隅；作为有形的传统社会结构的重要组成部分，他们随着传统社会的改变消失了，但是作为思想文化的薪火传承者，他们仍然活跃于各个领域。所以，这里的名称变化不仅仅意味着时代的变迁，关键还在于实质发生了改变。简言之，士人是由旧式学塾（包括私学、府州县官学和书院）培养出来的，他们学习的内容主要是四书五经、八股制艺，读书之后出路无多，或科举得一官半职，或办私塾当教师，或为人师爷及幕僚。在"学而优则仕"、"天地君亲师"的传统文化氛围之中，他们得到社会的普遍尊重；而当"新学"日炽之际，他们的知识则现出陈旧，视野亦狭窄，思想和行为惟王朝和官府马首是瞻的举止，尤难获认同。对此，梁启超曾有立论："今之所谓儒者，八股而已，试帖而已，律赋而已，楷法而已。上非此勿取，下非此勿习。其得知者，虽八星之勿知，五洲之无识，六经未卒业，诸史未知名。"[1] 他们脱离实际不仅表现为不明时势盲目排外，拒绝新知，也表现为"重道轻器"、"空言无补"，正如当时人们所批评的那样："近世士夫喜言空理，视一切功艺为卑无足道，于是制器利用之事，第归于末匠之手，而士夫遂不复躬亲矣。"[2] 正因为

---

[1] 转引自罗福惠《辛亥时期的精英文化研究》，第9页。
[2] 同上。

旧式教育所造就的士人"无当于时用"，中国自隋开始沿袭了整整1300年的科举考试制度，终于在举国上下改革教育和废除科举的呼声中结束。

罗福惠在《辛亥时期的精英文化研究》中指出①，20世纪初的中国新式知识分子大体由四部分人组成：（1）接受过旧式教育，通过再学习而转化，投身新式文化事业的士人。据研究者估计："在全国范围内，自19世纪末以来，尤其是废科举之后，士绅群体中约有五分之一左右的人，也就是说有近30万的人通过各种途径，受到程度不等的近代教育。"（2）从外国教会在华开办的学校毕业的学生。中国的教会学校始于19世纪40年代，即鸦片战争之后西方传教士重新进入中国之时。教会学校起初规模不大，且主要在沿海城市，但随着"新学"的日渐兴盛，其后来发展很快。据1917年的统计显示，外国人在华开办的初等学校的学生占中国学生总数的4%，中等学校的学生则占11%，高等学校的学生却占到80%。（3）国人自办的新式学堂毕业的学生。国人自办新式学堂开始于19世纪60年代，全国各级各类学堂数的激增则在20世纪初清政府下令各地广开新式学堂之后。到民国元年由国立学校毕业的学生约二三十万人，近代第一批新式知识分子的主体，由此而构成。（4）留学生。中国在19世纪中叶开始留学事宜，规模不大。留学热潮形成于20世纪初始。1901年到1911年间留学美国的有650余人，1903年到1910年前后，留学欧洲的有600余人。由于经济、政治和文化等多方面的

---

① 有关新式知识分子的概说，主要参考罗福惠《辛亥时期的精英文化研究》，第7—15、284—299页。

原因，20世纪初日本则成为中国青年学生留学最集中的地方。仅清末十余年间，留日学生，不下三四万人，陈独秀、李大钊、邹容、陈天华、章太炎、刘师培、黄侃、章士钊、鲁迅、周作人、钱玄同、李叔同、黄兴、蔡锷、蒋百里、蒋介石、胡汉民、宋教仁、朱执信、廖仲恺、吴玉章、林伯渠等近现代各界著名人物皆在其中。

这些被梁启超称作"无可第、无官阶"的"少年新进"或"年少躁进之士"，是当时中国社会最活跃、最有影响的一股力量，和维新时期的"士人"有很大的不同。他们一反中国传统士人只"读一家之书，聆一人之训，以为非此即不合乎公理"的模式，以"会通古今中西学术"为读书和求学目标，形成了中西复合的、兼具自然科学与人文精神的、比较广博的知识结构。因此，他们的思想也有着极其鲜明的特征：（1）忧国意识。这种忧国意识与旧式士人的"以天下为己任"的怀抱有相通之处，但又有着更多的不同。新式知识分子已突破了自辖的"天下意识"，深谙祖国与西方的差距，并强烈地希望自己的祖国能从贫弱落后的危险的境地摆脱出来。强烈的历史承担意识，使他们自觉地肩负起"天下兴亡，匹夫有责"的觉世觉民的时代重任。（2）革命倾向。"非把社会加以彻底重建，不足以满足他们的愿望"①，是新式知识分子的又一思想特征。他们对革命之崇拜从邹容的《革命军》中可见其一斑。一时间，革命思想盛行："三纲革命"、"祖宗革命"、"家庭革命"、"金钱革命"、"诗界革命"、"小说革命"、"戏剧革命"，等等。搅得守旧人士惊呼

---

① ［美］亨廷顿：《变迁社会中的政治秩序》，生活·读书·新知三联书店1989年版，第342页。

不已。（3）平民化诉求。虽然新式知识分子大多出身中等家庭，但他们都与下层有着先天的联系，崇奉"人权"与"平等"的思想，使他们对下层给予了更多的关注。其思想内涵，非传统的"民本"、"重民"思想所涵盖。（4）新旧两难之紧张。新式知识分子的知识结构具开放型和复合型样态，思想性格则具自主性、平民性和变革性倾向。这使他们成了传统主流文化的挑战者，新文化的建设者和旧制度、旧社会的批判者，为中国人民引进、提出了多种新社会的蓝图。但由于种种客观上和主观上的原因，他们也常常自觉不自觉地游走在新旧东西间。一面主张学习西方不回头，一面又对固有传统难于释怀。严复、梁启超及后来的《学衡》吴宓们皆如此；态度最决绝的鲁迅，也常为所背负的"鬼气"而长叹。（5）躁进心态。在民族危机日益深重，社会矛盾日益复杂与尖锐的情形下，因紧迫、焦虑而导致心态及其言行举动的躁进，在新式知识分子之中极为普遍。从康有为所一再倡言的"速变"，到孙中山的"毕其功于一役"，到一般青年知识分子和学生因"时不我待"意识，而倾向于"急速的、根本性的、暴烈的国内变革"①。躁进也影响到了人们对东西文化的批评与取舍，今是昨非倾向尤为强烈。显然如此情境之中，要做到从容有度以致温文尔雅是极其不容易的。更何况与近代文明相比较，固有文化本身确有许多不适时处。所以，这就导致了变革者一味地"趋新"，笃旧者一味地"护旧"，调和者虽立论"中庸"，但毕竟有容于"旧"，故难辞网开一面之疚，并为"新者"所弃。与此同时，躁进还导致了文化教育领域泛政治化的倾向，相关的文化教育活

---

① ［美］亨廷顿：《变迁社会中的政治秩序》，第241页。

动也因此受到"非文化"因素的影响。

　　总而言之，《新青年》同人，皆为"新式知识分子"，他们早已从"同光"观中走出，深知"数千年未有之变局"之后，无论被迫还是自愿，中国囿于中国范围的历史成为过去。为着在列强竞存的时代争得"国格"，赢得民族的生存与发展，他们继续着由最早"新式知识分子"开创的"掘心自食"的事业。

第二章

擎旗"主将"陈独秀

陈独秀（1879—1942）

　　称陈独秀为主将至少有两方面的缘由：一是指其为《新青年》的创刊人、主撰者，有关《新青年》的大政方针、精神走向、编辑思想等皆为其所策动，甚至《新青年》叱咤风云、吞吐万象、吐故纳新的精神气质，都深染着曾为辛亥"爱国志士"陈独秀的个人秉性与风格；再是指《新青年》中的陈独秀，吸纳同人，除旧布新，激扬文字，挥斥"方遒"的主将气概与影响。被胡适称为"近年来攻击孔教最有力的两位健将"之一的陈独秀，作为《新青年》的创办者及主将，著述量和立论的影响最大。经粗略统计，陈独秀刊在《新青年》杂志中的言论性文章大约 180 篇，其中"论述"约 50 篇、"通信"约 80 篇、"随感录"约 50 篇；其中涉及"论孔"方面的言论文章约 70 篇，不过在 1917 年 8 月之前，相关言论多见诸于"著述"和"通信"之中，而且专论性质的文章居多，此后，则多见诸于"随感录"中，居多的是杂论之类。

一 非孔言论，集矢于"儒者三纲"

不少论者常指认，《青年杂志》第 1 卷第 6 号易白沙的《孔子评议》为《新青年》杂志论孔非孔的揭幕篇，其实并不尽然。如果不以直呼"孔姓儒名"为限话，"非孔"思想在《青年杂志》创刊号的首篇《敬告青年》一文中就已诏告于世人。该文正是陈独秀署名记者之文。是文中，作者从进化论出发，高扬民主与科学的思想，对因"变局"而衰态日重的以儒学为主干的传统文化进行了批判。批判中，陈独秀的思想锋芒直指孔子的"忠孝节义"说。陈独秀指出："轻刑薄赋"、"歌功颂德"、"拜爵赐第"、"丰碑高墓"这些曾为旧时专制社会所崇奉如今又依然为由臣民而"国民"们所顶礼的"功德伟业"，不过是"奴隶之幸福"、"奴隶之文章"、"奴隶之光荣"、"奴隶之纪念物"①。因为，在陈独秀看来，"一切操行，一切权利，一切信仰，唯有听命各自固有之智能，断无盲从隶属他人之理"②；而儒家所倡导的，统治者所推行的，以及国人所追慕皆未越出纲常名教的狭笼。如此思想立论，不断出现在其后

① 陈独秀：《敬告青年》，《青年杂志》第 1 卷第 1 号，1915 年 9 月 15 日。
② 同上。

来刊发于《新青年》的系列涉孔文章中。换言之，《新青年》中陈独秀的"非孔"言论，几乎集矢于孔子的"忠、孝、节、义"说，或曰之为"君道臣节名教纲常"、"儒者三纲"。

那些专"破"孔子之道的著述尚且不论，单从其有关新国家、新教育、新文学等其他立论新说中也可窥见一斑。

《旧思想与国体问题》一文，是陈独秀当时在北京神州学会的讲演。针对国人以为袁世凯已死共和从此无虑的情况，陈独秀指出：袁世凯虽死，但为袁世凯所利用的"以君统民，以父统子，以夫统妻"倾向君主专制的旧思想依然如故，这些封建纲常思想与"民主共和的国家组织社会制度伦理观念"绝不相容，"如今要巩固共和，非先将国民脑子里所有反对共和的旧思想，一一洗刷干净不可"①。《今日之教育方针》一文，是陈独秀针对新式学校屡遭破坏而发的议论。陈独秀认为："教育之方针为最要，如矢之的，如舟之舵"；并认为教育方针的确立，应以"补偏救弊，以求适世界之生存"为准则。吾民久在儒者三纲文化濡染之下"昏堕积弱"，犹如散沙，"投诸国际生存竞争之漩涡，国家之衰亡，不待蓍卜"，主张"因时制宜"将近世欧洲文明中的"惟民主义"纳入今日教育方针，以新思想，以固共和。② 《文学革命论》一文，是陈独秀为声援"吾友胡适"而亮出的"文化革命军"大旗，陈独秀认为："政治界虽经三次革命，而黑暗未尝稍减"的原因，"小部分，则为三次革命，皆虎头蛇尾，未能充分以鲜血洗净旧污"；其大部分，则为盘踞在文学艺术诸端中的致使国

---

① 陈独秀：《旧思想与国体问题》，《新青年》第 3 卷第 3 号，1917 年 5 月 1 日。

② 同上。

民"苟偷庸懦"的儒家伦理道德纲常。认为："今欲革新政治，势不得不革新盘踞于运用此政治者精神界之文学。"[1] 是文初衷在张"思想革命"利器，不意却催萌了新文学的勃勃生机。

"严格地说，陈独秀不能算是一个合格的思想家。通观他的一生，他只是一个从传统过渡到现代的中国知识分子，因此相当典型地反映了中国近代思想界的变迁。"海外学人余英时曾如是道。[2] 众所周知，对陈独秀及其《新青年》，余英时有着颇多的责词，而其中不少有着商榷的必要。但是，他不把陈独秀定位于"合格的思想家"，显然是有道理的。"通观他的一生"，陈独秀始终是救世济民的革命家，他在新文化运动中，奉行的是为政治而文化的路线，即经由政治而文化，再由文化回归到政治。与"为文化而文化"的胡适，有着很大的不同。所以，他对孔子及其儒学的批判，始终与当时的社会情况相关联，并与当时政治上的倒退和文化上的复古现象，联系尤为密切。这也就决定了他在反传统的着眼点及其立论态度等问题上，都具有鲜明的"陈独秀"性。

"为政治而文化"的陈独秀，因为深谙文化的本质及其传统的底蕴，对于中国文明、儒家文化及其儒者三纲的渊源与联系，有着充分的认识。在陈独秀看来"中国文明固属世界文明之一部分，而非其全体。儒家又属中国文明之一部分，而非全体。所谓君道臣节，名教纲常，不过儒家之主要部分而非全体"[3]。也就是说，陈独秀虽然竭力主张"西洋文明"，但他充

---

① 陈独秀：《文学革命论》，《新青年》第 2 卷第 6 号，1917 年 2 月 1 日。
② 余英时：《论士衡史》，上海文艺出版社 1999 年版，第 315 页。
③ 任建树等编：《陈独秀著作选》第三卷，上海人民出版社 1993 年版，第 487 页。

分肯定世界文明应包括中国文明在内，而且指出"众矢之的"的"君道臣节"、"纲常名教"只是儒家学说中的一部分。如此体认，使之进行的相关文化批判，深入透辟切中时弊。

陈独秀在《新青年》中，对"儒者三纲"的揭露和批判，主要有以下方面的内容：

陈独秀认为"伦理思想，影响于政治，各国皆然，吾华尤甚"[①]；因此"祖述儒术，组织有系统之伦理学说"[②] 的孔子之于儒家可谓居功至伟。并进一步指出，作为我国"伦理政治之大原"[③] 的"儒者三纲"，"阶级制度"为其本义[④]；"君为臣纲，则民于君为附属品，而无独立自主之人格矣；夫为子纲，则子于父为附属品，而无独立自主之人格矣；夫为妻纲，则妻于夫为附属品，而无独立之人格矣。率天下之男女，为臣，为子，为妻，而不见有独立自主之人者"[⑤]，则是其基本内容。认为如此"孔子之道治国"最大特点是："非立君不足以言治"，所谓"故国必尊君，如家之有父"，"君仁莫不仁，君正莫不正，一正君而国定矣"，"学则三代共之，皆所以明人伦也。人伦明于上，小民亲于下，有王者起，必来取法"[⑥]，等等，即如是；还认为"尊君隆君"，"教孝、教忠、教从"，"课片面之义务、不平等之道德"，"行阶级尊卑之制

---

① 陈独秀：《吾人最后之觉悟》，《青年杂志》第 1 卷第 6 号，1916 年 2 月 15 日。

② 陈独秀：《再答俞颂华》，《新青年》第 3 卷第 3 号，1917 年 5 月 1 日。

③ 陈独秀：《一九一六年》，《青年杂志》第 1 卷第 5 号，1916 年 1 月 15 日。

④ 陈独秀：《复辟与尊孔》，《新青年》第 3 卷第 6 号，1917 年 8 月 1 日。

⑤ 陈独秀：《一九一六年》，《青年杂志》第 1 卷第 5 号，1916 年 1 月 15 日。

⑥ 同上。

度"，皆为"三纲"之实质，前儒后儒一脉相承，并非"宋儒所伪造"①。

以上论述，至少揭示三个层面内容：（1）陈独秀充分意识到伦理与政治联系的普遍性；同时也充分认识到，在伦理化的传统中国，这种联系尤其深刻，从而将孔子之于旧政治的意义充分地揭示出来。（2）陈独秀一针见血地指出"儒者三纲"的"阶级"本质，及其与君主专制紧密联系，从而将孔子及其儒学与帝制复辟内在的联系充分揭示出来。（3）指斥孔儒、宋儒两样说，将伦理革命一贯到底。显然，相关揭露不仅充分揭示了孔子何以"身后哀荣"不绝原因，也揭示了反对旧政治的陈独秀们厉行"清算"的原因所在。

陈独秀在挑破儒者三纲伦理政治一以贯之本质的同时，对由此派生出来的儒家道德规范也予以指谪。一是斥其"皆非推己及人之主人道德，而为以己属人之奴隶道德"②；二是责其"病在分尊卑，课卑者以片面之义务"，导致"君虐臣，父虐子，长虐幼"及其"社会上种种之不道德，种种罪恶，施之者以为当然之权利，受之者皆服从于奴隶道德下而莫之能违，弱者多衔冤以殁世，强者则激而倒行逆施矣"③，认为"中国人的虚伪，利己，缺乏公共心、平等观，就是这三样旧道德助长成功的；中国人分裂的生活，偏枯的现象，一方无理压制一方盲目服从的社会，也是这三样道德教训出来的；中国历史上现社会上种种悲惨不安的状态，也都是这三样道德在那里作怪"④。值得注意的是，陈独秀认为这种别尊卑明贵贱的阶级制度，在宗

---

① 陈独秀：《宪法与孔教》，《新青年》第2卷第3号，1916年11月1日。
② 陈独秀：《一九一六年》，《青年杂志》第1卷第5号，1916年1月15日。
③ 陈独秀：《答傅桂馨》，《新青年》第3卷第1号，1917年3月1日。
④ 陈独秀：《调和论与旧道德》，《新青年》第7卷第1号，1919年12月1日。

法社会封建时代极为普遍，儒教不因之获罪，"更不必讳为原始孔教之所无"①；不同的是"儒教经汉、宋两代之进化，明定纲常之条目，始成一有完全统系之伦理学说，斯乃孔教之特色，中国独有之文明也"②。

对"中国之独有文明"，陈独秀的态度十分鲜明。一是虽目其为宗法封建社会之"名产"，"不能谓其在古代无相当之价值；更不能谓古代本无其事"③。但指出："孔子生长在封建时代，所提倡之道德，封建时代之道德也；所垂示之礼教，即生活状态，封建时代之礼教，封建时代之生活状态也；所主张之政治，封建时代之政治也。封建时代之道德，礼教，生活，政治，所心营目注，其范围不越少数君主贵族之权利与名誉，于多数国民之幸福无与焉。"④ 也就是说，即使现在来看，这种"独有的文明"有种种不合理处甚至"罪恶"多多，但今人绝不能无视其历史的存在。二是认为，"无论何种学派，均不能定位一尊，以阻碍思想文化之自由发展"。儒家一贯伦理政治之纲常阶级说，"尤与近世文明绝不相容者，此物不攻破，吾国之政治，法律，社会道德，具无由出黑暗而入光明"⑤。所申言的理由大致有三，即"孔教与帝制有不可离散之因缘"⑥，是复辟的思想温床。鲁迅先生也曾一针见血地指出："孔夫子之在中国，是权势

---

① 陈独秀：《宪法与孔教》，《新青年》第 2 卷第 3 号，1916 年 11 月 1 日。

② 同上。

③ 陈独秀：《再质问〈东方杂志〉记者》，《新青年》第 6 卷第 2 号，1919 年 2 月 15 日。

④ 陈独秀：《孔子之道与现代生活》，《新青年》第 2 卷第 4 号，1916 年 12 月 1 日。

⑤ 陈独秀：《答吴又陵》，《新青年》第 3 卷第 5 号，1917 年 7 月 1 日。

⑥ 陈独秀：《驳康有为致总理书》，《新青年》第 2 卷第 2 号，1916 年 10 月 1 日。

者们捧起来的，是那些权势者或者想做权势者们的圣人。"① 其"分尊卑明贵贱之阶级制度"，与"以求适今世之生存"而采用的欧洲法制精神大相径庭。陈独秀认为："欲建设西洋式之新国家，组织西洋式之新社会，以求适近世之生存，则根本问题，不可不首先输入西洋式社会国家之基础，所谓平等人权之新信仰，对于与此新社会新国家新信仰不可相容之孔教，不可不有彻底之觉悟，猛勇之决心；否则，不塞不流，不止不行。"② 其所植根的"以安息、家族、感情、虚文为本位"的东洋民族思想，与尚"战争、个人、法治"本位的西洋民族思想既相异又相对，由此而养成了的"恶斗死宁忍辱，无独立自尊之人格、无个人意思之自由、无个人法律上平等之权利，及其依赖与虚饰之劣根性"③，与现代社会生活发展所要求伦理学上的个人人格独立和经济学上的个人财产独立完全相违背。

由此观来，陈独秀对"儒者三纲"复杂的内涵、历史的演变、主要的实质及其深刻的社会联系和广泛的文化影响，均有相当程度的考察，其反儒非孔集矢于"儒者三纲"，实乃之与"共和国体"、"现代生活"背道而驰之所致，更为《新青年》欲以"德"、"赛"两先生，"救治中国政治上学术上思想上一切的黑暗"的主旨所决定。由于"为政治而文化"的情结，决定了《新青年》中的陈独秀启蒙者"革命"的色彩浓过其学者"学术"的一面。因此，他得到了同人呼应，以及广大进步的知识分子和青年学生欢迎；同时也遭到旧势力的诋毁和迫害。此外，他还因此成为后来所有向"五四"发难

① 鲁迅：《现代中国的孔夫子》，《鲁迅全集》第 6 卷，第 316 页。
② 陈独秀：《宪法与孔教》，《新青年》第 2 卷第 3 号，1916 年 11 月 1 日。
③ 陈独秀：《东西民族根本思想之差异》，《青年杂志》第 1 卷第 4 号，1915 年 12 月 15 日。

者的重要攻击对象，而遭责难最多的是所谓的"激进"，所谓的"全盘否定"。

二 "同情之了解"，不可忽略的诸因素

由于一些问题，将在"相关审视"中重点阐释，所以在这里我们仅强调：若像陈寅恪那样抱"同情之了解"抑或"了解之同情"的心态来考察，至少不能忽略以下因素。

首先是应对陈独秀创办《新青年》杂志的动因加以考察。欲办一份杂志，说自己想要说的话的心思，在陈独秀因"二次革命"失败亡命之际尤为强烈。不喜八股文章，厌走科举仕途的陈独秀，早在辛亥革命前就因愤湖南叶德辉《翼教丛篇》而"恒与广座为康先生辩护"被"乡里瞀儒"指为康党，目为"孔教罪人"。像其时许多先进分子一样，经甲午、庚子之劫，陈独秀在彻悟"国破家亡"的道理与保国强国的重要时，才惊觉"知有家，不知有国，是中国人亡国的原因"，而儒家文化中的家族主义、爱国与忠君混为一体的思想和诱导儒者追逐功名的科举升官制度则是其思想祸源；然孔学儒家并未因共和取代帝制匿迹隐身，而是恰恰相反，尊孔复古思潮于民初倒是愈演愈烈。先是由陈焕章、张勋等发起的旨在"以讲习学问为体，以救济社会为用……宗祀孔子以配上帝，诵读经传以学圣人……冀以挽救人心，维持国教"的孔教会成立于上海；相跟其后的是宣扬"今欲存中国，非赖孔教不可"，并嚷嚷"定孔教为国教"，莫明于"中国人不敬天，不敬教主，不知留此膝以傲慢何为也"的

康有为创办了《不忍》杂志；紧接着的是"国民教育，以孔子之道为修身之本"的《中华民国宪法草案》第十九条规定的通过①；再就是目"孔子之道，如日月经天，江河行地，树万世之师表，亘百代而常新"的民国大总统袁世凯，一边以总统的名义颁布尊孔祭孔令，一边为其复辟帝制的需要冒天下之大不韪与日本秘密签订"二十一条"草约，等等。尊孔复古的紧锣密鼓及其登峰造极，令深怀共和理想并为之浴血奋斗过的陈独秀忧心如焚、激愤难当，于是著文《爱国心与自觉心》发表于《甲寅》杂志第1卷第4号，因立论峻急犀利并悲怆而为"读者大病"斥之为"何物狂徒"。这篇首以"独秀"署名的著述，对立国之精神尤为重视与强调，并坚以欧美的"保障权利，共谋幸福"国家之理念为是，而以把国家"与社稷齐观"，爱国与"忠君同义"儒家之教义为非；疾呼"爱国者何？爱其为保障吾人权利谋益吾人幸福之团体"，"盖保民之国，爱之宜也，残民之国，爱之和居？"认为"不知国家之情势而爱之者"，"爱之也愈殷，其愚也愈深"，看似"爱国适以误国"。由于持论"残民之祸，恶国家甚于无国家"，并认为"中国之为国，外无以御侮，内无以保民"之患，"非独在政府"，更在"民无建国之力"，等等，故而愤语："亡国为奴，何事可怖"，"时日曷丧，与汝偕亡"。经此磨砺，陈独秀开始执信于中国若要进行政治革命须首先"要革中国人思想的命"，"欲使共和名副其实，必须改变人的思想，要改变思想，须办杂志"②。显然，《青年杂志》是负荷着强烈的"思想革命"的使命面

---

① 任建树：《陈独秀传》（上），上海人民出版社1989年版，第81—87页。
② 同上。

世的，儒者三纲不仅贮满专制的思想因子，而且为中国历朝历代的封建君主奉如圭臬，对国民与社会的影响极为深刻，因此，它为陈独秀及其《新青年》同人所"非难"，实为必然。

其次，应对陈独秀"非孔"的焦点加以考察。孔子作为前三代思想集大成者，终其一生思想博大精深，在诸多思想领域里均有建树，后人常以思想家、教育家、哲学家、政治家相称谓。儒家思想结构的重要构成也是孔子思想三个最重要的范畴：天命（天或命）、礼、仁，即："仁"，是个体心性道德修养；"礼"，是社会伦理纲常；"命"，是超越个人和社会之上的某种外在客观必然。全部的儒学就是在孔子奠定的这三个理论层面上发展完善的。① 显然，陈独秀的反儒非孔主要集中在其社会伦理纲常的层面上。相关情形上文已作阐释，尚需进一步考察的是陈独秀指斥"儒者三纲"合理性及必然性。在中国历史上，儒学并不是以一个单纯的伦理道德思想体系的学术面貌出现和显示功能的，如果承认这一点的话，那么也就不应否认儒学曾作为统治阶级意识形态存在的一面；而且，这种存在始于战国，经汉代"独尊儒术"以后，就被历代国家政权自觉地用来作为协调社会人际关系，稳定社会秩序的基本理论工具。所以，在传统社会中儒学不仅表现出其所固有的道德功能，还具有法律甚至宗教性的社会功能，直至老大中华帝国不断为列强所蚕食，"中体西用"又渐告破产，情形才开始发生根本性逆转。

率先向儒者三纲发难的是梁启超、谭嗣同，继之而来的

---

① 崔大华：《儒学引论》，人民出版社2001年版，第817页。

有严复、章太炎、刘师培等，尽管他们立论动机及其指归不一，但促成了否定三纲历史潮流的形成，真正触及了封建专制制度的灵魂，传统秩序的思想基础由此动摇与瓦解。也就是说，作为国家意识形态的儒学随其附着的封建帝制，在五四之前便遭到质疑与抨击。同样随着帝制的退出，共和的建立，《临时约法》取代了《钦定宪法大纲》，儒者三纲因此也丧失了两年来在国家和社会生活中的指导地位。但是，意识形态的相对独立性以及复辟势力的存在，决定了儒者三纲不会悄无声息地退出历史舞台，加上自上而下"革命"的成功尚未唤醒广大民众，旧的生产关系依然故我等诸因素，纲常思想仍十分活跃于当时社会的政治、思想、文化生活之中，除严重制约社会民众由"臣民"而"国民"思想道德的转换外，还不时为复辟势力所利用，诚如陈独秀在《袁世凯复活》一文中所言："袁世凯之废共和复帝制，乃恶果非恶因；乃枝叶之罪恶，非根本之罪恶。若夫别尊卑，重阶级，主张人治，反对民权之思想之学说，实为制造专制帝王之根本恶因。吾国思想界不将此根本恶因铲除净尽，则有因必有果，无数废共和复帝制之袁世凯，当然接踵应运而生。"[①] 这也是陈独秀对《东方杂志》记者不依不饶的重要原因，针对《东方杂志》记者"国是之丧失"、"精神界之破产"论，陈独秀道："倘由《东方》记者之说，政体虽改而政治原理不变；则仍以古时之民本主义为现代之民主主义，是所谓蒙马以虎皮耳，换汤不换药耳。毋怪乎今日之中国，名为共和而实不至也。即以今日名共和而实不至之国体而论，亦与君道臣节名教纲常，绝无融合会通之余地。盖国

---

① 陈独秀：《袁世凯复活》，《新青年》第2卷第4号，1916年12月1日。

体既改共和，无君矣，何谓君道？无臣矣，何谓臣节？无君臣矣，何谓君为臣纲？如何融合，如何会通。"① 以此而论，陈独秀的反孔非儒之言行，仅从其为构建与共和国体相适应的观念形态而破坏与之精神相背离的纲常文化而言，其合法性毋庸置疑。这也无怪反孔浪潮由晚清而民初汹涌不休。

但是，由于传统中国家国同构，政治秩序与文化—道德秩序呈一体化样态，心性道德修养与纲常伦理规范盘根错节参差胶着，常常使批判者落入"语焉难详"、"牵一发而动全身"、"顾此且失彼"的思想困境，因此也导致世人对陈独秀反孔非儒产生种种困惑与不满；尽管陈独秀一再申言："记者之非孔，非谓其温良恭俭让信义廉耻诸德及忠恕之道不足取；……惟期期以为孔道为害中国者，乃在以周代礼教齐家治国平天下，且以为天经地义，强人人之同然，否则为名教罪人。"②"孔学优点，仆未尝不服膺，惟自汉武以来，学尚一尊，百家废黜，吾族聪明，因之锢蔽，流毒至今，未之能解；又孔子祖述儒说阶级纲常之伦理，封锁神州。斯二者，与近世自由平等之新思潮，显相背驰，不于报章上词而辟之，则人智不张，国力浸削，吾恐其蔽将只有孔子而无中国也。"③ 等等，也难以从种种非议中脱身。不过，倘若欲以"阳儒阴法"说或以陈寅恪先生有关"三纲六纪"观来否定陈独秀反儒非孔基本宗旨的话，显然难以成立。作为一种学术观点无所不可，但若以此作为否认儒学曾以国家意识形态面貌出现的理论依据质疑陈

---

① 陈独秀：《再质问〈东方杂志〉记者》，《新青年》第6卷第2号，1919年2月15日。

② 陈独秀：《答〈新青年〉爱读者》，《新青年》第3卷第5号，1917年7月1日。

③ 陈独秀：《再答常乃德》，《新青年》第2卷第6号，1917年2月1日。

独秀的反孔非儒，则不足为据。

最后应对陈独秀的"激进"态度加以考察。陈独秀反儒非孔的激烈与决绝人所共知，所谓"吾人宁取共和民政之乱，而不取王者仁政之治"；"吾人倘以新输入之欧化为是，则不得不以旧有之孔教为非。倘以旧有之孔教为是，则不得不以新输入之欧化为非"①；"其是非甚明，必不容反对者有讨论之余地，必以吾辈所主张者为绝对之是，而不容他人之匡正"②；"辩论真理的时候……宁肯旁人骂我们是暴徒是流氓，却不愿装出那绅士的腔调，出言吞吐，致使是非不明于天下"③。诸如此类等，这也是其常为人诟难的地方。以反思五四著称的林毓生先生道："在历史的试、误演化过程中，思想与其它非思想因素都是互动因子，而且这些不同因子在历史的不同时期，扮演着不同分量的角色。"④ 陈独秀激进，原因是多方面的。首先是对儒者三纲本质和"孔教为吾国历史上有力之学说，为吾人精神上无形统一人心之具"⑤ 的渗透性和影响力有着深刻认识；其次是对"新陈代谢"进化说坚信不疑，认为"新与旧之间，绝无调和两存之余地。吾人只得任取其一"⑥。再次是，弥漫于晚清民初士人身上紧迫而忧虑、悲怆而恐惧以及渴望在欧风美雨中创造中国近代文明的焦灼情绪，以及儒家的一元化思维模式与传统的"法乎其上得其中"、"矫枉必过正"的习惯认知心理，还有因新旧思想矛盾、东西文化冲突而引发

① 陈独秀：《答佩剑青年》，《新青年》第3卷第3号，1917年5月1日。
② 陈独秀：《再答胡适之先生》，《新青年》第3卷第1号，1917年3月1日。
③ 陈独秀：《答爱真》，《新青年》第3卷第2号，1917年4月1日。
④ 林毓生：《热烈与沉静》，上海文艺出版社1998年版，第106页。
⑤ 陈独秀：《答俞颂华》，《新青年》第3卷第1号，1917年3月1日。
⑥ 陈独秀：《答佩剑青年》，《新青年》第3卷第3号，1917年5月1日。

的种种复杂而激烈的现实对立；此外，尚要指出的是这种激烈的态度，也是近代西方启蒙运动的一个基本特色。对此，《新青年》同人均已觉察，陈独秀在《本志罪案之答辩书》中曾坦言"'用条石压驼背'的医法，本志同人多半是不大赞成的"[①]。陈独秀的"激进"，一方面使文学革命在"不容讨论"的前提下提前推进了十年，思想革命也因之取得了巨大的成功，我们只要"稍稍追朔一下'五四'前后中国社会的实际状态，便不能不承认新文化运动在当时确曾发挥了心灵解放的绝大作用，这是一个无可争辩的历史事实"[②]；另一方面，激进导致了对传统价值重估重心的偏移而形成对传统否定的社会心态，它将文化复杂样态简约化，忽视文化之间的互动作用，拒绝新旧、古今对话，造成后来自身发展的资源缺憾以至偏枯，等等。尽管如此，在对过去的反思与检省中，我们也不能以此来否定陈独秀反儒非孔的基本指归。

其实，关于陈独秀及其《新青年》的"激进"问题，早在"五四"之时，就曾引起过强烈的反响。当时北京大学理科学生胡哲谋，曾专就此撰文《偏激与中庸》。作为历史情境中人的胡哲谋，显然是"激进"的支持者。他认为，"激进"就是"坚信一己所独到之见，积极猛进。真理所在，则赴之如赴戎行，不特以身赴之，且号召与共利害有关之人以同赴之，其所号召之言，容有过当，然皆确有所见者是也"。因为，历史地看，"确有所见者"的激进，有如"良药利病"、"良言利行"；而从改造沉疴深重落后于人的社会而言，非激

---

① 陈独秀：《本志罪案之答辩书》，《新青年》第 6 卷第 1 号，1919 年 1 月 15 日。

② 余英时：《论士衡史》，第 293 页。

进"不能有大裨于国家也",认为:"欲使国之免于危亡、是在我少数忧时爱国之士,冒偏激之恶名,取极进之手段,不惜以身为烈剂如强酸,以与此顽强之阻力相抗而已。"以至于认为"偏激",实在是一种"损己利人国士之道德",实在应是"外患日迫、国亡无日、我青年宜知所择矣"。对于"中庸",作者则极不以为然。认为"中庸"之误,主要在于其"成则居其功、败则不任其责"的"中立调和"态度,及由此导致"人人皆不欲表一异众之意见,而惟以模棱两可之言,为不二法门。其结果,遂养成一弱懦寡断迂缓不进毫无真知灼见之民族性"。故认为,"中庸者,无损于己无益于人者也。夫既处于群中,而不能有益于其群,则即谓之有害于群可也,乡愿之道德也"。进而提出:"忧时爱国之士、宁为偏激之论、而不屑同流合污之居于中庸。"① 胡哲谋的相关立论,虽然时隔已久,但因鉴于它的"当下"性,对于今天的论者仍不失意义。

此外,还应指出并肯定的是,陈独秀的批孔立场持守终身。由于种种原因,一度陈独秀很少言及孔子。而当社会上尊孔读经风再盛之时,陈独秀则提出"对孔子重新评定价值"的问题。再次强调指出,孔子的价值历史地看有两点可以肯定。即"非宗教迷信的态度"② 和"其所建立的君、父、夫三权一体的礼教"③。并进一步指出:"科学与民主,是人类社会进步之两大主要动力。孔子不言神怪,是近于科学的"④,仍具价值,而"孔子的礼教,是反民主的",与社会进步相背

① 胡哲谋:《偏激与中庸》,《新青年》第3卷第3号,1917年5月1日。
② 《孔子与中国》,《陈独秀著作选》第三卷,上海人民出版社1993年版,第389页。
③ 同上书,第377页。
④ 同上书,第379页。

离，其价值则失尽。而如今"人们把不言神怪的孔子打入冷宫，把建立礼教的孔子尊为万世师表，中国人活该倒霉！"①时已爆发抗战，在民族再度面临危亡的严重时刻，陈独秀仍呼吁人们不要被"礼教"束缚住，不要为一时的"挫折"所羁绊，"人类社会之进步，虽不幸而有一时的曲折，甚至于一时的倒退，然而只要不是过于近视的人，便不能否认历史的大流，终于是沿着人权民主运动的总方向前进的。……人权民主运动不高涨，束手束足意气销沉安分守己的奴才，那会有万众一心反抗强邻的朝气"。其结果必然是"幸运的是万世师表的孔子，倒霉的是全中国人民！"② 发如此议论的陈独秀，已至晚年，其一生虽历尽"变数"，但批孔立场始终未变。其关于孔子及其儒家的许多批评，至今对我们正确认识孔子儒学和清除封建主义毒素仍有某些启迪作用。

---

① 《孔子与中国》，《陈独秀著作选》第三卷，第389页。
② 同上。

第三章

问孔责儒两"斗士"

一　率先"问孔"易白沙

　　这里的"率先"有其特定的含义，即:《新青年》杂志中第一个直接指名论孔非孔之作者。如果说，在此之前的《新青年》中陈独秀关于除旧布新的论说令人震动的话;那么，易白沙直呼孔子名姓的檄文则惊世骇俗先声夺人。由此而论，易文既拓展了《新青年》由陈独秀发起的有关传统文化批判的学理性层面，又因其将思想文化上的反孔和政治上的非君有机的统一起来，而显示出激烈的挑战姿态，引起了思想界的强烈震撼和反响;随着"打孔家

易白沙（1886—1921）

店的老英雄"吴虞的接踵而至,《新青年》也因此从"不温不火"的社会反映中走出而如火如荼。

易白沙首先是一位激进的反满反封建的志士。其原名坤,号月村、越村、寅村。1886年(清光绪十二年)生于湖南长沙一个世家。因其家就住离白沙井不远的地方,又兼仰慕明代学者陈文恭(字白沙)的为人,所以自号"白沙子"。少年随同其任地方官员的父亲易焕章,迁徙湘西,后受其父同僚之邀赴皖主持怀宁中学。此后,易白沙便长期活动于安徽一带,曾先后担任过安徽师范学堂旅皖湖南中学校长等职。皖地反清排满的革命党势力较盛,这对"早岁读郑思肖《心史》,及梨洲、船山、亭林、密之遗书,慨然种族之痛,亟思摈满"①的易白沙来说,如鱼得水,如鸟投林。到了安徽以后,他得以结识许多革命党人,如孙中山、章太炎、陈独秀等,因而其思想更显激进。1911年武昌起义不久,安徽宣布反正,易白沙积极为维护革命秩序和社会治安奔波劳顿。当挚友、安徽著名革命党人韩衍(白彦),被袁世凯指使人暗杀,以及"宋教仁血案"发生后,大受刺激的易白沙,武力反袁决心弥坚。在孙中山、黄兴等发动的"二次革命"期间,易白沙积极奔走于湘皖之间,力劝当事者响应孙中山号召,武力反袁。斗争失败后,易白沙被袁世凯通缉,在国内无法存身。1914年5月亡命日本的他,参与了章士钊创办《甲寅》杂志的工作,并以此为阵地继续反袁斗争。1916年袁世凯帝制覆灭,易白沙从日本回国,先后执教于南开、复旦等校,不久返乡闭门撰著全面揭露封建帝制弊端及帝王生活无道的《帝王春秋》。未几,因目睹国家继续

---

① 陈先初编:《易白沙集》,湖南人民出版社2008年版,第313页。

为北洋军阀所统治，革命党人和爱国学生屡遭屠戮，激愤难当，扬言刺杀军阀首脑，但为同人"宜文章报国"阻拦。1921 年端午节，易白沙在乘轮从广州赴陈白沙故乡陈村的途中蹈海自杀，年仅 35 岁。

如诸多"读书人"出身的辛亥革命党人一样，易白沙还是一位卓越的学者。易白沙自幼熟读经史，长于诸子百家，时人曾谓之为一代奇才。章太炎也谓之"好治诸子，犹喜墨家，贵任侠"①。如果说，对中国的历史和传统学术均有透彻的了解，尤其是对先秦诸子有深刻研究，是"率先问孔者"之所以是易白沙的一个重要内因的话；那么，尊孔复辟势力的猖獗，则是其外在诱因。其时，一叫卫西琴的德国人，撰写《中国教育议》一文，也许出于对大战所破坏的西方文明的反思，卫西琴在文章中公然主张，中国教育当务之急，不在取法欧美，亦不在蹈日本后尘，惟须发挥孔夫子儒道精神而已矣。卫西琴（Alfred Westharp）又名卫中，其父是一位德国银行家，而在其子眼里不过是一位"专为物质奔忙"的庸人。其母则被视为"脾气暴躁、没有文化的乡下人"，除了"专拿物质去挥霍"外，一无是处。因此卫西琴自称，母亲的粗野毁坏了他的身体，父亲的庸俗毁坏了他的精神，其本人看不惯周围的一切，性格古怪得被妻子谓之为"疯子"。法国美术展览令其为东方文化魅力所倾倒，民国初年经印度来到中国，原本对中国文化非常崇拜的他，却极其失望。因为他发现中国人正在盲目模仿西方，从服饰、建筑到教育、音乐，到处都是令其仇恨的东西，至于中国固有的文化和精

① 《五四风云人物文萃》（第 10 集），人民文学出版社 1999 年版，第22 页。

神，却无处可寻，无人可问。两年后离开上海去了日本的他指出，日本已经度过模仿的时代，"中国却正在模仿的路上"①。

其实，卫西琴的论调，正是当时西方诸多声音中的一种。陈独秀与《东方杂志》的论战就有着类似的社会文化的背景。关于这一点，当年《东方杂志》译自日本杂志《东亚之光》的《中西文明之评判》陈述得十分清楚："欧美人对于东洋民族多以为劣等国民，偶或见其长处，则直惊呼，以为黄祸其真倾耳；于东洋人之言论者极少；有时对于东洋人之言呈赞词者多出于一时之好奇心或属于外交辞令而已。然此次战争使欧洲文明之权威大生疑念。欧人自己亦对于其文明之真价不得不加以反省，因而对于他人之批评虚心坦怀以倾听者亦较多。胡某之著作在平时未必有人过问，而此时却引起相当之反响，为赞否种种议论之的。"② 这里的胡某者，即辜鸿铭，其以保守主义者的姿态，在《中国对于欧洲思想之辩护》及《中国国民之精神与战争之血路》两本著作中提出西方当弃物质主义的世界观，而采用以孔子伦理为代表的中国世界观方可得到幸福之道。其著作分别在大战前后出版，在欧洲引起了一定的反响与关注，这在以往是难以想象的。

为替袁世凯尊孔复辟张目，跻身于"筹安会六君子"的严复将卫西琴所写的《中国教育议》译出发表在《庸言报》二十七及二十八两期，并被称之"为今日无弃之言，有益吾

---

① 智效民：《梁漱溟唯一的外国朋友卫西琴》，《中华读书报》2001年8月15日。

② 附录一：平佚：《中西文明之评判》，《独秀文存》，安徽人民出版社1987年版，第191页。

国不少。卫氏之论尊崇孔子，主张中国教育惟须发挥孔子之精神，不必取法欧、美，蹈日本之后尘，失独立之本性。其用心近于公允，立法似乎平善易行。严氏译其文，欲以定今日教育之指针，则严氏已极惊伟，叹为岐山之凤音"。故而，"颇为士林属目"一时。对此，易白沙针锋相对在《甲寅》杂志上发表了《教育与卫西琴》、《广尚同》、《铁血之文明》、《平和》等一系列论文，疾言痛斥袁世凯的独裁专制，揭露是文为复辟帝制而鼓噪尊孔读经之居心；并指斥卫西琴谬论，不过是当时中国社会尊孔的"群蛙喧夜之中增一蚯蚓之吟音而已"①。鉴于此，当《青年杂志》创刊后，早在辛亥革命时期就与之相识的陈独秀约赐稿时，易白沙慨然应约，并先后为《新青年》撰述七篇，即：《述墨》（上、下）、《战云中之青年》、《我》、《孔子平议》（上、下）、《诸子无鬼论》等。其中，犹以1916年分两次发表的《孔子平议》一文最为知名。

易白沙《孔子平议》一文的主要观点有三方面的内容：

其一，还原孔子儒学"九家之一"面目，揭露尊孔两千余年之"大秘密"在为"傀儡"和被"利用"，致使孔子至神至圣的光环脱落殆尽。

易白沙指出，当春秋末年，孔子及其儒学"虽称显学，不过九家之一"，只不过社会上"一部分之势力而已"②。越经两千年后，孔子的地位所以被抬到吓人的高度，完全是历代统治者吹捧的结果。他说，当年秦始皇就不喜欢孔子，固有坑儒

---

① 《五四风云人物文萃》（第10集），第22页。
② 易白沙：《孔子平议》（上），《青年杂志》第1卷第6号，1916年2月15日。

之举；汉高祖初时也鄙视儒生，故又有"溺儒冠"之事。只是得了天下之后，出于统治的需要，才"祠孔子以太牢，博其欢心，是为孔子身后第一次享受冷牛肉之大礼"①。到了"汉武当国，扩充高祖之用心，改良始皇之法术，欲蔽塞天下之聪明才志，不如专崇一说，以灭他说。于是罢黜百家，独尊儒术，利用孔子为傀儡，垄断天下之思想，使失其自由"②。由此，易白沙说，"中国二千余年尊孔之大秘密"③，就在于此。

在此层面上，易白沙实际上着力揭示了这样一件历史事实，即：孔子之所以从诸子中"脱颖而出"，由"人而神"而独尊至今，全仗着"权势"的青睐与相携。对此，今之论者朱维铮曾有"孔子四变"说，即：孔子由人变神的过程，从他死后就开始了，至东汉而登峰造极，时间长达五百年。五百年间，孔子形象四变：由子贡作俑，使孔子自普通贤人一变为超级贤人；由孟子发端，荀况定型，使孔子自从贤人再变为圣人，凌驾于世俗王侯之上而在人间不得势的圣人；由董仲舒首倡，西汉今文博士应和，使孔子从不得志的圣人，三变为接受天启，为汉王制法的"素王"；由王莽赞助在先，刘秀提倡于后，使孔子从奉天命为汉朝预作一部法典的"素王"，四变为传达一切天意的通天教主。④ 后有"好事者"续论道：孔子形象的变迁并未到此结束。唐代，唐太宗尊孔子为宣父，唐玄宗追谥孔子为文宣王。宋代，宋真宗亲自到曲阜，诣文王庙，加

---

① 易白沙：《孔子平议》（上），《青年杂志》第 1 卷第 6 号，1916 年 2 月 15 日。

② 同上。

③ 同上。

④ 朱维铮：《壶里春秋》，第 79 页。

谥孔子为玄圣文玄王，后又改为至圣文玄王。明代，尊孔子为至圣先师。清代，清世宗定孔子为大成至圣文宣先师；百日维新前后，康有为模仿西方以耶稣生纪元，主张中国采用孔子纪年，并请求尊孔圣为国教。民初，大总统袁世凯力主尊孔，并亲自到孔庙致祭。相伴着，孔子整理的古籍《诗》、《书》、《礼》、《易》、《春秋》以及与孔子思想密切相关的《论语》、《孟子》、《大学》、《中庸》成为历代读书做官者必读的经典，其《论语》更有中国人的"圣经"之称，正所谓"半部《论语》治天下"。总之，孔子与"权势者"实在难脱干系，孔子的传世受惠于此，孔子的发展却失害于此；同样，过去的中国受益于此，现在的中国正祸患于此。

其二，揭示孔子学说为专制君权所重而脱颖于"九家"之因，从而将孔子思想与封建专制内在联系淋漓尽致地展露出来，致使提倡尊孔读经者之用心暴露无遗。

易白沙认为，孔子所以能够成为历代所纷纷祭祀的傀儡偶像，除了统治者的野心利用之外，亦"不能不归咎孔子之自身矣"①。孔子自身这种难辞之咎在于：（1）"孔子尊君权，漫无限制，易演成独夫专制之弊。"② 对于这一思想层面纰漏的揭露与批判，易白沙是紧密结合墨、法两家的比较有条不紊地进行的。易白沙指出，君主独裁而无任何范围限制的话，是岌岌可危的。但是在中国有关君权限制的思想主要见诸墨家与法家。墨家指"天"为限，即："人君善恶，天为赏罚，虽有强权，不敢肆虐。"法家则以"法"为度，即："国君行动，以法为轨，君之贤否，无关治乱；法之有无，乃定安危。"如此论说之中，君权皆有所抑制，无高出国家之上。然而，君权在孔子那里，却被奉之如"天"，正所谓"民不可一日无君，犹不可一日无天"①，等等。其倡父天母地，以养万民，皆以君与天为一体，与墨家以天制君完全不同；其倡"人治"不言"法治"，与法家以法限君也截然不同。依孔子尊君权之主张，天子超乎法律、道德之外，无任何"势力"可加诸影响，所谓"修齐治平"只会沦为空论。孟子所提出了"民贵君轻"的主张，正是对孔子尊君思想弊端的一种矫正。（2）"孔子讲学不许问难，易演成思想专制之弊。"② 易白沙指出，"真理以辩论而明，学术由竞争而进"。然而，置身诸子并立时代的孔子，却"以先觉之圣，不为反复辨析是非，惟峻词拒绝其问"。指旁骛道家守静弟子为"朽木"、斥学欲稼圃的弟子为"小人"，责"节葬"说辞的弟子为"不仁"，更有甚者，"为大司寇仅七日即诛杀少正卯，三日示于朝"。对此，易白沙批判道："一门之中，有信仰而无怀疑，有教授而无质问"，其结果"壅塞后学思想"之外，对儒学自身阐发与传承势必也造成困境；"因争教而起杀机"，实在是思想专制的极致表现。（3）"孔子少绝对之主张，易为人所藉口。"③ 所谓"少绝对之主张"，是指孔子立身行道，皆抱定一个"时"字，即强调因时、因地而制宜，正所谓"可以仕则仕，可以止则止，可以久则久"，虽不答鬼神之问但又尝言祭鬼祭神，虽与道家背驰却也提不言之教、无为之治，虽主张省刑却又言重罚；提倡忠君又言不必死节，其见桓魋而走避，杀身成

---

① 易白沙：《孔子平议》（上），《青年杂志》第 1 卷第 6 号，1916 年 2 月 15 日。

② 同上。

③ 同上。

仁也因此而成空论。易白沙认为，孔子如此暧昧行径，直接导致了门人群相诽谤与相争；与墨家的赴汤蹈火死不旋踵和法家的杀身行学之相较，不过是"滑头主义"、"骑墙主义"，为后世暴君假口救国保民而污天下名节，提供了口实与根据。(4)"孔子但重作官，不重谋食，易入民贼牢笼。"① 易白沙指出，君子谋道不谋食，学也禄在其中，是儒家安身立命的第一格言。因此，孔门对于所谓治国政典之六经，尤其看重，孔门之学也在于六经。孔子周游列国，陈说六艺，干七十二君，且"三月无君"便"皇皇如也"之形迹，便揭出了孔学与"君"之干系。即便孔子志在救民而心存利物，不可与利欲熏心谄媚权贵者流等同相论，但流弊所趋，难免不演成哗世取宠、捐廉弃耻之风，鲁生因得五百金而尊叔孙通为圣人就是一证。应该看到，易白沙这里对孔子学说流弊的指陈和批判，可谓针针见血，当时如此，后世复如此。在这一层面，易白沙则着力于揭示孔子之所以为"权势"仰重的内在原因；实际上，也是作者对孔学中有关社会层面思想的揭露与批判。从政治和思想上的专制，到蕴含中庸调和之"时"，到"官本位"，易白沙对孔子的批判，无不与现实的政治思想文化斗争相联系。如此立论，就今天看来，仍不失敏锐与深刻。当年章太炎就曾批孔求为帝王师，不脱富贵利禄之心，"哗众取宠"、"诈伪"、"巧伪"，等等。② 虽然，关于孔子的"重君"思想，过去现在都有异见，但易白沙及其《新青年》同人皆坚持驳论。这也是易白沙最后摒弃一切人事，潜心专著《帝王春秋》的根本原

---

① 易白沙：《孔子平议》（上），《青年杂志》第 1 卷第 6 号，1916 年 2 月 15 日。

② 郑师渠：《晚清国粹派文化思想研究》，北京师范大学出版社 1997 年版，第 321 页。

因。该著是易白沙继《孔子平议》之后的又一部力作。写作于1916年袁世凯帝制复辟覆灭之后至1918年。让世人谨记帝制复辟之教训，是其撰述之动因。用易白沙自己的话说，就是"举吾国数千年残贼百姓之元凶大恶，表而出之，探其病源，以示救民之道"①。该书从古代典籍中搜集大量的原始材料，分类编辑为《人祭》、《杀殉》、《弱民》、《媚外》、《虚伪》、《奢靡》、《愚暗》、《严刑》、《奖奸》、《多妻》、《多夫》、《悖逆》。由此对历代封建统治者政治上的阴险、虚伪和残暴，思想上的愚昧、保守和落后，生活上的荒淫无耻，予以了充分揭露与批判，也因之获得时为南方革命力量领导人孙中山的高度评价与赞赏，并函请其南下大计。②

其三，易白沙还从学术上进一步论证了儒家和先秦诸子其他名家的异同，从而驳斥了尊孔派把古代文明创造发明权独挂枝于孔子的谬论。

为此，他明确指出："夫文化由人群公同焕发，睿思幽渺，灵耀精光，非一时一人之力所能备。……人文盂晋，决非一代一人能凑功效。"③由此出发，他既强烈反对君主帝王在政

---

① 陈先初编：《易白沙集》，第120页。

② 孙中山致易白沙函，过去未见公布。时陈独秀与胡汉民、马君武均在孙中山左右。孙中山在函中对易白沙所著《帝王春秋》作了高度评价，并欢迎易白沙赴穗，助其将"素所怀抱主义、政策，见之文章，勒为条教"。是函由胡汉民书写，孙中山亲笔签署：白沙吾兄惠鉴：手示诵悉。《帝王春秋》从历史事实唤起知识阶级，以诛除独夫民贼，可严于斧钺矣。承嘱签题，当即如教。羊、石驱除山贼之后，百废未举。然废督、裁兵、禁赌，亦稍稍有向新之气象。兄能惠然来游，至所欢迎。汉民、仲甫、君武俱在此间，还患无俦。而弟甚欲得一能文者，与共听夕，以素怀抱主义、政策，见之文章，勒为条教，不审助我否？专复。即颂撰安，并盼报书（孙文十年二月八日）。

③ 易白沙：《孔子平议》（下），《新青年》第2卷第1号，1916年9月1日。

治上的专制，也坚决反对孔子儒学在思想及学术上的专制。他断然提出："朕即国家之思想，不可施于政治，尤不可施于学术。"① 作者在这里就有关孔子思想渊源的探寻与申论，其旨仍在剥去孔子头上的神圣光环，力返其历史的真实面目。从而使世人清醒对之，使热衷于"装扮"与"神话"者，图谋难逞。

作为《新青年》第一篇以孔子本身为评议对象的文章，尤其是发表在袁世凯复辟帝制期间，其意义无疑是重大的。它既通过揭露中国历代帝王、野心家利用孔子的实事，将袁世凯尊孔祀孔为复辟帝制制造舆论的司马昭之心昭然若揭于天下，以警醒世人；而且又通过指出孔子学说的若干弊端，打破孔子顶礼膜拜之神圣，对新文化运动的破除迷信，解放思想，起了极大推动作用。如此思想立论，不仅在以后的《新青年》有关思想阐发中一以贯之；《新青年》的反孔非儒的立场，也因之更加鲜明。也许易白沙的这篇文章，侧重于还孔子以真实面目，而不是要将孔子打翻在地，因而言辞比较温和与公允。故此，虽当贵为《新青年》问孔第一人，但并未掀起多大"波澜"，直至一年之后在《新青年》的通信中才有所反应。远在蜀地的吴虞读到《新青年》中易白沙《孔子平议》之文后，即引为同调并致信《新青年》。对于《新青年》同人所谓的激烈言辞，后来的人们也颇多关注，但是对于易白沙的指画则不多见，偶有涉论的，不外乎："易白沙对孔子思想言行的分析，虽然有些不免失之片面，但却不完全是对孔子毫无根据的指责。""易白沙虽然指出孔子思想学说有不少缺点，容易被野心家利用，但他并不否定孔子'自有可尊崇者在'，他批评孔子热衷于干说诸侯，但也指出'夫孔子或志在救民，心存

---

① 易白沙：《孔子平议》（下），《新青年》第2卷第1号，1916年9月1日。

利禄，决非熏心禄饵，竦肩权贵，席不暇暖'"，认为易白沙如此论孔立言，"比那些一味批孔或尊孔的人要高出一筹"①。

既有的阐释不乏重要，但是若能把视线投射到更为深广的历史语境，将有助于我们对《新青年》反孔非儒的审视，建立在一种更为客观的认识与把握之中。显然，易白沙此作，重在揭露与"权势"与"帝制"之间的深刻联系；也就是说，易白沙"率先"问孔，《新青年》的直接言孔责孔以至激烈地批孔，虽为孔子思想内容所决定，更为出现于民初尊孔子复帝制的现实环境所决定。而"率先者"之所以是易白沙，除深谙旧学三昧，深受新学熏陶之外，对于易白沙而言最为重要的一点，便是近代新式知识分子特有的"共和"情结。只要对其不长的人生经历稍加考察，便会发现自从辛亥之际投身"革命"后，他始终以"共和"为己任，出生入死，著书立说，以致不忍见"共和"为北洋军阀所糟蹋而择端午蹈海自沉。其遗书中"不肯归葬乡梓"的激烈厌政情绪，和"不要承继，不要木主，不要祭祀烧包和种种欺人之事"②的嘱咐，尤憾世人，从中可见"他的悲愤"，更"可见他反抗习俗的精神，到死不懈"③。当年马君武以中山总统秘书长名义致函其兄易培基道："奉喻：易君白沙，志切报国，蹈海而死，遗蜕渺然。……即拟葬其衣冠，建亭树碑，永远纪念，俾与梅花孤冢同，足起后人凭吊之思。"④ 章

---

① 林甘泉主编：《孔子与20世纪中国》，中国社会科学出版社2008年版，第128—130页。

② 汉胄：《易白沙的三不要》，《觉悟》1921年7月1日。

③ 同上。

④ 上海市档案馆：《陈独秀等为易白沙蹈海致易培基函》，《历史档案》1984年第3期。

太炎不胜欷歔，赋词《吊易白沙》。① 毛泽东得此噩耗，在长沙悼念易君时写下了悲痛的挽联："无用之人不死，有用之人愤死，我为民国前途哭；去年追悼杨公，今年追悼易公，其奈长沙后进何！"

二 "老英雄"吴虞

关于《新青年》中的吴虞，胡适是盛赞有加。不仅为其1921年出版的文集《吴虞文录》操刀作序，还不吝辞章以"中国思想界的清道夫"、"几年来攻击孔教最有力的健将"、"四川省只手打孔家店的老英雄"称道迭声。② 对这位斜刺里奔杀而来的骁将，主帅陈独秀同样也不胜感佩，谓之为"蜀中名宿"，"唯仰弗乃之天外峨嵋"。所有感言，并非一时浮词，实为吴虞反孔非儒历史情状的真实反映和高度概括。

吴虞刊于《新青年》的文章，除两篇通信外，其余皆为论述性文章，即：《家族制度与专制制度之关系》、《读〈荀子〉书后》、《消极革命之老庄》、《礼论》、《儒家主张阶级制度之害》、《儒家大同之义本于老子说》、《吃人与礼教》；此外，刊于《新青年》第3卷第4号署名吴曾兰《女权平议》之文，实为吴虞代笔之作。其实，吴虞发表在《新青年》上的系列文章，大多是其既有之作，其给《新青年》的

① 上海市档案馆：《陈独秀等为易白沙蹈海致易培基函》，《历史档案》1984年第3期。

② 胡适：《〈吴虞文录〉序》，《吴虞文录》，黄山书社2008年版，第4页。

吴虞（1872—1949）

陈独秀首次投书中就说明了这点："十年以来，粗有所见。拙撰《辛亥杂诗》（见《甲寅》七期），《李卓吾别传》（见《进步》九卷三、四期），略有发挥。此外尚有《家族制度为专制主义之根据论》、《儒家大同之义本于老子说》、《儒家重礼之作用》、《儒家主张阶级制度之害》、《消极革命之老庄》、《读〈荀子〉文后》诸篇。"① 这一细节至少表明两方面的意义：一是《新青年》在除旧布新的路上不乏"同道"，胡适《〈吴虞文录〉序》中的一段话是最好的注释："吴先生和我们的朋友陈独秀，是近年来攻击孔教最力的两位健将。他们两人，一个在上海，一个在成都，相隔那么远，但精神上很有相同之点。"② 二是《新青年》随着易白沙《孔子平议》的刊出，其除旧布新的思想文化立场越发鲜明并被吴虞引为"同调"而主动加入。

　　吴虞上述文章的思想内容，锋芒最利、影响最大的，是其对孔孟儒家与封建宗法制度、家族制度、专制制度三位一体关系的揭露和抨击。

　　他说："欧洲脱离宗法社会已久，而吾国终颠顿于宗法社会

---

① 《附吴又陵书》，《独秀文存》，第646页。
② 胡适：《〈吴虞文录〉序》，《吴虞文录》，第2页。

之中而不能前进。推原其故，实家族制度之为梗也。"① 对于这一命题的揭示，吴虞是从孔子所谓"吾志在《春秋》，行在《孝经》"之说着手的。吴虞指出，一向主张"述而不作"的孔子秉笔《春秋》，是因为孔子欲力挽"世道衰微，邪说暴行有作，臣弑其君者有之，子弑其父者有之"等礼崩乐坏的情形恣意下去而努力而为的。因此，"明得失，差贵贱，及王道之本"为《春秋》之要旨，"以人随君，以君随天。屈民而伸君，屈君而伸天"乃《春秋》之大义。如此一来，孔子所作《春秋》，不外乎为后世君主用来"诛乱臣贼子、黜诸侯、贬大夫、尊王攘夷大端而已"。孔子之志，也因之曾被荀卿斥之为："大儒之用，无过天子三公。"孔子所行《孝经》，则强调"君亲并重"。儒家以为"孝"是"德之本也，教之由所生也"，父子之道君臣同义，皆"天性也"。故此，"孝，始于事亲，中于事君，终于立身"，而"不忠于君，不法于圣，不爱于亲，皆为不孝，大乱之道也"，是故便有了"五刑之属三千，罪莫大于不孝"之论。孔子崇奉《孝经》的由来与旨归，十分了然。或者说，孔子所推行的"孝"，其本身就是以宗法制度、家族制度、专制制度三位一体为特征的家国同构的社会产物；因此作为有着内涵丰富的儒家之"孝"与封建家族制度和君主整体连在一起，"胶固而不可以分析"②，自有其内在的理路。诚如孔子所言："其为人也孝弟，而好犯上者，鲜矣；不好犯上，而好作乱者，未之有也。""孝弟也者，其为仁之本与。"（《论语·学而》）正因为"孝"有如此重要的社会"消弭"功能，故为孔子以及历朝

---

① 吴虞：《家族制度为专制主义的根据论》，《新青年》第 2 卷第 6 号，1917 年 2 月 1 日。

② 吴虞：《家族制度为专制主义之根据论》，《吴虞文录》，第 3 页。

历代专制社会所推行。对此，吴虞认为："主张孝弟，专为君亲长上而设。但求君亲长上免奔亡弑夺之祸，而绝不问君亲长上所以致奔亡弑夺之故，及保卫尊重臣子卑幼人格之权。"① 并直斥所谓"百善孝为先"，"未仕在家，事亲为孝；出仕在朝，事君为孝"等儒家思想，无非是要"把中国弄成一个制造顺民的大工厂"②，无非就是利用忠孝并用、君父并尊的笼统说法，以遂他们专制的私心，"其流毒诚不减于洪水猛兽矣"，进行政治改革，当必须首先改革儒教家族制度，才能达到"真共和"。显然，吴虞的非孝非忠论，立足于"真共和"的建立问题上；或者说，他对孔子儒学的批判，仍源自于民国初以尊孔为标志的传统主义崛起的回应。其对有关"三位一体"的揭露与剖析，实际上仍驻足在儒学理论有关社会结构层面。不同凡响的是，如此立论，无疑将孔子儒学与封建社会方方面面的深刻的本质联系，毫不留情地揭示出来。由此一来，既击中了中国封建主义的要害，同时也击中了作为传统文化主干儒学的要害；更重要的是击中了倡言"孔教"者的要害，从而促使世人尤其是青年从种种暧昧不明的情形之中觉醒并挣脱出来。所以吴虞的文章一经刊发，立即深得《新青年》主将陈独秀激赏和广大青年学生欢迎，以至于其初到北大授课，一时座无虚席。

其次，抨击儒家秩尊卑别贵贱之"礼教"，是吴虞反孔非儒又一重要的思想内容。

吴虞认为研究封建礼制，不在于"辨其信节"，而在于探求封建统治者设置和提倡礼制的用心与本质。他旁征博引、列

---

① 吴虞：《家族制度为专制主义之根据论》，《吴虞文录》，第4页。
② 吴虞：《说孝》，《吴虞文录》，第8页。

举中外诸家之言，论证封建统治者所热衷的礼仪，贯穿于专制国家的一切社会活动及意识形态上层建筑之中，以"使人柔顺屈从"，安于现状，俯首帖耳地做奴隶。因此，"霸主民贱"设置礼仪的"深意"，全在于愚弄民众，以维护封建统治，维护"以尊卑贵贱上下之阶级为其根本"的封建秩序。吴虞指出："孔氏主尊贵卑贱之阶级制度，由天尊地卑演而为君尊臣卑，父尊子卑，夫尊妇卑，官尊民卑，尊卑既严，贵贱遂别"，如此之"礼"，与"孝"与"忠"与"刑"相一气，隆君师。所谓"礼不下庶人，刑不上大夫"，所谓"道德仁义，非礼不成；教训正俗，非礼不备；分争辩讼，非礼不决；君臣上下，父子兄弟，非礼不定；宦学师事，非礼不亲；班朝治军，莅官行法，非礼威严不行；供给鬼神，非礼不诚不庄"。礼、孝、忠、刑，互为支撑，网罗天下，冤杀多少生灵。基于对儒家礼教的深刻认识，故当鲁迅抨击"礼教"之作《狂人日记》问世之际，吴虞极为振奋并著文呼应，用历史事实，进一步论证鲁迅在《狂人日记》中对中国封建统治阶级戴着礼教的假面具杀人、吃人的看法；呼吁民众认清礼教"吃人"的本质。吴虞在《吃人与礼教》中高喊道："我们不是为君主而生的！不是为圣贤而生的！也不是为纲常礼教而生的！什么'文节公'呀、'忠烈公'呀，都是那些吃人的人设的圈套来诳骗我们的！我们如今应该明白了！吃人的就是讲礼教的，讲礼教的就是吃人的呀！"[1] 与此同时，他还深刻揭露和抨击了始于孔子的封建文化专制主义。他认为自孔子诛少正卯，"于是后世虽无孔氏，而所诛之'少正卯'遍天下"[2]。指出"儒

---

① 《吃人与礼教》，《吴虞文录》，第32页。
② 吴虞：《儒家阶级制度之害》，《吴虞文录》，第35页。

家专制统一，中国学术扫地"，"吾国遂无新思想、新学说"，而无以"造新国民"①。此外，吴虞还从历史、社会进化、传统道德、刑律等方面来论政中国男女权不平等的状况，探求女权被压抑的根源。指出女子受压迫历史命运，是由儒教相关因素造成；鼓励立宪时代女子为争取"法律所许国民平等自由之权"，琢磨其道德，勉强其学问，增进其能力。②

第三，以传统反传统是吴虞非儒反孔的又一大特色。

《新青年》同人在与"传统"叫板时，多以"新"与"旧"、"西方"与"东方"、"现代"与"传统"的对峙面貌出现。然而，传统文化内部的非正统、反正统思想因素则成为吴虞的重要思想利器。也就是说，吴虞对儒学的揭露与批判，除正面儒学之外，还采用以传统反传统的手法，以墨子、老庄、韩非子、李贽等非正统、反正统思想家的学说，攻孔伐儒学。从对老子的"大道废，有仁义。智慧出，有大伪。六亲不和，有孝慈。国家昏乱，有忠臣"这样否定儒家所倡道德的认同，到其赞老庄"能深知家天下者遗弃公天下之道德，而专以家天下之仁义礼智愚弄人民"；从对商鞅、韩非子对儒家道德的大加反对的肯定，到对墨学"兼爱"、"非攻"、"节用主义""经济主义""节葬""墨守"的推崇，以及对明李卓吾离经叛道的激赏等。吴虞以传统反传统的思想特征十分突出，其原因至少有三方面：（1）自称是"无书不读"的吴虞，首先是一个深受传统学术浸润的所谓新文化人。"中国的经史子集，读得多，钻得深，而且对外国的政治、经济、法律诸书

---

① 吴虞：《儒家阶级制度之害》，《吴虞文录》，第37页。
② 吴虞：《书女权平议》，《吴虞文录》，第99页。

也经常涉猎。其他如佛教经典、各种哲学著作多有研究。"①
但是，诚如余英时指出的那样：在新文化运动中有影响力的人物，"在他们反传统、反礼教之际首先便有意或无意地回到传统中非正统或反正统的源头上去寻找根据。因为这些正是他们比较熟悉的东西，至于外来的新思想，由于他们接触不久，了解不深，只有附会于传统中的某些已有的观念上，才能发生真实的意义。……所以在五四时代，中国传统中的一切非正统、反正统的作品（从哲学思想到小说戏曲歌谣）都成为最时髦、最受欢迎的东西了"②。（2）吴虞热衷于以墨、道、法等先秦诸子学说及晚明李贽的异端学说，不仅在于它们对儒学批判意义，还在于它们在儒学独尊的封建社会均处于非正统、反正统的地位。或者说，吴虞盛推上述各家学说，既有对儒学内里批判的需要，更有对儒学古今至尊地位的愤懑与不满："二千年以来无议论；非无议论也，以孔夫子之议论为议论，此其所以无议论也。二千年以来无是非；非无是非也，以孔夫子之是非为是非，此其所以无是非也。"③ 这是吴虞文中对明李贽言论的转录。（3）明末清初以来近三百年"复古解放"学术思潮与吴虞对先秦诸子学说的大力推崇有深刻的影响。④ 在"复古"运动中的汪中、章太炎等皆为具有重要地位的学者，其学术思想影响甚为广大。吴虞曾在《读〈荀子〉书后》一文中，对汪中《荀子通论》中"孔学之流于后世，荀卿之力居

① 徐艾：《吴虞先生旧事》，《文史杂志》1985年第2期。
② 余英时：《中国思想传统的现代诠释》，江苏人民出版社1989年版，第364页。
③ 《家族制度为专制主义之根据论》，《吴虞文录》，第6页。
④ 吴效马：《论吴虞非儒反孔的传统学术渊源》，《贵州社会科学》2000年第2期。

多"[1] 的看法，以及"九流之中，为墨足与儒相抗"之说等，深表认同并加以发挥。对于章太炎和他的《诸子学略说》，吴氏著述中更是一再提道："章太炎《诸子学略说》，攻孔最有力，其《訄书》并引日本远藤隆吉'支那有孔子，为支那祸本'之言。"[2] 显而易见，吴虞以传统反传统这一思想特征，与有清一代的学术思潮一脉相承。由此，也进一步表明为梁启超一言蔽之为"以复古为解放"近三百年学术思潮发展，何尝不是《新青年》反传统的重要精神资源的组成部分；就意义而言，《新青年》的反传统又何尝不可视为"近三百年学术思潮"发展的延续与深发。

如果说作为主将的陈独秀为提倡伦理道德革命而集矢于儒者三纲，易白沙为破除孔教迷信和揭露尊孔倡导者的不良居心而着意还孔子学说本来面目的话；那么，吴虞则因其独特的研学经历、坎坷的思想遭遇和不平的社会境遇，对孔子儒学透视得更为深广，从而进一步将反对维系传统社会的宗法制度、家族制度、专制制度与批判宗法思想、礼教、伦理道德结合起来。如此显著的思想特征，不仅为《新青年》的反孔非儒壮大了声威，更重要的是《新青年》由于吴虞的加盟，对孔孟儒学和封建礼教及其旧道德所作的揭露和批判更为深刻系统和振聋发聩。正基于此，吴虞赢得了《新青年》及其追随的广大青年学生的热烈响应与喝彩，也遭到社会上的一些反对："痛斥孔孟，甚至谓盗跖之危害在一时，盗丘之遗祸及万世，言之何愤激如是，似太不容情矣。夫孔子之言，间或有不适于后世共和时代者，识者早已详言。读圣贤书，知其意可矣，奚

---

① 《读〈荀子〉书后》，《吴虞文录》，第43页。
② 《对于祀孔问题之我见》，《吴虞集》，四川人民出版社1985年版，第240页。

必备极丑诋以为快乎。"① "由今人之道，而斥古人。取长去短可也，一笔抹杀之不可也。"吴虞文章发表之后，类似读者来信络绎不绝。时至今日，清算"五四"者，即使放过"率先"问孔的易白沙，也不忘将吴虞与"陈"、"胡"一并"兴师问罪"。

若对《新青年》中吴虞反孔非儒的解读就此打住，显然还很不够，还不足以揭示其"清道夫"、"老英雄"之精神内涵，似乎也会影响我们对《新青年》同人的整体把握。具言之，《新青年》中的吴虞思想特色如此鲜明，与其复杂而坎坷的社会阅历紧密相关。吴虞生于1872年，1917年加入《新青年》阵营中已45岁，是《新青年》同人中年长者。是年，陈独秀38岁，易白沙31岁，胡适26岁，鲁迅36岁，周作人32岁，钱玄同30岁，刘半农26岁，只有生于1868年的蔡元培长其几年。由于吴、蔡年岁相近，较其他同人有诸多互为参照说明的意义：二者皆为区别于旧式文人或士大夫的新式知识分子，既受过系统的封建教育又都有留学海外接受"新知"的经历。在"国势陵夷，道衰学蔽"之际，一个主铁血革命建立共和后又张"美育代宗教"；一个一度认同立宪，但决意"非儒"，并执著毕生。虽然，从历史地位及其影响而言，二者不可同日而语；但是，《新青年》中吴虞锋芒之尖锐、思想之勇气并不亚于前者；而且，在《新青年》同人中，吴虞的反孔非儒不仅大可溯至辛亥革命之前，被称为"近代四川第一个高举民主科学大旗的反孔斗士"②，而其"反孔"的缘起较之《新青年》同人也更为复杂。因此，将吴虞"非儒"思

---

① 《通信》，《新青年》第3卷第3号，1917年5月1日。
② 屈小强：《五四前后的四川思想界》，《四川文物》1989年第3期。

想的形成纳入考察的视界，犹显必要。无疑有助于今人对反孔非儒思潮自晚清形成后愈演愈烈的社会现象及其发展走向，有着更为深刻的认识。

从现掌握的有关资料看，吴虞"非儒"思想的形成，有着这样一些方面重要影响因素：（1）"新学"传播与接受。1872年出生于四川成都一地主家庭的吴虞，早年求学成都尊经书院，师从经学家吴伯羯，"侧闻绪论，始知研讨唐以前书"。几经寒暑戊戌之后风气大新，方"兼求新学"，并一发不可收；即使维新失败"西学"被视为"异端"，吴虞仍"澹于希世，不事科举"，甚至"不顾鄙笑，搜访弃藏，博稽深览，十年如一日"，时人以"成都言新学之最先者"①称之。怀体验之想吴虞留学日本法政大学，常常将孔子儒学与"西学""比较对勘"，"圣贤误人深，孔尼空好礼"之感因此而生，故将"二十年来所讲学术，划然悬绝"。（2）近三百年来蕴含"复兴诸子学"的"复古解放"学术思潮发展与晚明李贽思想的影响。吴虞早先致《新青年》陈独秀信，就已将其相关思想资源加以了揭示："读贵报《孔子平议》，谓自王充、李卓吾数君外，多抱孔子万能思想。不佞丙午游东京，曾有数诗（题为《终夜不寐偶成》，载《饮冰室诗话》），注中多非儒之说。归蜀后，常以《六经五礼通考》《唐律疏义》《满清律例》及诸史中'议礼'、议狱之文，与老庄、孟德斯鸠、甄克思、穆勒约翰、斯宾塞尔、远藤隆吉、久保天随诸家之著作，及欧、美各国宪法，民、刑法，比较对勘。"② 萌发于明

---

① 见李玉刚编《吴虞　易白沙——五四风云人物文萃》，人民日报出版社1999年版，第3页。

② 《附吴又陵书》，《独秀文存》，第646页。

末清初的"复古解放"思潮，是伴随着经济领域内资本主义萌芽而产生的。经著名思想家顾炎武提出儒经与诸子百家并读之后，乾嘉时期著名学者汪中竭力还孔子学于孔子，并创"孔墨并称"说，且以孔荀之道代孔子之道来否定了宋儒的道统。19世纪后有俞樾、孙诒让等传承。20世纪初，以章太炎为首的"国粹派"更公开打出"复兴古学"的旗号，倡"六经皆史"，斥孔子为趋时竞进，湛心利禄的"巧伪人"，非儒反孔渐演为热潮。吴虞思想行就于如此思想文化背景之中，自然深受濡染。其对晚明学者李贽的推崇，也自然而然。新文化运动开始不久，吴虞在所撰述的《明李卓吾别传》中悲愤道："呜呼！卓吾产于专制之国，而弗生于立宪之邦，言论思想，不获自由，横死囹圄，见排俗学。"① （3）封建势力的迫害。扬"西学"抑孔儒的吴虞，时时"与时俗乖忤"，一方面引明"名教罪人"李贽为类，著文倡言论思想自由，反君主斥孔孟而遭查禁。一方面因不满其父"恶行"，告诉官府虽胜犹败，不但遭到"欲以孔孟之道来挽救人心、来维持礼教的人们"的责备，还被视为"投畀豺虎，豺虎不食；投畀有北，有北不受"的"名教罪人"，逐出教育界。最终因撰文"反对儒家之家族制度"遭川督"移文各省逮捕"而逃往他乡。辛亥之后的尊孔复古逆潮涌动，吴虞仍背负"名教罪人"、"士林败类"骂名，受尽歧视与奚落。系列指斥孔孟之道的檄文，因此而得以撰成并面世。② 愤怒出诗人，愤怒又何尝不能出思想？文学是苦闷的象征，深刻的洞见又何尝不与苦闷相伴随？若将吴虞在旧式家庭中所受到的压抑并因此而遭到社会守旧势

---

① 《明李卓吾别传》，《吴虞文录》，第68页。
② 《〈吴虞集〉前言》，《吴虞集》，四川人民出版社1985年版，第3—5页。

力的迫害，与其反对儒教、主张家庭革命的思想联系起来分析，就不难发现吴虞对儒教的批判更多地带有个人感情色彩，冷峻的理性审视有所不足，与其家庭矛盾是分不开的，其字里行间对儒教铭心刻骨怨恨的背后，正是他所遭遇封建家庭文化压抑的感情倾泻。①

尚要指出的是，作为"打孔家店的老英雄"，吴虞有无愧的一面，这不仅仅因为他在《新青年》反传统思想活动中的突出表现，还在于它是《新青年》同人中，所持立场最坚定、最持久者之一。"五四"之后重返故里的吴虞，虽然遭旧派的排斥与打击，并被迫最终去职退隐家中，潦倒不堪。但反儒非孔的思想一以贯之。1928 年 5 月，他发表了题为《对于祀孔问题的我见》的演说，再次申述了五四时期批判孔学和旧礼教旧道德的基本内容；同时，对辛亥革命后康有为、王壬秋、罗振玉、王静安、沈曾植、陈焕章等尊孔复辟派点名进行揭露，对袁世凯、张作霖、张宗昌等北洋军阀尊孔复辟点名进行批判，对章太炎、梁启超在辛亥革命后不反孔表示不满。1937年，他发表了《经疑》一文，则对国民党蒋介石积极施行"尊孔读经"的复古教育，大加质疑。其晚年诗作《哭廖季平前辈》，是其境遇充分反映：

> 四十非儒恨已迟，公虽怜我众人嗤。门庭自辟心疑古，胆识冲天智过师。垂老名山游兴在，横流沧海叹谁知。益州耆老凋零尽，下马陵高望转悲。②

---

① 李刚：《只手打孔家店的老英雄吴虞——〈吴虞思想研究〉评介》，《中华文化论坛》1997 年第 3 期。
② 《吴虞集》，第 378 页。

但是，吴虞似乎也有"失愧"的一面。也许是因"名士"遗风的侵蚀，狎邪艳词一直为率性吴虞所好，一度被讥之为"孔家店的老伙计"①。因其言行的不尽一致，也渐失青年学生的信任。

在《新青年》同人之中，吴虞所呈现出来的镜像，实可谓为多棱多面：早年被斥为"名教罪人"，为乡梓及官府所不容；新文化运动中，因"打孔"有力，深得陈独秀、胡适的褒奖，一个谓之"峨眉巅峰"，一个谓之"只手打孔家店的老英雄"；五四之后，又因狎妓冶游被讽为"孔家店的老伙计"，返乡之后穷困潦倒潜心佛经，但仍非儒不止。较之于鞠躬尽瘁为"共和"的易白沙，吴虞似乎更为自我与率性，又似乎更为"个人"与"传统"。也许作为早期新式知识分子，其意义另一面还在于：它不仅仅揭示了中国"士人"于"变局"之后的一种精神走向，一种自觉选择，一种充满压力与凶险的生存状态；同时，它还隐喻着"传统"的延续绝非时空的一以贯之；同样，它的更新也绝非时空的戛然而止。台湾著名学者殷海光就此论道："和许多新旧过渡时期的人物一样，吴又陵的思想是在一种新旧杂糅的状态之中。不过，无论他在思想上的成就是大还是小，他充满了为时代而思想的热心和真诚。"②

对于多棱多面的吴虞，议论自然纷纭，当年是现在仍是，只不过如今的议论更高分贝地聚焦在这样一个问题上：胡适当年究竟是称吴虞为"四川只手打孔家店的老英雄"，还是"四川只手打倒孔家店的老英雄"，"打"与"打倒"，仅一字之

---

① 《孔家店里的老伙计》，《晨报副刊》1924 年 4 月 29 日。

② 刘桂生、张步洲编：《台湾及海外五四研究诸著撷要》，教育科学出版社1989 年版，第 194 页。

差，却分别为意见相左者的重要论据。若前者属实，那么"全盘否定"者，就不能据此理论；同样，若后者确凿，那么非"全盘否定论"者，又多了一"失据"处。因此，现凡论及《新青年》同人之吴虞，尤其是非"全盘否定论者"，势必追踪溯源予以澄清。如此情形，无疑折射出当下相关讨论之紧张。

第四章

"爆得大名"胡适

胡适（1889—1962）

《新青年》时期的胡适之
虽"羽扇纶巾"青春年少，
然其在除旧布新的新文化运
动中，却显出其同人少有的
风貌：集峻急与稳健于一身，
融审慎与执著于一体。胡适
因《新青年》"爆得大名"，
也因《新青年》屡遭诘难，
其最终的猝然离世也与之紧
密关联。胡适与《新青年》，
《新青年》与胡适，相关命题
的讨论日益拓展与深入，这
里仅就其在《新青年》中有
关反"传统"问题加以讨论。

一　揭起文学革命的义旗

较之于《新青年》同人，胡适反传统的"业绩"，当首推"揭起文学革命的义旗"。建设新鲜立诚的文学，反对载道的文学，是胡适文学革命主张的基本内容。《新青年》的言论文章约40余篇，关于语言文学方面的近30篇。《文学改良刍议》、《历史的文学观念论》、《建设的文学革命论》、《论文学改革的进行程序》、《易卜生主义》、《论短篇小说》、《文学进化观念与戏剧改良》、《我为什么要做白话诗》等，均是胡适刊于《新青年》的关于文学革命的重要篇目，主要是有关文学革命的纲领、立论根据、途径、方法、目的以及相关文体和门类艺术的改良等问题的意见与阐释。这些立论对当时文学革命的兴起与推进，对五四新文学的发生发展，都产生过极其重大和深刻的影响。

虽然胡适未曾有"文学是什么"的专门论述，但并不妨害人们从其对相关问题的阐释中截获有关思想信息。如此强调这一点，不仅仅基于"思想是行动先导"之通识，还因为个中"思想"，异质于传统，对其内涵的揭示，本身就充满了意义。胡适对于"文学是什么"的诠释，散见于《新青年》诸文之中，主要有三种层面的表达：（1）"达意表情"说，即："一切语言文字的作用在于达意表情，达意达得妙，表情表得好，便是文学。"① 这是胡适在《建设的文学革命

---

① 胡适：《建设的文学革命论》，《新青年》第4卷第4号，1918年4月15日。

论》中强调白话之于"文学"意义之时，对文学性质的揭示。胡适认为"真挚情感"是文学的灵魂，作为见地、识力和理想的"高远思想"，不必赖文学而传，但文学却因其而"益贵"，思想亦因有文学的价值而"益贵"。这一认识，实际上也是胡适文学革命立论的基点，《文学改良刍议》所提出的八项主张，无一不立足于此。（2）"社会的生活的表示"说。这是胡适在《答黄觉僧君〈折衷的文学革命新论〉》一文中，针对黄所谓："研究美术文者，必文学程度已高，而欲考求各种文体真相之人，与社会无甚关系"和"旧美术文无废除之必要"① 而立论的。胡适指出，作者在这里提出的意见，与其自称要"建设一种浅近的，明了的，通俗的，平民的，写实的文学"主张自相矛盾，认为"美术文的趋势只操纵于'文学程度已高，与社会无甚关系'的人"，与容存"艰深的"和"贵族的"文学并无二致。因为"我们以为文学是社会的生活的表示，故那些'与社会无甚关系'的人，绝对地没有造作文学的资格"②。显然，"表示说"，旨在强调文学与现实的联系，反对远离社会的文学贵族化倾向。这与陈独秀的"三大革命"遥相呼应，也是对"达意表情"说的有益补充。（3）"进化"说。这是胡适在《文学进化观念与戏剧改良》一文中所着力阐释的内容，也是胡适对"文学是什么"的进一步的揭示，更是其文学革命论的重要思想支撑。胡适认为："文学乃是人类生活状态的一种记载，人类生活随时代变迁，故文学也随时代变迁，故

---

① 胡适：《答黄觉僧〈折衷的文学革命论〉》，《新青年》第5卷第3号，1918年9月15日。

② 同上。

一代有一代的文学。"① 故文学是进化的。同时指出文学的进化有三个显著的特点，即：文学的进化总是在与外在阻力相抗争中进化的，文学的进化史也是挣脱束缚力争自由的历史。文学的进化中总会面临一些"遗形物"，即为时代所淘汰又因人类守旧的惰性，仍旧保存的"过去时代的纪念品"②，不加以清除净尽革新永无希望。文学的进化需要吸纳异域的滋养，胡适对此表述为："一种文学有时进化到一个地位，便停住不进步了。直到他与别种文学相接触，有了比较，无形之中受了影响，或是有意的吸收人的长处，方才再继续有进步。"③

　　显而易见，在胡适看来，文学应该是有思想有感情的社会生活的反映与表达，它应是随着时代发展而发展，而不固步自封的开放体系。如此思想内核的文学观念，与传统的强调"代圣人言"的载道的文学观截然相反，充溢了思想解放、个性自由与世界文化交流与互动的时代气息。在如此思想的观照之下，胡适对传统的旧文学很不以为然并指出：它们在内容上强调"载道"意识，而其所载之"道"，早已为严峻的社会现实所质疑；它们在形式上强调用典、对仗，在手法上主张摹仿古人，以致陈调套语、无病呻吟、毫无生气；它们不讲求文法，思维笼统、含混不明，与科学日益渗透的现代文化思想的发展要求相背离；而言文分途，阶级森严，又与大众相隔绝。在胡适看来，这样的文学虽生犹死、貌俨神亏，故主张厉行革命以救之，从而以思想深远、感情真挚的新文学以代之。

　　立足充满现代思想张力的文化立场，作为传统文化与艺术

---

　　① 胡适：《文学进化观念与戏剧改良》，《新青年》第5卷第4号，1918年10月15日。

　　② 同上。

　　③ 同上。

代表的旧戏剧，遭到胡适及其《新青年》同人的猛烈抨击。其间，除对旧戏剧艺术表现形式有诸多的非议之外，对旧戏剧所热衷的深刻着儒家文化色彩的"大团圆"精神，尤为"胡适们"深恶痛绝。胡适说："人生的大病根在于不肯睁开眼睛来看世间的真实现状，明明是男盗女娼的社会，我们偏偏说是圣贤礼义之邦；明明是脏官、污官的政治，我们偏要歌功颂德；明明是不可救药的大病，我们偏说一点病都没有，却不知道，若要病好，须先认有病；若要政治好，须先认现今的政治实在不好；若要改良社会，须先知道现今的社会实在是男盗女娼的社会。"① 胡适故将所谓的"大团圆"精神，斥之为"迷信"、"作伪"与"说谎"和"中国人思想薄弱的铁证"②。胡适指出："团圆快乐的文字，读完了，至多不过使人觉得一种满意的观念，决不能叫人有深沉的感动，决不能引人彻底的觉悟，决不能使人起根本上的思量反省。"③ 如此艺术，只是不断地制造着浅薄与麻木；长此以往，只会导致"一国的文化最忌的"老性或暮气，而除注入"新鲜的'少年血性'"外④，几无药可救。

对于中国的小说与旧戏动辄"美满的团圆"的审美意趣，胡适以为实在是中国文学"悲剧的观念"最缺乏的表现。胡适认为"悲剧的观念"应含有三方面的内容：（1）承认人类最浓挚、最深沉的感情不在眉开眼笑之时，而在悲哀不得意、无可奈何的时节；（2）承认人类亲见别人遭遇悲惨可怜的境

---

① 胡适：《易卜生主义》，《新青年》第4卷第6号，1918年6月15日。
② 胡适：《文学进化观念与戏剧改良》，《新青年》第5卷第4号，1918年10月15日。
③ 同上。
④ 同上。

地时，都能发生一种至诚的同情，都能暂时把个人小我的悲欢哀乐，一起消纳在这种至诚高尚的同情之中；（3）承认世上的人事无时无地没有极悲极惨的伤心境地，不是天地不仁，"造化弄人"，便是社会不良使个人消磨志气，堕落人格，陷入罪恶不能自脱。由此进一步指出："有这种悲剧的观念，故能发生各种思力深沉、意味深长、感人最烈、发人猛省的文学。"① 对于医治中国说谎作伪、思想浅薄的文学来说，不乏为"绝妙圣药"。因此，胡适对不惧习俗、不畏庸众、特立独行、崇尚个性以及睁眼看社会的易卜生主义，赞赏有加，并极力鼓吹。或者说，期以表示社会真实，掘发人们觉悟，振作世人精神，直面人生的西洋文学悲剧观念，被胡适当做救济旧文学的良药而极力推重。

对于中国旧戏的批判，《新青年》同人倾向一致，刘半农、钱玄同、陈独秀和傅斯年皆纷纷撰述同声应和。当然，社会上也有以"张厚载"为代表的不同意见的存在，并酿成一段历史"讼案"。因对《新青年》旧戏改良观持不同意见的张厚载，既是所谓"梅党"的中坚，又是北大法科学生，同时还是《沪报》特约通讯员，并和林琴南渊源不浅。当年在《新青年》上因旧戏评价问题与胡适、钱玄同、傅斯年、刘半农，展开论辩之外，还撰发了一些有损"校誉"的不实消息，故在其离毕业仅差两个多月的情况下被北大除名。时过境迁，对于张厚载的结局，今之论者颇有些不平，以为"如今将近一个世纪的时光，已经抚平了五四一代学者急于想使落后的中国早日走向现代社会而产生的巨大的焦躁情绪，使我们能平心静气重新审视论争

---

① 胡适：《文学进化观念与戏剧改良》，《新青年》第 5 卷第 4 号，1918 年 10 月 15 日。

的实质性内容"①。作为《新青年》同人的鲁迅，虽未直接卷入1918年有关"旧戏"的论争，但因其秉持《新青年》的思想余绪，对传统戏剧及其代表人物梅兰芳，不休不止地针砭；故而，凡涉及胡适在《新青年》中的旧戏改良问题，世人必将与鲁迅相关论说并提。在鲁迅撰述的《论照相之类》、《厦门通信》、《宣传与做戏》、《看萧和"看萧的人们"记》、《"京派"与"海派"》、《略论梅兰芳及其他》（上、下）等文章中，鲁迅对中国旧戏的批判落点与胡适等《新青年》同人大体一致：（1）不满于旧戏与现实的隔膜及其所谓"大团圆"结局。鲁迅认为中国"旧戏"被罩上了"玻璃罩"，与现实人生分离。就此，鲁迅指出："中国人向来因为不敢正视人生，只好瞒和骗，由此也生出瞒和骗的文艺来，由这文艺，更令中国人更深地陷入瞒和骗的大泽中，甚而至于已经自己不觉得。世界日日改变，我们的作家取下假面，真诚地，深入地，大胆地看取人生并且写出他的血和肉来的时候早到了；早就应该有一片崭新的文场，早就应该有几个凶猛的闯将！"②（2）不满于旧戏的固有表演程式。鲁迅自谓从1902年至1922年二十年间，只看过两回京剧，而印象都十分之坏，这在其散文体小说《社戏》中有相关片段的详细叙写。其杂文则对人们公认的京剧艺术的种种表演特点，诸如象征艺术等，鲁迅很不以为然，曾不无戏谑地调侃道："以京剧来宣传救国，那就是'我们救国啊啊啊'了，这行吗？"③（3）不满于旧戏"男扮女角"所映现出的病态审美文化心理。

---

① 刘丽华：《不愉快的师生论争——审视胡适与张厚载的一段公案》，《鲁迅研究月刊》2005年第11期。

② 《论睁了眼看》，《鲁迅全集》第1卷，第240—241页。

③ 郁达夫《回忆鲁迅》，转引自夏明钊编《民族英魂——名人笔下的鲁迅鲁迅笔下的名人》，东方出版中心1998年版，第103—104页。

男扮女角根源于"男女授受不亲"的封建传统文化，鲁迅就此挪揄道："我们中国的最伟大最永久，而且最普遍的'艺术'是男人扮女人。这艺术的可贵，是在于两面光，或谓之'中庸'——男人看见'扮女人'，女人看见'男人扮'，表面上是中性，骨子里当然还是男的。"①

可以看出，鲁迅对"男人扮女人"这种中国特有的艺术现象有着本能的反感，所以从文化心理上予以批判，旨在抨击传统文化所造就的某种太监化的病态人格。鲁迅有关旧戏这一层面的研判，显然有别于其他《新青年》同人，亦应是鲁迅不以旧戏及其"梅兰芳"为然之所在。一向以优容与平和著称的胡适则恰恰相反，在这场旧戏的论争中，胡适除奉行对事不对人的态度外，对梅兰芳的戏剧演艺生涯数有助促，彼此交谊甚厚。胡适曾在文中向西方读者这样介绍梅兰芳："梅兰芳先生是一位受过中国旧剧最彻底训练的艺术家。在他众多的剧目中，戏剧研究者发现前三四个世纪的中国戏剧史由一种非凡的艺术才能给呈现在面前，连那些最严厉的、持非正统观的评论家也对这种艺术才能赞叹不已而心悦诚服……梅兰芳先生的新剧是个宝库，其中旧剧的许多技艺给保存了下来，许多旧剧题材经过了改编。正是在这个意义上，他的一些新剧会使研究戏剧发展的人士感到兴趣……梅兰芳先生是个勤奋好学的学生，一向显示要学习的强烈意愿。"② 故此，今之论者论及《新青年》同人的"旧戏"问题的时候，责诃鲁迅甚于胡适。

如今来看，尽管对于胡适及其《新青年》同人，在传统旧

---

① 《最艺术的国家》，《鲁迅全集》第5卷，第85页。

② 《胡适的一篇佚文：〈梅兰芳和中国戏剧〉》，见梅绍武《我的父亲梅兰芳》第二集，中华书局2006年版。

戏以及当时传统旧戏的辩护人张厚载的问题上，有着种种新的或者说有着所谓更为中正的界说；但是，有一点可以肯定，就是他们对旧戏与现实相脱节及其所谓皆大欢喜的"大团圆"模式的指斥与鞭挞，正是五四新文化运动所蕴含的关注现实启智涤旧精神特质的反映，风格悲怆求真求诚的五四启蒙主义文学思潮的演成，与之不无深刻的联系。

不避俗字俗语做"白话文学"，则是文学革命的重要内容，也是胡适和《新青年》最遭社会尤其是古文家们反对的地方。"工欲善其事，必先利其器"，文学的利器在语言。胡适认为，文字（语言）有"死"、"活"之分。所谓"活文字"，即日用之文字，如其时英、法文，吾国之白话；死文字，即非日用之语，已陈死矣，如希腊拉丁、吾国之文言。白话，即俗化、明了、简洁日常之用语。死文字造就死文学，活文字成就活文学。文学史中不乏例证：凡尚有价值的，可称之为"活文学"的，都带有白话性质，没有一种不是借这个"白话性质"帮助的。如：古代的《木兰辞》、《孔雀东南飞》、杜诗《三吏》《三别》、《诗三百》中的部分；近世的《水浒传》、《西游记》、《儒林外史》、《红楼梦》，等等。用那些两千年来的已经死了的语言文字做文学，都是没有生命价值的，都是死的，诸如：王粲登楼、阳关三叠，等等，如此文章，只是少数懂得文言者的私有物，对于一般通俗社会而言，形同于"死"。

胡适白话文学主张的基点，似乎侧重于简洁明了、通俗易懂，似乎与晚清白话文的主张大致一体。所不同的是，晚清白话的倡导者，仅把"白话"当做宣传和觉众的工具，后来的胡适则不尽其全然，而是把白话视作运输"新思想"、"新精神"的活文学唯一语体形式，是作为思想的彻底解放意义来立论的。为此，胡适不仅一再强调，白话不仅有造文学的可能，而且实在是新文学的唯一利器；而且，为了坚实自己立论，胡适表现得异乎寻常地审慎，即有意无意地沿袭着"古已有之"思路，回身固有的历史中寻找根据。通过对中国文学历史进程的溯源与考辨，对曾经言文合一及其以后潜沉不绝隐现不定的历史状态进行掘发与梳理，胡适提出"白话为文学正宗"和白话"为吾国文学趋势"主张。指出："吾辈之攻古文家，正以其不明文学之趋势而强欲作一千年、二千年以上之文。此说不破，则白话之文学无有列为文学正宗之一日。而世之文人将犹鄙薄之，以为小道邪径而不肯以全力经营造作之。如是，则吾国将永无以全副精神实地试验白话文学之日。夫不以全副精神造文学而望文学之发生，此犹不耕而求获、不食而求饱也，亦终不可得矣。"① 继而声言：惟元之后之古文家，则居心在于复古，居心在于通过抑通俗文学而以汉魏唐宋代之。此种人乃可谓真正"古文家"。吾辈所攻击者，亦仅限于此一种"生于今之世反古之道"之真正"古文家"耳。② "白话文"经由胡适如此论证，继进化论之后，进而获得了充分自足的历史依据，从而为"白话文"的建立，提供了进一步的理论支持。

重思想更重建设，是胡适文学革命主张的重要特色，正是在此思想的指导下，新文学得以催萌。对"旧文学、旧政治、旧伦理，本是一家眷属"③ 的本质，胡适与陈独秀有一致的认识；对钱玄同"选学妖孽，桐城谬种"的指斥，胡适也引以为同调，他认为其友钱玄同替《尝试集》做的一篇长序，"把应该用白话文做文章的道理，说得很痛快透彻"④。所不同的是，胡

---

① 胡适：《历史的文学观念论》，《新青年》第 3 卷第 3 号，1917 年 5 月 1 日。
② 同上。
③ 《答易宗夔》，《新青年》第 5 卷第 4 号，1918 年 10 月 15 日。
④ 同上。

适在文学革命的问题上，不像陈独秀那样主张提出之后又忙于研究别的"问题"，也不像钱玄同那样主要专力于旧营垒的"炮轰"上。胡适认为，提倡文学革命之人，固然不能不从破坏一方面下手；但又以为旧文学已不堪一击，其"一息尚存"，实在是因为"真有价值、真有生气、真可算作文学的新文学还没有起来"取而代之。一旦有了"真文学"和"活文学"，那些"假文学"、"死文学"自然会消灭，所以渴望"提倡文学革命的人，对于那些腐败文字，个个都该存有'彼可取而代之'的心理；个个都该从建设一方面用力，要在三五十年内替中国创造出一派新中国的活文学"①。在如此体认下，本着"鸳鸯绣出凭君看，要把金针度与人"的胡适，亲历创作。因开白话诗风气之先，而被誉为"新诗老祖宗"。尽管"试验"之作，仍有"小脚鞋样"，但其具有的开拓性示范性的意义不容低估。一个时代的新诗运动便是在如此影响之下蓬蓬勃勃开展起来的。胡适本人为此甚为得意，并曾在此后的日记中写道："新诗到此时可算是成立了。……他们此时的成绩已超过我十四年前的最大期望了。我辟此荒地，自己不能努力种植……这几年来，一班新诗人努力种植，遂成灿烂的园地。我这个当年垦荒者来这里徘徊玩赏，看他们的收获，就如我自己收获丰盈一样。"② 此外，其所尝试创作的独幕话剧《终身大事》，为中国人创作的第一个话剧，上演反响热烈。

总之，言文分离问题，是旧文学贵族化的重要原因，无论是为阶级观念废除、为教育普及计，还是为今人用今语造活文学、真文学计，继清末民初"白话文报"之后再一次的

---

① 《答易宗夔》，《新青年》第 5 卷第 4 号，1918 年 10 月 15 日。
② 转引自《胡适研究丛刊》第二辑，中国青年出版社 1996 年版，第 67 页。

被提出，绝不可简单地相提并论。较之以往，此次的白话文运动方面面都有着"质"的不同。一是，主张对旧文学所载之"道"加以彻底地剔除，使之在思想上异质于以往。二是，胡适虽然主张多译西洋名著作为新文学的榜样，但为促进白话文学发展，胡适不仅坚持知行合一身体力行于白话韵文的创作尝试，率先结集成《尝试集》，供世人参考；还对短篇小说和戏剧改良等问题进行了专门深入的研究与讨论，并竭力鼓吹与提倡，后来短篇小说和新剧的发展，都与胡适在《新青年》的努力，渊源深厚。三是，胡适不失时机地使白话文运动与当时的"国语运动"发生联系，"文学的国语与国语的文学"主张一经提出即获得认同，"白话文学"的观念借助行政的力量得以迅速传播与实施，风助火势火借风威，白话文学国语运动相得益彰。其结果是，白话文的广为推行比胡适所预料的提前了数十年，这是其当初无论如何也难以想象的，胡适本人也为此自得不已。

显然，白话文的出师告捷，与陈独秀《文学革命论》的有力声援及其《新青年》同人的同声应和分不开，但是胡适所具有的卓识与胆魄、细密与审慎是不可或缺的因素，胡适之稳健亦现其中。当然，最为根本的原因犹如陈独秀指出的那样："中国近年产业发达，人口集中，白话文完全是应了这个需要而发生而存在的。适之等若在三十年前提倡白话文，只需章行严一篇文章便驳得烟消灰灭。"① 对此，余英时也认同道：

　　胡适由于"知国内情形最悉"，因此才对时代的动脉

---

① 《科学与人生观序》附录三《答适之》，见《胡适文存》第二集，第153页。

有敏锐的感应，这正是他的过人之处。①

但又进一步指出，白话文之所要等到五四前夕才成功，要因在于：

> 他在美国接受了7年的民主洗礼之后，至少在理智的层面上已改变了"我们"士大夫轻视"他们"老百姓的传统心理。正是由于这一改变，他才毫不迟疑地要以白话文学来代替古典文学，使通俗文化又驳驳乎凌驾士大夫文化之上的趋势。这一全新的态度受到新兴知识分子和工商阶层的广泛支持，自不在话下。另一方面，白话文学之所激起当时守旧派的强烈反感也正是由于通俗文化的提倡，直接威胁到士大夫的上层文化的存在。②

对于胡适之于白话文的提倡，及其白话文学的意义，周策纵先生有段评述不乏精当：

> 胡适的努力和贡献，自然超过了任何别的人。在这方面，他有两件最重要的贡献：一件当然是他提倡并实用地用白话写新诗，"新诗的老祖宗"这头衔大致上是可以肯定的。第二件则是他宣称白话文学才是中国文学的正宗。这就把文言文从正统的高位上拉了下来，白话文和文言文翻了个筋斗。从五四时代起，白话不但在文学上成了正

---

① 余英时：《中国思想史上的胡适》，见欧阳哲生主编《解析胡适》，第96页。

② 同上书，第97—98页。

宗。在一切写作文件上都成了正宗。这件事在中国文化、思想、学术、社会和政治等各方面都有绝大的重要性，对中国人的思想言行都有巨大的影响。就某些方面看来，也可说是中国历史的一个分水岭。这个重要性，恐怕一般人不曾意识到，恐怕连胡适自己也不曾充分意识到。语言表达的方式可以影响到人们的思路、思考和行为。白话文的成功推展，可能已促使中国文字变色和变质了。这无疑的是胡适对中国文化的最大贡献。自然，这是五四运动以来，无数作家和知识分子分别和共同努力的结果，但胡适初期催生之功是不可磨灭的。①

虽然文学只是文化的一小部分，但因其所渗透的文化因子异常的丰富，故在人类文化中引人注目。对于有着数千年诗教传统的国度，文学的载道性与文学的功用性尤为强调与凸显，由此也就决定了"文学革命"意义：既是文学的革命，更是思想的革命和文化革命。正源于此，该主张一经提出，便为《新青年》同人反传统的思想解放运动，提供了具体可行的切入路径，才有了后来新文化运动轰轰烈烈的深入与持久；同样，这也便是为什么胡适的文学革命主张才见端倪，就赢得极富睿智的《新青年》主将陈独秀的大声喝彩并积极声援的原因。当然，也是"吾识其理乃不能道其所以然"②的林纾，到后来《学衡》的梅光迪、《甲寅》的章士钊等，对白话文学猛烈抨击的重要原因。毋庸避讳的是，一些今之论者，对此又再度提出了质疑，如："精神断层"论，"语言粗糙"说，等等。

---

① 周策纵：《胡适对中国文化的批判与贡献》，《解析胡适》，第133页。
② 林纾：《论古文之不当废》，《民国日报》1917年2月8日。

我们认为，提出问题讨论问题是事物健全与发展的必要环节；但是，若以此来否定《新青年》及其五四新文化运动的根本方向的话，显然难以企及。

二　鼓吹"质疑"与"不调和"的新思潮精神

《新青年》中的胡适，反传统还体现为一种"评判的态度"，这也是胡适最以为是处。刊于《新青年》第 7 卷第 1 号的《新思潮的意义》，是其有关"评判的态度"的最好诠释。在胡适看来，陈独秀的《本志罪案之答辩书》将《新青年》意义定位于拥护"德"、"赛"两先生，虽简明但失之于笼统；认为"评判的态度"才是新思潮的根本意义之所在。

这种被胡适推重的"评判态度"，含有三方面的特别要求，即：对旧有的习俗和沿袭的制度须问是否还有存在的价值；对先贤教训须问是否还是不错；对于社会上不明所以的行为与信仰，须问是否错误。简言之，讨论社会上、政治上、宗教上、文学上的种种问题，介绍西洋的新思想学术、新文学、新信仰，是这种评判态度的基本内容。也就是说，胡适认为"新思潮"的意义，就是以近世"西洋"文明为尺度，来"评判"并质疑中国的现状与传统。其理由是，社会进化与东西文化接近使得"向来不发生问题，现在因为不能适应时势的需要，不能使人满意，就渐渐的变成困难的问题"①，要解决这些"困难的问题"，就不能不去查询病因，开具药方；但是，"中国不但缺先进的物质文明"，还缺乏新思想、新学术，

---

① 胡适：《新思潮的意义》，《新青年》第 7 卷第 1 号，1919 年 12 月 1 日。

要对症下药就不能不借助于外来"学理"的帮助。"研究问题"和"输入学理"实乃不得已而为之，反对孔教和主张文学革命一并源自于此。

像《新青年》诸同人一样，深受西洋近世文明熏陶的胡适，一方面在东西文明的撞击之中对"古老"的社会与传统早已满腹狐疑，另一方面对当时中国徒具虚名的共和又有着诸多的失望与不满。《归国杂感》是胡适留学七年重回上海所作，刊于1918年1月15日《新青年》第4卷第1号，文章开篇道："我每每劝人回国时莫存大的希望：希望越大，失望越大。所以我自己回国时，并不曾怀什么大希望。果然，船到了横滨，便听得张勋复辟的消息。如今在中国已住了四个月了，所见所闻，果然不出我所料。七年没见面的中国还是七年前的老相识！"更在文尾愤懑道："我以为这二十年来的中国并不是完全没有进步，不过惰性太大，向前三步又退回两步，所以到如今还是这个样子。"由于痛感社会的老性与人类的惰性已构成社会进化的巨大障碍和阻力，故评判问题的态度凛然而峻急。胡适强调指出："是与不是，好与不好，适与不适"[①] 应是这种评判态度的标的，反对任何形式的"古今中外的调和"，主张矫枉必过正。对此，胡适曾专门有所阐述，即："调和是人类懒病的天然趋势，用不着我们来提倡，我们走了一百里路，大多数人也许勉强走三四十里，我们若先讲调和，只走五十里，他们就一步都不走了，所以革新家的责任只是认定'是'的一个方向走去，不要回头讲调和，社会上自然有无数懒人、懦夫出来调和。"[②] 针对社会旧学古迷势力的强劲

---

① 胡适：《新思潮的意义》，《新青年》第7卷第1号，1919年12月1日。
② 同上。

与顽固，胡适提出了整理国故的主张，胡适认为，"要知道什么是国粹、国渣，先须用评判的态度，科学的精神，整理国故"①，如此才不至于重蹈古文家林纾"吾知其理而不能言其所以然"的覆辙。

胡适如此强调"评判态度"的根本原因，在于其对"新思潮"终极目的——"再造文明"的倾心与企盼。胡适认为新思潮的唯一目是再造文明，而"文明不是拢统造成的，是一点一滴的造成的；进化不是一晚上拢统进化的，是一点一滴的进化的"。"再造文明的下手功夫，是这个那个问题的研究；再造文明的进行，是这个问题那个问题的解决。"② 正是基于如此信念，胡适毕生在整理国故上花费了大量的精力与时间，当然也取得了显著的成果。《新思潮的意义》作于五四运动之后，此时《新青年》同人内部已出现了不同的声音，但是，是论仍可视为胡适对《新青年》所引领的除旧布新思想文化运动的总结，也可视为胡适自己在《新青年》中的自我小结。其所持论系统与理性，显然是其所以稳健之根本。

十分显见，胡适所主张"评判的态度"中心内容就是"质疑"与"不调和"，如此文化趋向的姿态，与陈独秀、鲁迅等《新青年》同人的立场毫无二致，不同点则在于他提出并持守了的"点滴"式的"渐进"路线。可能正因为如此，而造就了胡适的"优容"与"稳健"。曾有论者认为，较之于陈独秀、鲁迅、钱玄同等《新青年》同人，胡适有时似乎过于的"周旋"，而不那么"决绝"。其实并不尽然。本着"评判的态度"和"渐进"立场，胡适在对传统文化的批判中，

---

① 胡适：《新思潮的意义》，《新青年》第7卷第1号，1919年12月1日。
② 同上。

有着几种不同的情态：一是，对尚在酝酿之中的问题及意见，极为审慎与稳重。在有关"文学革命"是否容许讨论的问题上，其与陈独秀的意见分歧，就是最好的说明。二是，即便"真理在握"，也不主张"泼骂"式的论战，而坚持以"我们的天经地义取代他们的天经地义"①，他对玄同与半农的"双簧戏"反应便是如此。三是，对在事理昭然的"天经地义"面前，仍置若罔闻一意孤行的行径，则义正词严。诚如其在《老章又反叛了》一文中所道：

> 我们要正告章士钊君：白话文的运动是一个很严重的运动，有历史的根据，有时代的要求。有他本身的文学的美，可以使天下睁开眼睛的共见共赏。这个运动不是用意气打得倒的。今日一部分人的谩骂也许赶得跑章士钊君；而章士钊君的谩骂均决不能使陈源、胡适不做白话文，更不能打倒白话文学的大运动。②

"评判的态度"几乎贯穿胡适的所有思想活动，从某种意义上说，胡适的荣辱成毁大都系之于此。因为"评判的态度"，使他在为文化而批判的"再造文明"的思想批判中，较之于《新青年》同人，更多了一分理性与客观；同时，也使他矢志弥久，建树颇多，影响甚大，招致的批判也最多。但是，正因了他的"评判的态度"，曾以"全盘否定论"闻名的海外学者林毓生，后来再论及该命题时也只能如此道：

---

① 胡适：《读新青年》，《新青年》第5卷第1号，1918年7月15日。

② 胡适：《老章又反叛了》，郑振铎编选：《中国新文学大系·文学论争集》（影印本），上海文艺出版社2003年版，第206—207页。

在私人言谈与学术论著中，胡先生并不对传统持全盘否定态度，尤其对孔子与朱熹的思想的一部分，颇为肯定。而他在《充分世界化与全盘西化》一文中，也对"全盘西化"做了修辞上的修正。……对胡氏而言，中国人民所应采取的文明变迁的纲领，无论称之谓"全盘西化"也好，"全心全意接受西方文明"也好，或"充分世界化"也好，就是需要在最大程度上接纳现代西方文明。虽然他对"全盘西化"作了上述修辞上的修正，就他对文明变迁的正面态度而言，他肯定"全盘西化"的根本立场，并未改变：他继续主张全盘化或整体主义的西化。①

《新青年》中的胡适，较之于同人，在除旧布新思想解放运动中，显然更多的侧重于"布新"的事业中。因此，有论者指出，"文学革命"与"评判的态度"，是五四时期胡适两个重要思想内容。

三 对旧礼教等封建道德文化的抨击

和其同时代的思想精英们一样，胡适对中国女子的命运及其发展一直关注并关怀着。早在其编辑《竞业旬报》时，就先后撰述《敬告中国的女子》、《论家庭教育》、《观爱国女校运动会纪之以诗》、《世界第一女杰贞德传》、《中国爱国女杰

---

① 林毓生：《平心静气论胡适》，见欧阳哲生主编《解析胡适》，第24—25页。

王昭君传》等一些激励女性的文章。留学美国时，学业之余，考察美国社会制度及其风物人情，是胡适留美生涯中的一项重要内容，其中便包括对于美国妇女日常生活状况及其蓬勃兴盛的女权运动的考察。相关见闻与见地见诸其所撰述的《美国的妇人》一文中，即：1918年9月15日在北京女子师范学校的演讲（北京女高师前身），后刊布在《新青年》第5卷第1号。

胡适认为"美国妇女特别精神"，便是"超于良妻贤母的人生观"，换言之，便是"自立"的观念。所谓"自立"，只是要发挥一个人的才性，可以不倚赖别人，自己能独立生活，自己能替社会做事。它不排斥"贤妻良母"的基本要义，只是不将人生的目的局限于"贤妻良母"。用胡适的话来说就是："'做一个良妻贤母，何尝不好。但我是堂堂地一个人，有许多该尽的责任，有许多可做的事业。何必定须做人家的良妻贤母，才算尽我的天职，才算做我的事业呢？'这便是美国妇女精神的一种代表，"① 是良善社会绝不可少的条件。这种"特别精神"的养成，在于"教育"，即美国女子教育的普及和男女同校制度的实施。胡适认为，要改良中国的社会，务必用"美国妇人的特别精神"，来补助我们的"倚赖"性质，来补助我们的"良妻贤母"观念，"使中国产出一些真能'自立'的女子……渐渐的造成无数'自立'的男女，人人都觉得自己是堂堂地一个'人'，有该尽的义务，有可做的事业。有了这些'自立'的男女，自然产生良善的社会"②。

在对女性未来发展方向思考的同时，对于传统礼教文化以

---

① 胡适：《美国的妇人》，《新青年》第5卷第3号，1918年9月15日。
② 同上。

片面道德要求妇女，以及社会上还热衷鼓吹表彰这种片面道德，胡适抱绝然反对的态度。在 1918 年 7 月《新青年》第 5 卷第 1 号《贞操问题》一文中，首先就《新青年》对所谓由来已久的"贞操"问题加以评判并发出异响，大表赞同道："周作人先生所译的日本人与谢野晶子的《贞操论》（《新青年》四卷五号），我读了狠有感触。这个问题，在世界上受了几千年的无意识的迷信，到近几十年中，方才有些西洋学者正式讨论这问题的真意义。文学家如易卜生的《群鬼》和 Thomas Hardy 的《苔史》，都带着讨论这个问题。如今家庭专制最利害的日本居然也有这样大胆的议论！这是东方文明史上一件极可贺的事。"认为生于今日的人们，无论提倡何种道德，都应对其意义加以思索，而不能对曾经所谓的"天经地义"一味盲从。其次，提出"贞操应是男女相待的一种态度，是双方交互的道德，不是偏于女子一方面的"。最后，对于法律中仍存在着所谓"褒扬贞操"的条款持坚决反对的态度。指其野蛮残忍并难脱"沽名钓誉"之嫌，"在今日没有存在的地位"。

主张"超贤妻良母主义"，反对传统节烈观的胡适，对于拒绝"陆沉"，伸展"个性"不与庸众相妥协娜拉式五四女性，充满了同情与关怀。其 1919 年 12 月为北京女高师国文部广西梧州籍学生李超的病逝，而专门撰述的《李超传》便是如此情怀的具体写照。"李超的一生，没有什么轰轰烈烈的事迹"，《李超传》是胡适"参考他的行状和他的信稿"书就的：其家境尚好却不幸失去双亲，家中一切继兄独断。不甘于重蹈传统命运的轮回，李超立志向学，贫病交加遂死，年仅二十三四岁。由梧州而广州而北京，惜财如璧及"男尊女卑"和"女子无才便是德"旧俗旧习，令其继兄悍然切断李超所有经济来源，直至李超病逝之后仍咆哮："执迷不悟死有余辜。"李超惨淡而短暂的人生经历，令胡适沉痛并凝思："我替这一个素不相识的可怜女子作传，竟做了六七千字，要算中国传记里一篇长传。我为什么要用这么多的工夫做他的传呢？因为他的一生遭遇可以用做无量数中国女子的写照，可以用做中国家庭制度的研究资料，可以用做研究中国女子问题的起点，可以算做中国女权史上的一个重要牺牲者。"① 胡适提醒人们就"李超事件"所暴露出的有关"家长族长的专制问题"、"女子教育问题"、"女子承袭财产的权利问题"、"有女不为有后的问题"严肃发问并认真思考。《李超传》的思想锋芒，直指渗透封建宗法思想的家庭制度和为男尊女卑观念所浸淫的社会文化与女子法律地位。李超为社会黑暗迫害致死的悲惨命运，让社会震惊，更让同情女性伸张女权的学界激愤并关切。1919 年 11 月 29 日，北京学界精英聚齐女高师隆重追悼李超女士。胡适等《新青年》同人藉此发起的有关女子解放大讨论，由对封建思想文化的批判扩展到对封建社会制度的拷问及其如何加以改良等领域。胡适对于五四妇女运动的思想贡献可见一斑。此外，胡适还对传统的葬礼仪式提出了改革意见，主张革除虚伪及迷信的内容，代之以真情的表达。有关这一方面，与易白沙毅然决然的态度有所不同，即：更倾向于自然人性的流露。

作为新文化运动的健将，文学革命的急先锋，胡适反传统的"业绩"绝不仅以《新青年》的活动为限。单就其《中国哲学史大纲》的讲授，丢开唐、虞、夏、商，改从周宣王以

---

① 胡适：《李超传》，《晨报》1919 年 12 月 1—3 日。

后讲起，似与传统叫板的做法，就已令当时的北大才子们和中国的思想界震动并叹服。顾颉刚曾记载道：

> 这一改把我们一班人充满着三皇、五帝的脑筋骤然作一个重大的打击，骇得一堂中舌挢而不能下。许多同学都不以为然，只因班中没有激烈分子，还没有闹风潮。我听了几堂，听出一个道理来了，对同学说，"他虽然没有伯韬先生读书多，但在裁断上是足以自立的"。①

> 他又年轻，那时才二十七岁，许多同学都瞧不起他，我瞧他略去了从远古到夏、商的可疑而又不胜其烦的一段，只从《诗经》里取材，称西周为"诗人的时代"，有截断众流的魄力，就对傅斯年说了。傅斯年本是"中国文学系"的学生，黄侃教授的高足，而黄侃则是北大有力的守旧派，一向为了《新青年》派提倡白话文而引起他的痛骂的，料想不到我竟把傅斯年引进了胡适的路子上去，后来竟办起《新潮》来，成为《新青年》的得力助手。②

顾氏正是在胡适的学术思想影响之下建立起学术的地位；因此，有的论者就此推论道："顾氏终生忘不了这一深刻的心理经验，便可见当时他在思想上所受到震动之大。在中国近代思想史上只有梁启超 1890 年在万木草堂初谒康有为时的内心震

---

① 顾颉刚编著：《古史辨》第 1 册，上海书店 1994 年版，第 36 页。
② 顾颉刚：《我是怎样编写〈古史辨〉的》，《中国哲学》第二辑，1980 年版，第 332 页。

动可以和顾颉刚、傅斯年1917年听胡适讲课的经验相提并论。"①

虽然《新青年》中的胡适，未似其他同人那般直斥儒学孔教，但对同人的观点他大多以之为是，对有关"孔子之道不合现代生活"的观念，以及扫除"孔渣孔滓"的主张尤为赞赏。他曾在《〈吴虞文录〉序》中道："正因为二千年吃人的礼教法制都挂着孔丘的招牌，故这块孔丘的招牌——无论是老店，是冒牌——不能不拿下来，捶碎，烧去!"② 此后，胡适为文化而批判及其反对尊孔复辟的立场也一直没有改变。所以，他生前身后都为"批判"所追逐。必须指出的是，胡适虽一直被斥之为"全盘西化论者"，然在其潜意识中，胡适还是有着儒家文化的思想烙印。正像有的论者指出的那样："胡适做蒋介石'诤臣'的'抗议精神'，其实跟儒家的'忠'是本质相同的，而他提倡的'容忍'精神，很大程度上来源于'儒家'的'恕'道。"③ 此外，还应引以注意的，就是有关胡适反传统思想发生及其发展的轨迹，它是《新青年》同人心理历程的典型反映。

---

① 余英时：《中国思想史上的胡适》，见欧阳哲生主编《解析胡适》，第103页。
② 胡适：《〈吴虞文录〉序》，《吴虞文录》，第4页。
③ 陈漱瑜：《胡适与鲁迅》，见欧阳哲生主编《解析胡适》，第353页。

第五章

"双簧"两同人

一 "用石条压驼背"的钱玄同

《新青年》同人的同与不同之存在，是不争的事实。所谓同，主要表现在"以涤荡旧污，输入新知为目的"基本宗旨上；所谓不同，则表现为对相关问题的具体意见上。因此，争议与论争之于《新青年》时有发生，既有与外部反对派的针锋相对，也有因看法不一、主张不一而出现在同人内部的讨论。钱玄同的思想资源较为复杂，出身传统世家，深受儒家思想浸染，忠君忠清；因感言于章太炎、邹容等人排满革命思想，一度又为国粹派"复古兴汉"思潮所羁绊，曾煞费苦心作《深衣冠服考》并衣之贻笑大

钱玄同（1887—1939）

方作罢；此外，对当时颇为盛行的无政府主义，也显出过浓厚的兴趣。辛亥革命之后，尊孔读经与帝制复辟势力沆瀣一气，遂使其成为在新文化运动中"摇旗呐喊"的一员猛将。故此，钱玄同在《新青年》杂志上所发表的思想言论，犹显刚健与激烈，集中体现了"《新青年》本是自由发表思想的杂志，个人的言论，不必尽同；个人的文笔，亦不能完全一致；则个人所用的句读符号，亦不必定须统一，只要相差不远，大致相同便得"①的基本特征。

毫无疑问，在反尊孔复辟，拥戴"共和"方面，钱玄同与《新青年》同人应和一致。

如果说钱玄同由国粹派而《新青年》同人，思想文化立场发生了根本性转化的话，那么其"拥戴共和"的情怀不曾改变。早在其尚沉迷于"复古兴国"之际，虽然认为："一切文物制度，凡非汉族的都是要不得的，凡是汉族的都是好的，非与政权同时恢复不可"，但同时又认为："有一样'古'却是主张绝对排斥的，便是'皇帝'。"②之后，在《新青年》上他曾撰文指出，当今最有价值的和值得纪念的日子只有几个，即："一九一五年十二月二十五日，那日是中国国民第二次脱离奴籍，抬头做'人'的纪念日"，"一九一二年一月一日的共和政府成立，同年二月十二日的皇位推翻"和"一九一七年七月十二日京津一带除下龙旗"③。

---

① 钱玄同：《陈望道致〈新青年〉诸子信跋》，《新青年》第6卷第1号，1919年1月15日。

② 钱玄同：《三十年来我对满清态度之变迁》，沈永主编：《钱玄同五四时期言论集》，东方出版中心1998年版，第303页。

③ 钱玄同：《〈恭贺新禧〉附记》，《新青年》第6卷第1号，1919年1月15日。

　　20世纪初的中国，正咀嚼着数千年未有之大变局的创痛，新与旧、东与西的文化碰撞和冲突从未有过如此剧烈；也就是说，拥戴"共和"，便意味着反对封建帝制，便意味着对与"帝制"紧密相连的儒家纲常之说不以为然。钱玄同自然也难以置身事外，尽管其与传统渊源深厚，但由于曾先后分别拜师古、今经文大家，深谙国学理脉，洞悉两派是非，故而摆脱了几千年来的门户之习，而产生出超出今古的比较客观的见解，从而认定"孔学不推翻"、"伦理不改革"，"共和招牌一定挂不长久"。面对共和时代"尊孔教为国教"的喧闹，和"率由旧章"的古学先生"改革旧污，不足以救亡"的嘟囔，以及一声高似一声解散国会的叫喊，钱玄同秉笔直陈道："一月以来，种种怪事，纷现目前，他人以为此乃权利之表现，吾则谓根本上仍是新旧之冲突"；"共和时代尚有欲宣扬'辨上下，定尊卑'，'人伦明于上，小民亲于下'之学者，大抵中国人脑筋，二千年沉溺于尊卑名分纲常礼教之教育，故平日做人之道，不外乎'骄'、'谄'二字"。在他看来，孔子不过是过去时代极有价值之人，对"今之尊孔教者，专一崇拜的"所谓"别上下，定尊卑"之儒家精义，表示绝不敢服膺。①

　　在钱玄同看来，所谓"共和政体"，所谓"中华民国"，其"主体是国民，决不是官，决不是总统，总统是国民的公仆"；而作为主体国民之利益，是"须要自己在社会上费了脑筋费了体力去换来"的；指出"公仆固然不该殃民残民，却也不该仁民爱民"。因为"民国人民，一律平等，彼此相

----

① 钱玄同：《致陈独秀》，《新青年》第3卷第4号，1917年6月1日。

待，止有博爱，断断没有什么'忠、孝、节、义'之可言"①。以为中华民国既然推翻了自五帝以迄清四千年的帝制，建立了民国便该把法国、美国做榜样，一切"圣功、王道"和"修、齐、治、平"的"鬼话"，断断用不着再说；以为现在世界的一切科学、哲学、文学、政治、道德，都是西洋人发明的，我们该虚心去学它，才是正办；以为现在以后的中国是世界的一部分，现在以后的中国人，是世界上人类的一部分，所以无论讲时事、讲古事，绝不能沿袭从前研究《通鉴辑览》的办法；认为在挂起共和招牌的今天，仍将"尊崇孔子"写在宪法之上，实在是不伦不类；主张将四千年的"国粹"，随同有关联的帝制彻底推翻。故对那班从前用旧道理把中国"治平"到如此糟法的旧人物，不幡然改图，忏悔以前的罪过，反而倒行逆施，"到了民国时代，还要祀什么孔，祭什么天，还要说什么纲常名教"②之行径极为不满与愤慨；故对陈独秀《吾人最后之觉悟》所倡导伦理觉悟之革命大加赞赏，并目之为"于今日为最要之图。否则尽管挂起共和招牌，而货不真，价不实，不但欺童叟，并欺壮丁，此种国家，固断无可以生存于二十世纪之理"③。

十分显然，钱玄同反儒非孔以及鼎力支持共和的思想与《新青年》同人如出一辙；更为重要的是，其作为有深厚国学修养并曾为太炎先生高足之"士子"，加入于《新青年》文化阵营，不仅增强了《新青年》同人对"国粹"厉行批

---

① 钱玄同：《随感录》（二十八），《新青年》第5卷第3号，1918年9月15日。

② 钱玄同：《彝铭氏致〈新青年〉记者跋》，《新青年》第6卷第2号，1919年2月25日。

③ 钱玄同：《致陈独秀》，《新青年》第3卷第4号，1917年6月1日。

判的学理意义，还充分体现了在激烈的文化冲突和社会震荡中近代学人所固有的"吾爱吾师吾犹爱真理"的精神特质。对此，王丰园在1935年出版的《中国新文学运动评述》中道："文学革命发端，一般抱着所谓国粹不掉的先生们，以为胡适是留美学生，他来推翻中国的宝贝，有媚外的嫌疑，大家对于他自然是反对的了。钱玄同是国学大师章太炎的学生，对于中国文字学很有研究。因此一般人不用说是注意他的言论的。自他参加了文学革命以后，文学革命的声势，突然大起来了。"① 陈独秀、胡适也深知这一点，前者说："以先生之声韵训诂学大家，而提倡新文学，何忧全国之不景从也？"② 后者则请之为诗序。

在反对旧文学提倡白话新文学方面，钱玄同与《新青年》同人主张同中有异。

钱玄同最初是以声援"《新青年》胡适之先生文学刍议"的姿态加盟《新青年》的，尽管其常谓自己关于文学方面的见解不及独秀、适之和半农，然其所作所为之于"文学革命"，则建树颇多。其"首义"就是以"选学妖孽，桐城谬种"一语蔽之于旧文学，如此独到之概括，既是对陈独秀提出的文学革命内容的具体化，也是对胡适主张的"文学改良八事"之所以的揭橥与总括。

刊于《新青年》第4卷第2号的《〈尝试集〉序》，是钱玄同阐释文学革命内容的重要篇目，文中首次对"选学妖孽，桐城谬种"的本质及其特征，加以较为深入的揭示与剖析，可谓为《新青年》向旧文学进击的重要篇章。钱玄同认

① 《钱玄同印象》，学林出版社1997年版，第4页。
② 同上书，第5页。

为，《尝试集》的意义，不仅仅在于体现了《新青年》同人"'知'了就'行'，以身作则，做社会的先导"之精神；更在于"作者"努力"尝试"所昭示的白话新文学的目的及其未来的发展方向，用钱玄同自己的话来说，一是白话文学意义上的，即："用今语达今人的情感，最为自然……免雕琢硬砌的毛病"，"为除旧布新计，非把旧文学的腔套全数删除不可"；再就是国语意义上的，即："做成一种'言文一致'的合法语言。"①

钱玄同认为旧文学最为显著的表征就是"语言和文字相去甚远"，而周秦以前的文学并非如此，且"大都是用白话"，充满了活力。认为"言文分离"的现象自汉武以来已有两千多年的历史，而导致言文分离的原因，主要有两个：一是，给那些独夫民贼弄坏的，其根源在于上下尊卑所养成"骄"、"谄"二气。二是，为两种文妖弄坏的。钱玄同指出"言文渐分离"始于独尊儒术的西汉，并封西汉末年所作文章"专摹拟古人"，所作诗赋"异常雕琢"的扬雄为"文妖"之"原始家"。认为东汉一代，颇受其影响，随后便是浮词满篇建安七子，和毫无真实情感满纸堆垛词藻，甚至用典故代实事，删刻他人名号去就其文章对偶的六朝骈文；《文选》脱胎于此，还被"妄人"目为："《文选》文章为千古文章之正宗"、"文章就应该这样做"，等等，此可谓弄坏白话文章的文妖之一种。第二种弄坏白话文章的文妖就是"桐城派"。认为该派可溯源至唐之古文运动，以为韩柳兴古文旨在矫时文之弊，不意宋欧、苏又为之拘；明清归、方、

---

① 钱玄同：《〈尝试集〉序》，《新青年》第4卷第2号，1918年2月15日。

姚、曾只知亦步亦趋做韩柳、欧苏的"死奴隶",并立"桐城派"之名目,等等。认为文妖虽名为两种而精神一脉:即皆"最反对那老实的白话文章的,因为作了白话文章,则第一种文妖,便不能搬运他那些垃圾的典故,肉麻的词藻;第二种文妖,便不能卖弄他那些可笑的义法,无谓的格律,并且若用白话文做文章,那么会做文章的人必定渐多,这些文妖,就失去了他那会做文章的名贵身份,这是他最不愿意的"①。

该语虽讥讽意味浓,但着实切中了其要害,不要说其"义法"广为时人质疑,单是"削足适履"之弊端,也使其价值险失尽,《新青年》与黄侃之间因"故国颓阳……何年萃萃重归?"之词句而闹出的不愉快是一典型的例证。然而,当时的"桐城巨子"和"选学名家"又偏偏不识"事务","自命典赡,鄙夷戏曲、小说,以为猥俗不登大雅之堂",而这对于主张以"思想"、"感情"来衡定文学的价值、主张用"白话"叙事与抒情,并推小说、戏曲为文学正宗的《新青年》同人看来,尤其难以理喻。更叫钱玄同心忧的是,当时除少数人之外,无不视"桐城派"、"选学家"为正当之文章,所以钱玄同在一面斥其对于文学之见解有如"反对开学堂,反对剪辫子",说"洋鬼子腿直,跌倒爬不起"一般幼稚而谬化不进的同时;一面指其毒"更烈于八股试帖,及淫书秽画",而主张以独秀先生提出的"必不容反对者有讨论之余地"的"严厉面目加之"②;故对梁任公"输入日本

---

① 钱玄同:《〈尝试集〉序》,《新青年》第4卷第2号,1918年2月15日。

② 钱玄同:《致陈独秀》,《新青年》第3卷第1号,1917年3月1日。

新体文学，以新名词及俗语入文，视戏曲小说与论记之文平等"① 大加誉词，谓"曼殊尚人思想高洁，所为小说，描写人生真处，足为新文学之基始"②。

由于钱玄同对旧文学有着较为清醒和深刻的认识，故对胡适的《尝试集》——作为第一部白话新诗集的意义，也有着极为透辟的洞见。诚如其在文中所言："现在我们认定白话是文学的正宗：正是要用质朴的文章，去铲除阶级制度里的野蛮款式；……对于那些腐臭的旧文学，应该极端驱除，淘汰净尽，才能使新基础稳固。"③ 并且在以后的文章中还再次强调指出："我们提倡新文学，自然不单是改文言为白话，便算了事。惟第一步，则非从改用白话做起不可。因为改用白话，才能把旧文学里的那些死腔套删除；才能把西人文章之佳处输到汉文里来，否则，虽有别国良好之模范，其如与腐臭之旧文学不相容？所以本志同人均以改白话为新文学之入手办法。"④ 钱玄同的文学革命申言与《新青年》同人一样，负荷着强烈的思想革命的色彩。

还应指出的是，钱玄同反对旧文学勇猛精进，对新文学建设也充满了热情与执著。他一方面对首举"义旗"者充满热情地肯定，另一方面对"新文学"创建也给予了极大的关注，他提出的许多意见或极有价值，或极具争议。诸如反对"清室举人""叫外国人都变成蒲松龄的不通弟子"的"古

---

① 钱玄同：《致陈独秀》，《新青年》第3卷第1号，1917年3月1日。
② 同上。
③ 钱玄同：《〈尝试集〉序》，《新青年》第4卷第2号，1918年2月15日。
④ 钱玄同：《林玉堂信跋》，《新青年》第4卷第4号，1918年4月15日。

文笔法"①，对"照原文直译"的启明先生大加奖掖②；视
"黑幕"书为一种复古，即"淫书者"之嫡系，以及反对一
切"酬时"之文。甚至认为"寿序"、"墓志"之类，是
"中国二千年来受儒家'祖宗教'的毒"而酿成的"假孝
心"、"假厚道"的恶俗。③ 诚然，这其中也存有一些与同人
意见相左而且大有商榷意义的情况，诸如其反对同人将"元
明以来的中国文学，似乎有和西洋现代文学看得平等的意
思"，认为"现在的文学界，应该完全输入西洋最新文学，
才是正当办法"④；"至于'青年良好读物'，实在可以说，
中国的小说，没有一部是好的，没有一部应该读的"⑤，主张
"从今日以后，要讲有价值的小说，第一步是译，第二步是
新做"⑥；他曾致信陈独秀："我们既然绝对主张用白话体做
文章，则自己在《新青年》里面做的，便应该渐渐的改用白
话。我从这次通信起，以后或撰文，或通信，一概用白话，
就和适之先生做《尝试集》一样的意思。并且还要请先生、
胡适之和刘半农先生都来尝试尝试。此外别位在《新青年》
里撰文的先生，和国中赞成做白话的文章先生们，若是大家
都肯尝试，那么必定成功。自古无的，自今以后必定会
有。"⑦ 钱玄同反对"京调戏"，认为其无一可取处，即：没
有理想，言不白话，景不讲实，唱做念打及其"脸谱"等艺

① 钱玄同：《〈天明〉译本附识》，《新青年》第4卷第2号，1918年2月
15日。
② 钱玄同：《宋云彬信跋》，《新青年》第6卷第1号，1919年1月15日。
③ 钱玄同：《致陈独秀》，《新青年》第3卷第6号，1917年8月1日。
④ 同上。
⑤ 同上。
⑥ 钱玄同：《致陈独秀》，《新青年》第3卷第1号，1917年3月1日。
⑦ 钱玄同：《致陈独秀》，《新青年》第3卷第6号，1917年8月1日。

术表现形式与西洋"新剧"相较，犹显幼稚与拙劣①，等等。显然，在文学革命方面较之《新青年》同人，钱玄同更加热烈勇猛，或"偏激"，这也无怪当时社会上称其是"最为激烈的文学革命者"②。

在对待汉文字的问题上，钱玄同与《新青年》同人的主张大相径庭。

"社会上最反对的，是钱玄同先生废汉字的主张"，陈独秀在《本志罪案之答辩书》中如是道，并以为"只有这一个理由可以反对钱先生"，还以为作为中国文字音韵学专家的钱先生，深知语言文字自然进化的道理，之所以会提出如此主张，实在是因为他认为："自古以来汉文的书籍，几乎每本每页每行，都带着反对德、赛两先生的臭味；又碰着许多老少汉学大家，开口一个国粹，闭口一个古说，不肯声明汉学是德、赛两先生天造地设的对头；他愤极了才发出这种激切的议论，像钱先生这种'用石条压驼背'的医法，本志同人多半是不大赞成。"③

《新青年》同人对于汉字难于辨认不易书写的问题均有关注，但主张不一。钱玄同主张废除汉字代之以"文法简赅、发音整齐、语根精良"的世界语（Esperanto）。陈独秀对此不甚认同，胡适之则持反对态度，主张实行字母注音，陶孟和则极其恶之，斥其为"谬种文字"；而半农、唐俟（鲁迅）、周启明、沈尹默都不反对。钱玄同有关文字的主张一经提出，石破惊天在社会造成很大反响，并遭到各界的激

---

① 钱玄同：《致陈独秀》，《新青年》第3卷第1号，1917年3月1日。
② 钱玄同：《致步陶》，《新青年》第6卷第6号，1919年11月1日。
③ 陈独秀：《本志罪案之答辩书》，《新青年》第6卷第1号，1919年1月15日。

烈反对，这从《新青年》上所刊登出来的大量讨论文章中便可窥见一斑，这也是《新青年》所讨论的最为持久的话题之一，即从《新青年》第3卷第4号开始涉及话题，止于《新青年》第7卷第3号钱玄同之文，亦即其最后一次撰稿于《新青年》。不过，此前曾深为旧派诟难的白话新文学则因此得以喘息，侥幸躲过被进一步的攻击而迅速地发展开来。对此，鲁迅曾道："钱玄同先生提倡废止汉字，用罗马字母来替代。这本也不过是一种文字革新，很平常的，但被不喜欢改革的中国人听见，就大不得了了。于是便放过了比较平和的文学革命，而竭力来骂钱玄同。白话乘了这一个机会，居然减去了许多敌人，反而没有阻碍，能够流行了。"①

在"内外交困"的情形下，钱玄同坚执其文字主张如故，主要有着几方面的原因：

首先，认为汉字作为旧文化、旧文学、旧政治、旧宗教的承载体与孔家儒学联系甚密。钱玄同刊在《新青年》第4卷第4号《中国今后之文字问题》一文，是其废除汉字主张的重要阐释。他在文中指出，汉字作为学术之用，始于诸子学兴之时，但儒学以外之学，自汉即被罢黜，两千年来所谓学问，所谓道德，所谓政治，无非推行孔二先生一家一说，所谓"四库全书"者，除晚周的几部非儒家的子书外，其余十分之八都是教忠教孝之书；还有十分之二则为荒谬绝伦的"鬼话"，这种记载孔门学说及道教妖言之文字，"断断不能适用于二十世纪之新时代"②；同时，这种用汉字写就的汉

---

① 鲁迅《三闲集·无声的中国》，《鲁迅全集》第4卷，第13页。
② 钱玄同：《中国今后之文字问题》，《新青年》第4卷第4号，1918年4月15日。

文，"句调铿锵，娓娓可诵"，使人"不知不觉便将为其文中之荒谬道理所征服"①。所以"欲祛除三纲五伦之奴隶道德，当然以废孔学是唯一之办法"，"欲废孔学，不可不先废汉文；欲驱除一般人之幼稚的野蛮的顽固思想，尤不可不先废汉文"②。加之，汉字不仅难以辨认和书写，而且表义含糊笼统、文法极不精密，有关"新理新事新物之名词，一概无所有"，故认为"欲使中国人智识长进，头脑清楚，非将汉字根本打消不可"③。

其次，本乎"进化"观，坚执文字"工具"论、"符号"说。"以为文字者，不过语言事物的记号而已，甲国此语无记号，乙国有之，就该采乙国的记号来补阙"④，并"以为与度量衡、纪年、货币等等相同，符号愈统一，则愈可少劳脑筋"⑤。钱玄同虽然对吴稚晖先生的"文字迟早必废"论深以为是，但又认为此前必有一个"过渡"阶段，故未滑入"废除文字"的泥沼。由于认定"世界万事万物，都是进化的，断没有永久不变的，文字又何独不然"⑥，"进化之文字，必有赖乎人为，而世界语言，必当渐渐统一"⑦。

再次，本乎"觉人"之时代精神及其"世界意识"。钱玄同认为："世界上的各种文字，无论习惯的、人造的，但看学

---

① 钱玄同：《中国今后之文字问题》，《新青年》第4卷第4号，1918年4月15日。

② 同上。

③ 钱玄同：《朱我农、胡适信跋》，《新青年》第5卷第2号，1918年8月15日。

④ 钱玄同：《张月镰致〈新青年〉诸子信跋》，《新青年》第5卷第5号，1918年11月15日。

⑤ 钱玄同：《致陶孟和》，《新青年》第4卷第2号，1918年2月15日。

⑥ 钱玄同：《致鲁迅》，《新青年》第5卷第5号，1918年11月15日。

⑦ 钱玄同：《致陶孟和》，《新青年》第4卷第2号，1918年2月15日。

了那一种文字可以看得到做'人'的好书，可以表示二十世纪人类的思想事物，看定了一种，我们便该学这一种，采用这一种，因为我们想做'人'，我们也是二十世纪人类的一部分"[①]；以为世界进化至二十世纪，其去大同开幕之日已不远，"Esperanto"乃世界主义之事业，乃未来人类"公共语言"，中国人自然也该提倡人类的公共语言。

在如此众多的因素交互作用之下，钱玄同故一再宣言："欲使中国之不亡，欲使中国民族为二十世纪文明之民族，必以废孔学、灭道教为根本之解决，而废记载孔门学说及道教妖言之汉文，尤为根本解决之根本解决"[②]。当然，尽管钱玄同言之凿凿，但在同人及社会的尖锐的质疑声中，其对自己的观点也做了一些修正，诸如将讨论定位于学理层面、考虑过渡的办法、潜心于字母注音研究，等等。

尚要指出的是，对于以后潜心"学术"的钱玄同，似乎有两种解读。一种意见认为，五四高潮过后，《新青年》团体散掉了，其同人风流云散，并被鲁迅概括为："有的高升，有的隐退，有的前进"，钱玄同则被指为隐退的一类，加上其后来近"作人"远"鲁迅"，并"默不与谈"且互有"谬评"，在"以鲁迅是非为是非"的时期，钱玄同被定位在"退隐"之列，毫不奇怪。另一种解读，主要来自于周作人以及钱玄同自话。周作人认为："玄同的主张看似多歧，其实总结归来只是反对礼教，废汉文乃是手段罢了。他这意思以后始终没有再改变，虽然他专攻仍旧是中国文字学中的音韵部分，对于汉文

---

① 钱玄同：《致孙少荆》，《新青年》第5卷第5号，1918年11月15日。
② 钱玄同：《致陈独秀》，《新青年》第4卷第4号，1918年4月15日。

字的意见随后也有转变，不复坚持彻底的反对意见了。"① 钱玄同自己也不乏类似意见的抒发。1932年4月8日钱玄同在致周作人的信中道："我们以后，不要再用那'必以吾辈所主张者为绝对之是而不容他人之匡正'的态度来作'诋诋'之相了。前几年那种排斥孔教，排斥旧文学的态度很应该改变。若有人肯研究孔教与旧文学，鰓理而整治之，这是求之不得的事。即使那整理的人，佩服孔教与旧文学，只是所佩服的确是它们的精髓的一部分，也是很正当，很应该的。但即使盲目的崇拜孔教与旧文学，只要是他一人的信仰，不波及社会——波及社会，亦当以有害于社会为界——也应该听其自由。此意你以为然否？但我——钱玄同——个人的态度，则两年来早已变成'中外古今派'了。可是我是绝对的主张'今外'的；我的'中古'，是'今化的古'和'外化的中'，——换言之，'受过今外洗礼的古中'。我不幸自己不懂'今外'，但我总承认'古中'决非今后世界之活物。"② 1934年钱玄同与周作人的和诗《改腊八日作》云："但乐无家不出家，不归佛法没袈裟。推翻桐选驱邪鬼，打到纲伦斩毒蛇。读史敢言无舜禹，谈音尚欲析遮麻。寒宵凛冽怀三友，蜜橘酥糖普洱茶。"③ 时已至《新青年》后之十六七年，钱玄同的意见基本无改。若干申论，至少揭示了这样一个历史现象，随着五四新文化运动的落潮，一些与"旧世界"激战的"精神战士"，虽然回归"书斋"，对曾经的"激越"也有几分反思与修正，但"新式知识

---

① 周作人：《钱玄同的复古与反复古》，《疑古先生——名人笔下的钱玄同 钱玄同笔下的名人》，第104页。

② 钱玄同：《尹默的"旧"》，见《疑古先生—— 名人笔下的钱玄同 钱玄同笔下的名人》，第231页。

③ 同上，第105页。

分子"的精神基质并未消散。

　　作为《新青年》同人的钱玄同，是攻打传统纲常文化的矢志不移者，还曾是最为激烈者。多少年之后周作人道："林纾所攻击的两点，即是'尽废古书，行用土语为文字'，和'覆孔孟，铲伦常'，实在都是玄同的主张。独秀虽主废孔，却还没有说到废汉文。至于胡适之，始终只是主张白话文学，没有敢对纲常名教说过什么不敬的话……据我所知道，在所谓新文化运动中间，主张反孔教最为激烈，而且到后来没有变更的，莫过于他了。"① 之所以这样，黎锦熙在1939 年 5 月所作的《钱玄同先生传》有所揭示："钱先生参加'新文化'运动，做了打破吃人的'旧礼教'的先锋大将，在意识的根本上固然是原于'师承'（这是说个根本意识，若低能者只以形迹求之，则章太炎除对排满革命外，并不反对'旧礼教'也），在感情的反动上则又可说是起于'家教'。他的父兄都是极重视'旧礼教'的。"② 也就是说，与众不同的"经学"修养和传统世家浓重的纲常气息，氤氲了钱玄同的超拔与愤懑。

　　同那一时期的其他学者一样，钱玄同也接受过较为系统的传统学术训练，对经学不仅十分熟悉，而且有独到的研究。不同的是，其思想成长之际，正逢今古两派由盛而衰。其早年信奉今文经学，1908 年留学日本师从古文派章太炎转信古文并立志反清排满，1911 年又请业于今文派崔适。或重古抑今，或重今抑古，深谙两派的钱玄同指出："今文学是孔子学派所

　　① 周作人：《钱玄同的复古与反复古》，见《疑古先生——名人笔下的钱玄同　钱玄同笔下的名人》，第 108 页。
　　② 黎锦熙：《钱玄同先生传》，见《疑古先生——名人笔下的钱玄同　钱玄同笔下的名人》，第 30 页。

传衍，经长期的蜕化而失掉它的真面目。古文经异军突起，古文家得到了一点古代材料，用自己的意思加以整理改造，七拼八凑而形成其古文学，目的是用它做工具而和今文家唱对台戏。所以今文家攻击古文经伪造，这话对；古文家攻击今文家不得孔子的真意，这话也对。我们今天，该用古文家的话来批评今文家，又该用今文家的话来批评古文家，把他们的假面目一齐撕破，方好显露他们的真相。"① 不泥家法，超然今古，钱玄同进而继章太炎"六经皆史"之后提出"经即史料"。即所谓"经"，在钱玄同看来，"它是古代史料的一部分，有的是思想史料，有的是文学史料，有的是政治史料，有的是其它国故的史料"②。如此论说，一方面将笼罩在经学上的神圣而又神秘的色彩消解殆尽③；另一方面对社会上尊孔读经现象具有更为深刻的认识与警觉，故其所指斥的思想力度及其锋芒尤为雄健与强劲。

同所有清末世家子弟一样，钱玄同也受到旧礼教的约束。年少失怙，事事禀兄，目不窥园，兀兀穷年，直至辛亥革命，弟兄才成为"同志"。然复辟迭起，孔教喧嚣，令其"意识上又起了一个大反动。于是挺身而起，参加'新文化'运动，首先打破'吃人的礼教'，二十年之郁积，一朝发泄，自然剑拔弩张，不顾一切"④。黎锦熙在《钱玄同先生传》道："钱

---

① 钱玄同：《答顾颉刚先生》，《古史辨》第 1 册，上海古籍出版社 1982 年版。

② 钱玄同：《重论经今古文学问题》，《古史辨》第 5 册，上海古籍出版社 1982 年版。

③ 李可亭：《钱玄同与中国近代经学》，《河南师范大学学报》2007 年第 3 期。

④ 黎锦熙：《钱玄同先生传》，见高勤丽编《疑古先生——名人笔下的钱玄同 钱玄同笔下的名人》，第 31 页。

先生在《新青年》发表这路的文字，实在比同时执笔诸君感情冲动些，这种感情冲动的原因，实在也由于他从前自己被'旧礼教'拘束得太紧。'五四'以后，他平时的议论渐归平实，但若遇见或听到老头子压迫青年人的事情，或者青年也有维持'旧礼教'的主张，以及一般'世道衰微，人心不古'的论调，他便要切齿痛恨，破口大骂的。"① 多少年之后，钱玄同自己回忆道："民国六年，蔡子民（元培）先生任北京大学校长，大事革新，聘陈仲甫（独秀）君为文科学长，胡适之（适）君及刘半农（复）君为教授。陈、胡、刘诸君正努力于新文化运动，主张文学革命。启明亦同时被聘为北大教授。我因为我的理智告诉我，'旧文化之不合理者应该打倒'，'文章应该用白话做'，所以我是十分赞同仲甫所办的《新青年》杂志，愿意给它当一名摇旗呐喊的小卒。"②

其实，钱玄同被目为《新青年》反孔教最为激烈与持久者，除上述因由外，还有另外两方面的因素不可忽略：一是其个性化的文字风格，鲁迅曾经批评道："十分话最多只须说到八分，而玄同则必说到十二分。"③ 二是，"当启蒙运动初揭幕时，总要说得特别激烈些，才有'革命'的力量罢了"④。虽然，因为与胡适的分歧日积月累，自1920年刘半农留学英伦后，钱玄同也淡出了《新青年》，但其对《新青年》的钟爱和关切，一如既往。对于《新青年》去留存废的问题，钱玄同在1921年1月

---

① 黎锦熙：《钱玄同先生传》，见高勤丽编《疑古先生——名人笔下的钱玄同 钱玄同笔下的名人》，第32页。

② 钱玄同：《我对周豫才君之追忆与略评》，见《疑古先生——名人笔下的钱玄同 钱玄同笔下的名人》，第194—195页。

③ 黎锦熙：《钱玄同先生传》，见《疑古先生——名人笔下的钱玄同 钱玄同笔下的名人》，第27页。

④ 同上书，第29页。

29 日致信胡适道："与其彼此忍隐迁就的合并，还是分裂更好。要是移到北京来，大家感情都不伤，自然可移；要是比分裂更伤，还是不移而另办为宜。""停办之说，我无论如何，是绝对不赞成的；而且以为是我们不应该说的。因为《新青年》的结合，完全是彼此思想投契的结合，不是办公司的结合。所以思想不投契了，尽可以宣告退席，不可要求别人不办。"①

"用石条压驼背"，意即言辞激烈主张激进。该语出现在陈独秀回击社会反对派非难《新青年》之檄文《本志罪案之答辩书》中，道尽了《新青年》同人因认定"只有德赛两先生可以救治中国政治上、道德上、学术上、思想上的一切黑暗"并倾力拥护之，而遭旧文化、旧势力困厄的决绝与愤激，尤其勾画出了钱玄同在《新青年》中除旧布新的具体情状。尽管五四过后，钱玄同自话在新文化运动中不过是摇旗呐喊的"小卒"，其"声韵训诂学大家"身份意义不说，单就其在《新青年》中著述之多，特别是态度之坚决、彻底、激烈，所产生的影响远非"小卒"而已。再有，周氏兄弟加盟《新青年》，更是其鼎力促成。因此，钱玄同赢得格外敬重。其壮年不幸辞世，同人哀恸，学生缅怀。

国立北平师范大学的祭文：

> 呜呼先生，一代名师；学出余杭，不囿藩篱。文字音韵，博采群规；金石甲骨，剖难析疑。不惟阐古，抑且开今；编《新青年》，满纸瑶琳，作狮子吼，发海潮音；鼓吹学子，一扫阴沉；五四运动，赖有指针，文艺复兴，匪

---

① 见周维强《扫雪斋主人——钱玄同》，浙江人民出版社 2003 年版，第 110—111 页。

异人任。①

其原北师大国文系同人祭文：

> 用历史的眼光，结算二千年的"经今古文"的糊涂账；用科学的头脑，推定顾炎武、江永、段玉裁以来不能确知的古韵音读；用甲骨文疏证说文的错误；用考辨方法厘定古书的真伪。②

黎锦熙挽联：

> 去岁咱们应当纪念献廷，谁知三百年间，挺生的文字革命专家，又成骑鹤！
>
> 昨春先生仍复改名钱夏，那料二千里外，正是这汉水发源区域，便与招魂！③

周作人在《知堂回想录》道：

> 民国以来号称思想革命，而亦殊少成绩，所知者惟蔡子民钱玄同二君可当其选；但多未著之笔墨，清言既绝，亦复无可征考，所可痛惜也。④

毋庸讳言，作为《新青年》同人的钱玄同，其相关主张

---

① 见周维强《扫雪斋主人——钱玄同》，第319页。
② 同上。
③ 同上。
④ 同上书，第316页。

确存有一些偏颇以及大可商榷的地方，若报以"了解之同情"并就此将思考的层面拓展拓深，对于进一步梳理与揭示五四文化先驱，由传统"士人"而现代"知识分子"的精神理路，不失裨益。时过境迁，回视以往，在感受《新青年》同人壮怀激烈的同时，走近钱玄同，意味尤为深长。

二 "灵霞馆主"刘半农

《新青年》创刊之初的宗旨，虽然锁定于"改造青年之思想，辅导青年之修养"而一度排斥"讨论时政"，但其对于文艺却始终看重与推崇，陈独秀曾在《新青年》第 1 卷第 3 号"记者识"中叹道："文学者，国民最高精神之表现也。国人此种精神萎顿久矣。"为此，《新青年》不仅开设文艺栏目，连载欧美艺文，撰述欧美思潮，还努力寻觅国人自作诗文而录之。《灵霞馆笔记》思想新锐风格清新隽永，一度与胡适《藏晖室札记》齐名。刘半农携之造访《新青年》，深得陈独秀青睐，并为蔡元培赏识而任用北大。

许是半农与文学的不解之缘，其在《新青年》同人反传统的思想文化活动中，锋芒主要指向旧文艺；或者说，对文学革命给予热情的声援与积极的支持，是其在《新青年》中的主要特征。

刘半农有关文学革命的相关思想，主要集中体现在《我之文学改良观》、《诗与小说精神上之革新》等文中。在对胡适"八事"主张、陈独秀的"三大主义"和钱玄同有关旧文学的种种指斥，表"绝端同意"外，刘半农着重申言的思想：首先，是对传统的"文以载道"论和"文章饰美"说加以抨击。他认为，"文"

刘半农（1891—1934）

与"道"并为一体，立说不通；以此推论，"恐三百首中"，无一能堪当"文"之名。"作文必讲音韵"，则导人"相率摇头抖膝，推敲于'平平仄仄'之间"，可笑状胜于八股家①，故而主张从性灵中意识中讲求好处。其次，是指出改良散文必须破除迷信。以为言为心声，文为言之代表，心灵所至，随意发挥，不可以死格式束缚之。强调"自我"与"个性"，不学古人做古人的子孙，也不学今人做今人的奴隶。主张将胡君"不摹仿古人"之说加以改进，即"将古人作文之死格式推翻"，使新文学得以彻底脱离旧之窠臼②；其中，对传统小说的开场和"团圆"结局等固定的模式尤为不满，指其为极其幼稚之表现。此外，对韵文与戏曲的改良也多有建议。复次，是主张文言白话暂为"对待"状态。刘半农认为，就平日"译述"经验而论，文言简洁明了，白话神情毕肖，二者各有所长，各有不相及处，不能偏废。文言合一与"废文言而用白话"乃将来之事，不可一蹴而就。主张文言之运用，力求"其浅显使与白话相近"，白话则"除竭力发达其固有之优

① 刘半农：《我之文学改良观》，《新青年》第 3 卷第 3 号，1917 年 5 月 1 日。
② 同上。

点外，更当使其吸收文言所具之优点"①。认为如此一来，"文言之优点尽为白话所具，则文言必归于淘汰，而文学之名词，遂为白话所独据，固不仅正宗而已也"②。最后，是指出作为文学主干的诗与小说，在形式革新之外，还应在精神上加以革新。刘半农认为作诗的本意，在于"将思想中最真的一点，用自然音响节奏写出来"，《诗三百》的魅力皆在于此，孔子以"思无邪"为取舍标准的"删诗"之举，实在是"糊涂"，实在是"中国文学上最大的罪人"③；而为格律平仄引古证今所拘泥的诗坛，实为"假诗世界"，主张将仿古"逼真赝鼎"，从胡君的"古物院"清除至"垃圾桶里"④。由此，刘半农进一步指出："小说为社会教育之利器、有转世道人心之能力"已成为套语，流于形式，堕落为"迎合社会心理"、遂其"孔方兄速来"⑤ 之主义。指出作诗务必"移心力于自然与人生"，强调"无论何物，倘非亲眼见过，决不妄加描写；无论何人，倘其意向与欲望尚未为我深悉，我亦决不望我之情感，为彼之哀乐所动"⑥。指出小说家最大本领有二：即在于"根据真理立言，自造一理想世界"；即"各就所见的世界，为绘一惟妙惟肖之小影"⑦。认为诗与小说，形式有异，但其"骨底"之"真"的诉求一致。

从有关情况来看，刘半农文学革命的主张，虽未越出"发

---

① 刘半农：《我之文学改良观》，《新青年》第 3 卷第 3 号，1917 年 5 月 1 日。

② 同上。

③ 同上。

④ 刘半农：《诗与小说精神上的革新》，《新青年》第 3 卷第 5 号，1917 年 7 月 1 日。

⑤ 同上。

⑥ 同上。

⑦ 同上。

难者"的论域，但因其"写家"的独特身份与"实践"经验，他对白话与文言彼此有益吸收的析论，以及对文学审美性与真实性的个性化揭示，更为具体与感性，对于"论者"居多的《新青年》来说，不失为积极的"补充"。当然，在某些问题上，"写家"刘半农的激烈丝毫不亚于其同人，他与玄同精心构设的"双簧戏"，因其激烈几近"戏谑"而引发轩然大波。

《新青年》鸣锣开道之初，旧学持老持重不屑为意，严复在《与熊纯如书札六十四》中说道："设用白话，则高者不过《水浒》、《红楼》，下者将同戏曲中簧皮之脚本。就令以此教育，易于普及，而遗弃周鼎，保此唐匏，正无如退化已耳！须知此事全属天演。革命时代学说万千，然而施之人间，优者自存，劣者自败。虽千陈独秀，万胡适、钱玄同，岂能劫持其柄？则亦如春鸟秋虫，听其自鸣自止可耳。"[1] 对此，新学的"俟堂"们也只能默默相向。

思想界的幽暗不明与生气不扬，使得颇为"寂寞"的《新青年》同人，酝酿了一出旨在搅动"壁垒"的"双簧"。在这出"戏"中，玄同尽收"飞长流短"，佯装"中体西用"之腔，虚拟王敬轩名投书《新青年》。半农则以同人立场，一一奉答回敬。一番应对，貌似"戏谑"，实则反映了新旧潜在对峙与交锋，林琴南的"忍无可忍"是最好的注脚。玄同拟信中的"王敬轩"，当是一位颇有忧患意识的"遗老遗少"。曾经因感"朝政不纲，强邻虎视，以为非采西法，不足以救亡"而"负笈扶桑"研习法政；目下又因国内青年学子，动辄诋毁先圣，蔑弃儒书，倡家庭革命，毁父子夫妇伦常，言妇女解放而恨声哀叹："辛亥国变以还，纪纲扫地，名教沦胥……有识之士，蛊焉心

---

① 见欧阳哲生主编《解析胡适》，第99页。

伤。"然而,《新青年》的面世,让"遁迹黄冠者,已五年矣"的王敬轩愤愤难平,斥《新青年》"以青年之沦于夷狄为未足……使之为禽兽不远"。具体说来,王敬轩不满于《新青年》有这样一些方面:(1)不满于《新青年》对于孔教的批判,其斥之道:"排斥孔子,废灭纲常之论,稍有识者虑无不指发。"(2)不满于《新青年》以"种种奇形怪状之钩桃"代替"圈点"的做法,斥之为"工于媚外,惟强是从"。(3)不满于《新青年》张白话斥文言,指斥《新青年》对中国文豪"专事丑诋,其尤可骇怪者"。(4)不满于《新青年》对林琴南及其林译小说笔法的挑剔,指林琴南为当代文豪,"善能以唐代小说之神韵",非寻常文人所能是,《新青年》为排斥旧文学,不惜自贬身价,"令识者齿冷"。(5)不满于《新青年》对西洋文学与小说的推重,指《新青年》同人沐浴欧化,不谙祖国文学,为免人耻笑,而先发制人对旧文学不遗余力攻击,认为"中国文字制作最精","保存国粹为当务之急"。(6)不满于《新青年》对"桐城"及"选学"批判,正告《新青年》"文有骈散,各极其妙,惟中国能之","非终身寝馈于文选诸书者不能工也",西人之白话诗文,岂可同年而语,"妖孽"与"谬种"说,不过"夫子自道耳"。(7)不满于《新青年》的文学革命论,认为严几道、林琴南"不特能以周秦诸子之文笔,达西人发明之新理;且能以中国古训,补西说之未备",只有他们才有倡新文学之能力。(8)不满于《新青年》排斥旧文学而言新文学,以为"能笃于旧学者,始能兼采新知",指《新青年》"得新忘旧,是乃荡妇所为"。

所谓"王敬轩"反对《新青年》的意见,主要集中在两个层面:一是,反对《新青年》所倡导的新文化新思想新道德,指《新青年》同人,"殆多西教信徒",并以"各是其是"之由，表示不屑与之"置辩"。二是，对《新青年》所倡言的文学革命，加以全盘否定与抨击。当然，"中学为体，西学为用"乃王敬轩言辞臧否的"重心"。其于信尾自陈："自海禁大开以还，中国固不可不讲求新学，然讲求可也，采用亦可也，采彼而弃我，则大不可也。况中国为五千年文物礼义之邦，精神文明，尤非西人所能企及，惟工艺技巧，彼能胜于我。我则择取焉可耳。总之，中学为体，西学为用，则西学无流弊；若专恃西学而蔑弃中学，则国本即隳，焉能五稔。"①

对于这位"王敬轩"，周作人曾如此点画道：他是一个"十足守旧的三家村学究，忽然见到了《新青年》的言论，觉得无一不荒唐奇怪，便加以辨正，虽然说得很是可笑，态度可是非常诚实"②。

刘半农以《新青年》记者名义，在洋洋万言复信中，首先驳斥了王敬轩所谓"新学流弊"之论调，坚持排孔之正当。而后，针对王敬轩对文学革命种种责难逐一驳难。指出被旧学视为"形式美观"的浓圈密点，"本科场之恶习"；被旧学攻击的"句读之学"，乃中国向来就有，现如今不过"借人家之造成"，就原有不敷用。抨击所谓"中国文豪"笔墨之"烂污"，"本志早将理由披露，不必重复"；揭露"当代文豪"译笔大病，除"原稿选择得不精"，不免"弃周鼎而宝唐瓠"并"谬误太多"外，更在旧学夸口的"能以唐代小说之神韵，移译外洋小说"使之"精神全失，面目全非"。对于王敬轩津津乐道的"中国国粹之美者"——赋、颂、箴、铭、楹联、挽联之类，指其不过

---

① 《通信》，《新青年》第4卷第3号，1918年3月15日。
② 周作人：《琐忆钱玄同》，见《疑古先生——名人笔下的钱玄同　钱玄同笔下的名人》，第92页。

"在字面上用工夫，骨子里半点好处没有"，若"用来敷陈独夫民贼的功德，或把胁肩谄笑的功夫，用到私人的枯骨上去，'是乃荡妇所为'，本志早已结结实实骂过几次"，实在是"半钱不值"。对于桐城谬种、选学妖孽之种种弊端，直言本志已逐次披露，不必"剌剌不休"。对于严先生硬将印度的"因明学"比之中国"名学"，实为"削趾适履"。最后掷地有声道："非富于新知，具有远大眼光者，断没有研究旧学的资格"，斥"能笃于旧学者，始能兼采新知"，实实在在是"抱残守缺"，"犹如乡下老妈子，死抱了一件红大布的嫁时棉袄，说它是世间最好的衣服"①。如此拒绝新知与科学者流，实实在在是"不学无术，顽固胡闹"。

刘半农与旧派的针锋相对，毕现于嬉笑怒骂、亦庄亦谐之中，如此行事，深深刺痛了林琴南们，便有了《与蔡鹤卿太史书》、《论古文白话之消长》和《荆生》的发表。新与旧怒目相向，思想界由此真正地"热闹了起来"。

虽然，"王敬轩信"，为钱玄同等同人一手炮制，"王敬轩者"也为虚拟；但是，因所谓"王敬轩的信"，实为当时社会上旧派相关见解的总汇，故不乏其代表性，因此引得社会上同调者的共鸣与追捧。林琴南之外，曾有自称"崇拜王敬轩者"致信《新青年》道："读《新青年》，见奇怪之论，每欲通信辩驳，而苦于词不达意。王敬轩先生所论，不禁浮一大白。王先生之崇论宏议，鄙人极为佩服。贵志记者对王君议论，肆口侮骂，自由讨论学理，固应如乎！"②更有对鼓吹中兴桐城派的曾

① 刘半农：《文学革命之反响》，《新青年》第4卷第4号，1918年4月15日。

② 《新青年》第4卷第6号，1918年6月15日。

国藩鸣不平："若曾国藩则沉埋地下，不知几年矣，于诸君何忤，而亦以'顽固'加之？诸君之自视何尊，视人何卑？无乃肆无忌惮乎？是则诸君直狂徒耳，而以《新青年》自居，颜之厚矣。"① 不仅如此，半农玄同的一唱一和，还招致了"汪懋祖们"的不满，责其文风"如村妪泼骂，似不容人以讨论"②；而且也不为稳健的胡适所认同，其在答读者信中道："舆论家的手段，全在用明白的文字，充足的理由，诚恳的精神，要使那些反对我们的人不能不取消他们的'天经地义'，来信仰我们的'天经地义'。所以本报将来的政策，主张尽管趋于极端，议论定须平心静气。一切有理由的反对，本报一定欢迎，决不致'不容人以讨论'。"③ 然而，却得到《新青年》主帅陈独秀的力挺，其在回复"崇拜王敬轩先生者"的信道："本志自发刊以来，对于反对之言论，非不欢迎；而答词之敬慢，略分三等：立论精到，足以证社论之失者，记者理应虚心受教。其次则是非未定者，苟反对者能言之成理，记者虽未敢苟同，亦必尊重讨论学理之自由，虚心请益。其不屑与辩者，则为世界学者业已公同辩明之常识，妄人尚复闭眼胡说，则唯有痛骂之一法。讨论学理之自由，乃神圣自由也；倘对于毫无学理毫无常识之妄言，而滥用此神圣自由，致是非不明，真理隐晦，是曰'学愿'；'学愿'者，真理之贼也。"④

刘半农的诙谐与辛辣深得鲁迅的颔首，称其为"'文学革命'阵中的战斗者"。多年之后，周作人每每忆及，仍不免一声三叹："这封信发表了之后，反响不很好，大家觉得王敬轩有点

① 《戴主一信》，《新青年》第 5 卷第 1 号，1918 年 7 月 15 日。
② 汪懋祖：《读新青年》，《新青年》第 5 卷第 1 号，1918 年 7 月 15 日。
③ 胡适：《复汪懋祖》《新青年》第 5 卷第 1 号，1918 年 7 月 15 日。
④ 《答崇拜王敬轩者》，《独秀文存》，第 746 页。

可怜相，刘半农未免太凶狠了。其实这是难怪的，因为王敬轩并非别人，实在就是钱玄同，他和半农商量，这样的串一下双簧，彼此用不着什么顾忌，假如真是来信，回答也就不能那么率直了"①，"那篇回答是刘半农所写，火气很盛，当时同人中也有不大以为然的……半农的回答欠庄重，多少减了些力量，但暴露对方的可笑情状，也有宣传的效力"②。刘半农"最初参加《新青年》，出力奋斗，顶重要的是和钱玄同合'唱双簧'，由玄同扮作旧派文人，化名王敬轩，写抗议信，半农主持答覆，痛加反击，这些都做得有些幼稚，在当时却是很有振聋发聩的作用的"③。

对于曾引发"轩然大波"的《新青年》同人之"双簧戏"，如何相看与评说？尽管当年众口不一，如今也莫衷一是。但是，就其当时背景、具体内容与相关影响而言，这出由刘半农与钱玄同精心策划的"双簧戏"，看似《新青年》的佳话与轶事，客观上更是新文化运动得以进一步推展的助动力。它的"粉墨登场"，不仅搅动了思想界，更唤起尚在沉默的同人奋起，鲁迅的《狂人日记》就在此后不久刊出。对于《新青年》所发动的新文化运动而言，"双簧戏"的意义及其影响，莫过于此。然而，对于刘半农个人而言，"双簧戏"则是他在《新青年》发动的思想革命中留下的最为重要与生动的一页。郑振铎后来编辑《中国新文学大系》，把第二集《文学论争集》的第二编标题题为《从王敬轩到林琴南》，就是对"双簧戏"及其当事人的充分肯定。

---

① 周作人：《琐忆钱玄同》，见《疑古先生——名人笔下的钱玄同　钱玄同笔下的名人》，第92页。

② 同上书，第94页。

③ 周作人：《知堂回想录》（下），河北教育出版社2002年版，第411页。

　　《新青年》中的刘半农，"忘情"于文学革命之际，对中国传统社会中的妇女命运也给予了关注。他在发表于《新青年》的《南归杂话》中道，"世界最苦的人类，就是中国的女子"。他指出，中国的女子未嫁之时，尊父母命，受教育权、自由处分权丧尽，形同圈养"小猪"，随便养大糊涂出圈。出嫁后因无知无识，不能"自立"，不得不以"贤惠"取悦于男子。所谓"无才是德"不过是"人彘"招牌，所谓"三从"不过是前后换了三个豢主，所谓"四德"，不过是"长期卖淫"的优等考语，提出改造中国社会，主张妇女就业自立而脱离于苦海。刘半农有关妇女解放的立论，与其同人最大的不同处，在于其将关注的目光转向生活在礼教文化中的广大妇女，而非特殊的"节烈"一族，其所作的相关揭示，将传统妇女的普遍的生存窘境暴露无遗，使人不得不为中国妇女的苦难命运而叹息，中国虽大，然礼教之网恢恢，女子无从逃生。刘半农的立论，貌似平静，却无不触目惊心，委实让人难以"安然若素"。

　　刘半农对妇女解放的关切，还渗透其学术研究之中，寓意着人格独立与"他"并行不悖之"她"的翩翩而至，得益于《新青年》同人合力切磋，更得益于刘半农的竭力持论。而其赋予"她"之美好意蕴，更教世人感怀不忘。《教我如何不想她》，是刘半农留学英伦之作，也是引"她"入诗的最早诗作之一。该诗作，不仅抒发了诗人的故国之思，更引人注目的是，诗人将"她"化为"故国"意象，使之充满了温馨的底蕴。赤子般如诉如泣之作，经同在英伦主攻语言学的赵元任谱曲，不胫而走，流传四方：

　　　　天上飘着些微云，地上吹着些微风。啊，微风吹动了我头发，教我如何不想她！

目光恋爱着海洋，海洋恋爱着目光。啊，这般蜜也似的银夜，教我如何不想她！

水面落花慢慢流，水底鱼儿慢慢游。啊，燕子，你说些什么话，教我如何不想她！

枯树在冷风里摇，野火在暮色中烧。啊。西天还有些残霞，教我如何不想她？

对于刘半农"她"字的创意，当年鲁迅在《忆刘半农君》道："'她'和'牠'字的创造"，"现在看起来，自然是琐屑得很，但那是十多年前，单是提倡新式标点，就会有一大群人，'若丧考妣'，恨不得'食肉寝皮'的时候，所以的确是大仗。现在的二十岁左右的青年，大约很少有人知道三十年前，单是剪下辫子就会坐牢或杀头的了。"① 令人欣慰的是，如今的人们，也能由此窥见半农的深邃："'她'的出现是女性解放、男女平等的思想史上的里程碑。'她'绝对不是一个字的形式创意问题，可以毫不夸张地说，在'她'身上贯注着生气淋漓的现代性。"②

许是吸取"双簧戏"之教训，抑或如其自谓，"不愿与旧者太纠缠"，刘半农提出过极为"别致"的"作揖主义"。这种被刘半农自诩为类于"红老之学"、"不抵抗主义"的作揖主义，一反"骂倒王敬轩"之样态，主张对"前清遗老"、"孔教会会长"、"京官老爷"、"评剧家"、"鬼学家"、"王敬轩"们，一一作揖哈哈打发了去，而后"我行我素"

① 鲁迅：《忆刘半农君》，《鲁迅全集》第6卷，第71页。
② 张宝明：《"她"从哪里来？——现代女性指称的源流考释》，《寻根》2008年第1期。

如故。以为如此主义，面子上"消极"，骨底则是"最经济的积极"；以为"要办事有成效"，不实行此主义，不免浪费精神于无用之地，要保存精神在正当地方，就不得不在可以不必的地方节省些，从而化消极为积极。此主义一经提出，立即得到玄同的响应，认为照此行事："在我们一方面，可以把宝贵的气力和时间不浪费于无益的争辩，专门来提倡除旧布新的主义；在他们诸公一方面，少听几句逆耳之言，庶几宁神静虑，克享遐龄，可以接受《褒扬条例》第九款的优待。"① 对刘半农的作揖主义，论者是见仁见智，有"成熟稳健"说的，也有"退避消沉"说的。至少可以肯定的是，作为《新青年》同人刘半农，其思想锋芒有一个由外露而内敛的变化过程。其原因，恐三言两语难以道清。

在《新青年》同人之中，刘半农确乎有点"另类"，早年卖文沪上与"鸳鸯蝴蝶派"有着瓜葛，即使教授北大也因常怀"红袖添香"艳福意识遭奚落，加之交际于学贯中西同人中之落寞，其常处自艾中。其曾在《〈半农杂文〉自序》道："说我的文章流利，难道就不是浮滑么？说我滑稽，难道就不是同徐狗子一样胡闹么？说我聪明，难道就不是说我没有功力么？说我驾驭得住语言文字，说我举重若轻，难道就不是说我没有学问，没有见解，而只能以笔墨取胜么？"② 尽管如此，刘半农在《新青年》的除旧布新的运动中，仍不失为眼光敏锐风格独具"卯字号"中的一员猛将。也许相较同人似乎存有其"浅"，"但他的浅，确如一条清溪，澄澈

---

① 刘半农：《作揖主义》，《新青年》第5卷第5号，1918年11月15日。
② 刘半农：《〈半农杂文〉自序》，见陈子善编《刘半农书话》，浙江人民出版社1998年版，第8页。

见底"。鲁迅在 1934 年所写的《忆刘半农君》一文道："《新青年》每出一期，就开一次编辑会，商定下一期的稿件。其时最惹我注意的是陈独秀和胡适之。假如将韬略比作一间仓库罢，独秀先生的是外面竖一面大旗，大书道：'内皆武器，来者小心！'但那门却开着的，里面有几枝枪，几把刀，一目了然，用不着提防。适之先生的是紧紧的关着门，门上粘一条小纸条道：'内无武器，请勿疑虑。'这自然可以是真的，但有些人——至少是我这样的人——有时总不免要侧着头想一想。半农却是令人不觉其有'武库'的一个人，所以我佩服陈胡，却亲近半农。"① 是语，道出了《新青年》同人丰富多姿的精神个性，即独秀的恣意磊落、适之的稳健内敛和半农的质朴凿实。

然而，正是因着刘半农"浅近"的感召力，不少青年才"皈依"于新文学。朱湘曾在自传中写道："那时候，正是文学革命初起的时代；在各学校内，很剧烈的分成了两派，赞成以及反对的。辩论是极其热烈，甚至于动口角。那许多次，许多次的辩论，可以说是意气用事，毫无立论的根据。有人劝我，最好是去读《新青年》，当时文学革命的中军，是刘半农的那封《答王敬轩书》，把我完全赢到新文学这方面来了。现在回想起来，刘氏与王氏还不也是有些意气用事；不过刘氏说来，道理更为多些，笔端更为带有感情，所以，有许多的人，连我也在内，便被他说服了。将来有人要编新文学史，这刘答王信的价值，我想，一定是很大。"②

尚需指出的是，作为"《新青年》里的一个战士的刘半

---

① 鲁迅：《忆刘半农君》，《鲁迅全集》第 6 卷，第 71—72 页。
② 《钱玄同印象》，第 254 页。

农，活泼、勇敢，很打了几次大仗"，有时颇近于草率，甚至失之无谋，或者露着"清浅"，但是其"真"。学成归来的刘半农，一面口口声声"后悔当初之过于唐突前辈。我们做后辈的被前辈教训两声，原不足为奇，无论他教训得对不对"①；一面专心于国语运动，钱玄同道："其实半农一生最重要的学问亦即在此"②，但其"忠厚"不变。刘半农也因此赢得了敬重，其英年的"弱去"，曾经的同人歔欷不止。当年同在巴黎大学研究中国音韵学，同为学有所成的语文音韵学家，同对音乐有浓厚兴趣，并为刘半农诗《教我如何不想她》谱曲的赵元任挽联道：

> 十载奏双簧，无词今后难成曲。熟人弱一个，叫我如何不想他。③

曾经一并攻击旧营垒的《新青年》同人，但时又存有种种罅隙的胡适挽联道：

> 守常惨死，独秀幽囚，新青年旧夥，如今又弱一个；
> 拼命精神，打油风趣，老朋友之中，无人不念半农。④

一度"亲近"、一度疏离的鲁迅道：

---

① 钱玄同：《"遗老"林纾》，见《疑古先生——名人笔下的钱玄同　钱玄同笔下的名人》，第207页。
② 钱玄同：《亡友刘半农》，见《疑古先生——名人笔下的钱玄同　钱玄同笔下的名人》，第202页。
③ 刘小惠：《父亲刘半农》，上海人民出版社2000年版，第282页。
④ 同上。

我爱十年前的半农，而憎恶他的近几年。这憎恶是朋友的憎恶，因为我希望他常是十年前的半农，他的为战士，即使"浅"罢，却于中国更为有益。我愿以愤火照出他的战绩，免使一群陷沙鬼将他先前的光荣和死尸一同拖入烂泥的深渊。①

联手"双簧戏"，知交大半生的钱玄同挽词：

当编辑《新青年》时，全仗带情感的笔锋，推翻那陈腐文章，昏乱思想；曾仿江阴"四句头山歌"，创作活泼清新的《扬鞭》《瓦釜》。回溯在文学革命旗下，勋绩弘多；更于世道有功，是痛诋乩坛，严斥"脸谱"。

自首建"数人会"后，亲制测语音的仪器，专心于"四声实验"，方言调查；又纂《宋元以来俗字谱》，打倒烦琐谬误的《字学举隅》。方期对国语运动前途，贡献无量；何图哲人不寿，竟祸起虮虱，命丧庸医。②

---

① 鲁迅：《忆刘半农君》，《鲁迅全集》第6卷，第73页。
② 钱玄同：《亡友刘半农》，见《疑古先生——名人笔下的钱玄同 钱玄同笔下的名人》，第205页。

第六章

"双子星座"周氏兄弟

一 "沉默中爆发"的鲁迅

鲁迅（1881—1936）

鲁迅撰刊《新青年》，开始于《新青年》第 4 卷第 5 号，终止于《新青年》第 9 卷第 4 号，主要集中于《新青年》第 4—7 卷本，即 1917 年 5 月至 1920 年 4 月，即为五四运动之前后。其中，小说 5 篇：《狂人日记》、《孔乙己》、《药》、《风波》、《故乡》，论述 2 篇：《我之节烈观》、《我们现在怎样做父亲》，随感录 26 篇，译文 3 篇，新诗 6 首，通信 1 篇，加之其他共 50 余篇。样式不一的文章，始终为"遵奉革命的前驱者的命令"所贯穿，鲁迅将陈独秀称为"革命的前驱"；也就是说，鲁迅的文章皆充分张扬了《新青年》除旧布新的精神；不仅如此，其态度之踊跃、锋芒之锐利，诚堪"后来者居上"。

如果说"老英雄"吴虞对儒学与旧制度关系揭露批判得最为有力的话，鲁迅则以其独特的笔致，对封建的纲常礼教抨击得最为淋漓与峻急。

这种抨击与鞭挞，以揭露"礼教吃人"本质开始。鲁迅首先是携短篇小说《狂人日记》亮相《新青年》的，这也是第一篇成功的以新文艺形式批判封建道德、礼教的小说。作者依据中国封建社会割股疗亲为至孝等事实，巧妙地借狂人之口，深刻地揭露了封建礼教对中国的危害甚久，危害甚深。小说将封建社会的"仁义道德"，喻之为"古久先生"的"陈年流水簿子"，而"狂人"的病根就在于与"古久先生"及其"陈年流水簿子"有"过节"。以此深刻地揭示了由来已久并渗入封建社会关系角角落落的伦理道德，布满着"卫道"的"利齿"；"非礼勿视，非礼勿听，非礼勿动"的戒律，规范着封建专制社会伦理秩序的同时，也时刻噬咬着自由呼吸的灵魂与肉身。这种侵害与吞噬包裹着封建宗法特质的礼教外衣，致使"父子兄弟夫妇朋友师生仇敌和各不相识的人，都结成一伙，互相劝勉，互相牵制"，却对被"吃"与"吃人"的命运浑然不觉。"他们会吃我，也会吃你，一伙里面，也会自吃"，"你们可以改了，从真心改起！要晓得将来容不得吃人的人"，"救救孩子"！狂人所吐"狂言"①，无疑是对封建礼教及其家族制度，最为辛辣和本质的揭露及批判。"中国人一向自诩的精神文明第一次受到最'无赖'的怒骂"，犹如

---

① 鲁迅：《狂人日记》，《新青年》第4卷第5号，1918年5月15日。

沉寂和黑暗中的炸雷与闪电，使人"感觉不可言喻的，悲哀的愉快……正像爱于吃辣椒的人所感到的'愈辣愈爽快'的感觉"①。

意味深长的是，闭锁于"铁屋子"的人，不狂不足以名真相、非狂无勇以揭真相的情状，在充分揭示了"觉醒者"精神的孤寂和境遇的险恶的同时，也暴露了"庸众"的昏聩与麻木；因此，也就无怪作者只肯把希望寄于"救救孩子"的事业，而"再备盔甲"加入《新青年》阵中。自然，作者也因此得到"同人"的欢呼和深受封建礼教压迫的广大青年的欢迎；同样，也因此成为了旧派的最恶。自此，为了将"真和美歌唱给寂寞的人们"②，鲁迅一直以"纠缠如毒蛇，执著如怨鬼"③ 的精神姿态，厉行着文化批判。

继之，鲁迅对"夫为妻纲"的夫权主义进行了抨击。针对当时一些封建礼教卫道士继"虚君共和"、"灵学显圣"之后，又提倡"表彰节烈"的活动，鲁迅撰文《我之节烈观》刊于 1918 年 8 月的《新青年》。该文也是《新青年》同人对儒学纲常文化厉行批判的继续。鲁迅认为，时下社会一班人如此推重的所谓"节"与"烈"，实在不是什么好东西，不仅残忍无道，而且是仅对女子作要求的服务于男性专制与特权的片面道德。他指出，这种要求"女人死了丈夫，便守着，或者死掉；遇了强暴，便死掉"的道德戒律，极不合情理。在如此片面不平等的道德生活中的女子，循规蹈矩的话，或得文士美文一篇，或得朝廷旌表一番，最不济的也能在府县志书中占

---

① 沈雁冰：《读〈呐喊〉》，见严家炎主编《二十世纪中国小说理论资料》（二），北京大学出版社 1997 年版，第 322 页。

② 鲁迅：《中国新文学大系·小说二集序》，良友印刷公司 1935 年版。

③ 《杂感》，《鲁迅全集》第 3 卷，第 49 页。

据一行，流芳后世；否则，轻则"骂他怀春"，重则斥其"伤风败俗"、"亡国败家"，若苟活在世"个个唾骂"，"求乞无门"，死后则"落入地狱"，"尸分几处"；而作为失"节"丧"烈"的"同谋"或"暴徒"的男子，没有"恶名"，反成"美谈"。女子就这样"糊糊涂涂的代担全体的罪恶"，多妻主义男子就这样藉着"夫为妻纲"的庇护，在高举"节烈"绳索的同时，还可以不负责任又无须自省"自然放心的诱惑"。因此，"节烈"之于女子"难"且"苦"，之于亲人"伤"且"痛"；"所以假如遇着少年女人，诚心祝赞他将来节烈，一定发怒；或者还要受他父兄丈夫的尊拳"。鲁迅指出：这种片面要求女子守节的畸形道德，形诸于"儒者三纲"建构的畸形社会，特别是宋儒提出"饿死事小，失节事大"以后，导致中国无数女子的性灵，在"节烈"的名义下被虐杀，成为纲常文化的"祭品"。鲁迅强烈要求除去这种"极难、极苦，不愿身受，然而不利自他，无益社会国家，于人生将来又毫无意义的行为"，"除去于人生毫无意义的苦痛"，"除去制造并玩赏别人苦痛的昏迷和强暴"，并发愿："要人类都受正当的幸福。"

流布三千年之久的节烈观，是女性为封建专制迫害最为惨烈的历史文化见证，也是传统道德文化中最不得人心最不堪一击的地方，历史上"虽有过几个男人，实觉于心不安，说些室女不应守志殉节的平和话，可是社会不听。再说下去，便要不容，与失节的女子一样看待。他便也只好变了'柔也'，不再开口了。所以节烈这事，到现在不生变革"。① 由于传统社会家国同构，君权与夫权本质相通，"皇帝要臣子尽忠，男子

---

① 唐俟：《我之节烈观》，《新青年》第5卷第2号，1918年8月15日。

要女子守节",故倡导近代文明,反对封建专制,主张改良社会必要改革旧式家庭的先进人士,都不约而同地对受封建压迫最深的妇女给予了极大的关注。这种关注在《新青年》问世之前,已被进步人士提出,《新青年》同人的呐喊,则将有关妇女问题的思考和妇女解放运动的推进,提升到了新的高度。这也是后来有关研究"妇女解放"问题的论者,言必称"五四"的原因。

还应指出的是,节烈观自然是针对妇女的片面道德要求,深受其害的非妇女莫属;但是,当东西文化发生剧烈碰撞,社会随之发生急剧变化而转型的时候,受其灼伤的对象就不仅仅是女性了,它将一些思想前驱而人格高尚的男子也一并攫去,鲁迅便是其中之一人。他之所以忍受孤独的煎熬,不遣母亲"娶来"的自己不爱的"媳妇"返乡,就因为"她"不仅依靠"他"生活,而且回去的日子很难过,会被人看不起,所以"她"宁愿守着枯寂,所以"他"也只得陪着"陌路相安"。鲁迅曾不无凄然道:"在女性一方面,本来也没有罪,现在是做了旧习惯的牺牲。我们既然自觉着人类的道德,良心上不肯犯他们少的老的的罪,又不能责备异性,也只好陪着做一世牺牲,完结了四千年的旧账。"① 其一段时间,曾自号"俟堂",王晓明认为那是"待死堂"的意思,认为是其当时"一种对于社会和个人的深刻的悲观,一种对于历史和将来的凄苦的绝望"② 的心态反映。其实,在那个新旧交替、"小脚加西装"的特殊历史时期,为"妇德"所累的又岂止"俟堂"

① 唐俟:《随感录》(四十),《新青年》第6卷第1号,1919年1月15日。
② 王晓明:《无法直面的人生——鲁迅传》,上海文艺出版社1993年版,第47页。

先生。这是否也预示着，在有着独特文化传统的中国，把广大妇女从纲常文化的桎梏中解放出来，是实现一切有关"人"之意义解放的必要前提。

同情传统女性关怀妇女解放，是《新青年》的重要内容。鲁迅不仅对所谓节烈文化，加以了深入辟里的鞭挞；更对挣脱纲常桎梏的女子如何实现真正解放问题，以其固有的犀利与睿智、凝重与冷静加以考量。当人们为易卜生战斗的个人主义欢呼，为《拉娜》的反叛叫好的时候，鲁迅则把更多的关注聚焦于"娜拉走后怎样"① 这样迫近而重要的现实性命题。或许是对积弊沉重的现实黑暗有着一份比常人更为清醒的洞见，或许是对中国女性命运有着更为深入的体察和同情。相对而言，鲁迅对"娜拉"的前途与未来给予了更多的关注和思考，并发出迥然不同却掷地铿锵的声音。鲁迅指出："出走"的娜拉，最终不是"堕落"就是"回来"。离家的"娜拉"，犹同一匹出笼的"小鸟"，外面有"鹰"或"猫"以及"别的什么东西之类"，侵害与威胁如影随形；此外，"倘使已经关得麻痹了翅子，忘却了飞翔，也诚然是无路可以走"。十分了然，在鲁迅看来，在现实社会环境尚十分险恶的情况下，娜拉式的"出走"，不是妇女解放的根本出路。事实上，后来"娜拉"们的命运演绎，并未出离于鲁迅当年的析论。从文学世界《伤逝》中的"子君"、《日出》中的"白露"，到现实社会里的女高师学生李超，作家丁玲、萧红、苏青、张爱玲，等等，哪一位不是出走的"娜拉"，哪一位没有体验"出走"后的苍凉。不仅如此，作为"反抗"的同路人和"独战"的先行者，鲁迅深谙"梦醒无路可以走"的痛苦，更领味"既然

① 《娜拉走后怎样》，《鲁迅全集》第1卷，第161页。

醒了，是很不容易回到梦境的"的寂寥与凛然，对中国"娜拉"们的现实困境感同身受。就"娜拉"如何自救而不作"傀儡"这一命题，鲁迅提出当务之急是谋得"经济权"的主张。即："第一，在家应该先获得男女平均的分配；第二，在社会应该获得男女相等的势力。"鲁迅指出："自由固不是钱所能买到的，但能够为钱而卖掉。"很清楚，鲁迅有关"经济权"的主张，主要基于"经济"之于"生存"的"紧要"关系来考虑的，是针对切近的"有机体"保障需要而提出的。鲁迅对于"经济权"的伸张，无疑切中了中国"娜拉"们的"命门"。在"三从四德"的传统社会里，女性无任何"平均分配"和"相等势力"可言，即便在鲁迅讲演之时，民国已建立十年之久，有关"女儿平等权利"的问题，仍悬而未决。更为重要的是，鲁迅一面看到"经济权"的"紧要"，一面也洞悉"经济权"实现的烦难。他指出：因为"不免面前遇见敌人"，看似"平凡"的"经济权"，远较"高尚的参政权以及博大的女子解放运动更为烦难"，唯有"剧烈的"、"深沉的"和"韧性的"战斗才能获得。由此可见，鲁迅批判锋芒所向由旧道德而旧家庭直至社会经济制度。对于"娜拉"式的反抗，鲁迅的思虑没有止步于其勇力与决绝，而是透过其反叛的姿态更进一步洞察了严峻的"以后"。如此"冷静"与"尖锐"，较之此前一味强调和颂扬"攻击社会，独战多数"的易卜生主义，无疑更了一份厚重与深邃，对于方兴未艾的五四妇女解放运动，不失为一种深谋远虑的警醒与鞭策。

对儒者三纲中的父权主义进行批判，是《新青年》中的鲁迅反传统的另一突出表现。鲁迅在刊发于《新青年》第6卷第6号《我们现在怎样做父亲》一文中指出，中国历来重"亲权"尤重"父权"，这种"以父对于子，有绝对的权力和威严"的中国旧见，实在有违生物进化之常道。保存生命、延续生命和发展生命是生物界自然进化的现象，人类也不例外。生物为着保存生命起见，具有种种的本能，包括摄取食品、繁衍后代以及不断进化。祖父子孙本来个个都只是生命桥梁上的一级；"父兮生我"也乃天然形成，无所谓"有恩"；而后起的生命因进化之故，更近完全与宝贵，所以"前者的生命，应该牺牲于他"才是。然而中国的旧见恰恰相反，"本位应在幼者，却反在长者；置重应在将来，却反在过去"。因此，造成传统的父子之道的谬误丛生，即："长者本位与利己思想、权利思想很重，义务思想和责任心却很轻。以为父子关系，只须'父兮生我'一件事，幼的全部，便应为长者所有"。由此而演化出一系列"蒸子"、"埋儿"、"哭竹"、"娱亲"的惨剧和闹剧，人的天性之爱因扭曲而破坏而功利与虚伪。由于自古的逆天行事，以致人的能力萎缩，社会停顿，与灭亡路相近。

鲁迅认为要改变这种父子关系，一方面要摒弃"恩"的旧想，施以天然之"爱"，去理解、去指导、去解放；另一方面要"爱己"，"因为将来的运命，早在现在决定，故父母的缺点，便是子孙灭亡的伏线，生命的危机"。当然，还应该"喜欢子女比自己更强，更健康，更聪明高尚，——更幸福；就是超越了自己，超越了过去。超越便须改变，所以子孙对于祖先的事，应该改变。'三年无改于父之道可谓孝矣'，当然是曲说，是退婴的病根"①。简言之，父母对于子女，应该是健全的产生，尽力的教育，完全的解放。固此，父母除了

---

① 唐俟：《我们现在怎样做父亲》，《新青年》第6卷第6号，1919年11月1日。

"爱己"之外，还应预备相应的能力："不失独立的本领和精神，有广博的趣味，高尚的娱乐"；改良社会，使合理的生活得以实行，认为只要"改造着，久而久之，自然可望实现了"。然而，林琴南们不懂这个道理，将《新青年》"覆孔孟，铲伦常"的伦理思想革命斥之为"禽兽行"。对此，鲁迅一面批判："中国的老年，中了旧习惯旧思想的毒太深了"①，即使听到少年毫不介的乌鸦的叫声，也要颓唐半天，虽然可怜，但无法可救。一面提出："先从觉醒的人开手，各自解放了自己的孩子。自己背着因袭的重担，肩住了黑暗的闸门，放他们到宽阔光明的地方去；此后幸福的度日，合理的做人。"② 可以说，鲁迅"横眉冷对千夫指，俯首甘为孺子牛"的自勉正源渊于此。

台湾学者夏济安先生，对鲁迅多有微词，但他有关阐释不失是处，他认为"肩住黑暗的闸门"，典出《说唐》第四十回中力撑千斤闸的绿林好汉的事迹，指出："从字面上看来，人家会以为孩子们幼小无知，需要保护。但'黑暗的闸门'这个暗示孩子们和那个负重的巨人有共同的地方：他们都是叛徒。"同时还指出，力撑"黑暗的闸门"的意象，还应包括作为启蒙先驱的鲁迅，一面奋力反叛"过去"，一面又无法摆脱"过去"的沉重与愤懑，并引鲁迅《写在〈坟〉后面》句为证："为了我背负的鬼魂，我常感到极深的悲哀。我甩不掉他们。我常感受到一股压迫着我的沉重力量。"③

鲁迅在这里对传统"父权"的离析和对现代"父亲"观

---

① 唐俟：《我们现在怎样做父亲》，《新青年》第6卷第6号，1919年11月1日。

② 同上。

③ 夏济安：《鲁迅作品的黑暗面》，《夏济安选集》，辽宁教育出版社2001年版，第15页。

念的建构，以"人"之本位、"幼"之本位取代"家族"之本位、"长"之本位，变权利观为义务观，将奴役与被奴役的家庭关系恢复为其本来的自然伦理关系，进而形成一种"从出于人的自然本性的爱出发，强调无论父母儿女，皆为人类之子，皆为人类发展负责任、尽义务之朋友"① 的新的家庭伦理道德，由此而打破了年长者绝对的权力与威严。如此立论，对传统的儒家纲常文化，及其藉着"不孝有三，无后为大"的多妻主义具极大冲击力与颠覆性。无怪林琴南气急败坏如丧考妣，以致《梦妖》、《荆生》口诛笔伐，且"犬马恋主"，十谒"崇陵"。此外，鲁迅在《新青年》上发表的大量《随感录》，皆重在揭露和抨击封建家族制度对中国社会特别是对青年和妇女的迫害和压制。

毋庸置疑，揭露封建文化的罪恶与毒害，鼓吹思想文化革命，锻造国民精神是《新青年》中鲁迅的思想底蕴，也是其历来为人为文的追求与精神。

只要人们稍加注意的话，便可从其各个历史阶段的相关著述中，强烈地感觉到这一点，并留下深刻的印象。《摩罗诗力说》、《科学史教篇》、《文化偏至论》，是鲁迅早年留学日本决然弃医从文之际撰著的。

作为鲁迅第一篇系统介绍西欧文学流派的《摩罗诗力说》，也是鲁迅思想发展的重要出发点之一，向来为研究者所重视。鲁迅的文章充满了对古国文化衰落声音衰竭的隐痛，和期以广博世界见识来振发国民精神而别求异国"新声"的情怀。基于此精神指向，鲁迅对"立意在反抗，指归在行动"，

---

① 夏济安：《鲁迅作品的黑暗面》，《夏济安选集》，辽宁教育出版社2001年版，第19页。

不为社会习俗所喜欢，而被喻为魔鬼"摩罗"一派的诗人尤为地关注和青睐。认为摩罗一派的诗人，不唱悦耳讨好的调子，大声疾呼，使闻者兴起，与天地斗，反抗世俗，激动后世人心，让厌世者动容，令和平者恐慌。这对拯救标榜"不撄"、强调"载道"、着意"苟安"而日趋衰弱的民族来说，不啻是味良药。鲁迅一面颂扬那些"精神界的战士"之可贵的同时，一面为故国维新叫了二十年，新声音仍没有兴起而揪心而憾问不休："今索诸中国，为精神界之战士者安在？有作至诚之声，致吾人于善美刚健者乎？有作温煦之声，援吾人出于荒寒者乎？"① 这与陈独秀在《新青年》中高声呼唤"左喇、嚣俄"，以及愿拖四十生大炮为文学革命之前驱是何等的相似。

如果因为鲁迅在这里对"精神界的战士"如此仰重，就将其与"文学救国"者并论的话，似乎过于简单而偏颇。鲁迅认为，从纯粹的文学观点来说，一切艺术的本质，都在于使观众和听众感到兴奋和喜悦，作为艺术之一的文学也不例外。文学与个人和国家的存亡没有直接的关系，完全脱离实利。但是，就完整意义上的"人"而言，"躯壳"需要养料，"灵魂"需要安顿，而培育"理想"，慰藉"心灵"之功则在文学。因此，文学之于人生"有教示意"，它启人"自觉勇猛发扬精进"；凡零落衰败的国家之振发，无一不是从接受这种教育开始的。文学之于道德，关系天然一致，皆重在真实。没有"撒旦"对"权威"的挑战，"人类"何以懂得光明繁衍生息；没有"该隐"的愤怒抗争，又哪知仁慈万能的"上帝"，

---

① 见王士菁注译《鲁迅早期五篇论文注译》，天津人民出版社1978年版，第183页。

还有好辜恶素的"恻隐"。"精神界的战士"摩罗派诗人的意义就在于此，中国文学事业能否复兴，关键也在于此。这也是作者在《科学史教篇》中，拥戴与赞美科学而又对唯科学论不予苟同，提出科学与人文相提相济主张的由来。在科学主义风头正健之际、能立此说，不可不谓见解独到而目光深邃。

鲁迅不仅热切的呼唤着"精神战士"，更主张效法"精神战士"。《文化偏至论》有关"非物质重个人"的思想阐发，虽然充满对洋务派重"武"之偏颇和改良派从"众"之虚伪的指斥，具较强的政治批判色彩，但思想文化批判的脉络仍很清晰，并对尼采和易卜生"张个性重个人"思想尤为推重。尽管有关"抨击物质，发扬精神，看中个人，排斥众数"① 的论说，因如何解读，存在歧义；但文章所强调的摆脱束缚，思想解放，正确学习西方的主张，一致为人们所认肯。此后的《灯下漫笔》、《在现代中国的孔夫子》等，皆是抨击旧传统文化的著名篇章。撰写于1933年3月《我怎么做起小说来》一文，则是其自愿甘作"精神界战士"坦诚告白：

> 当我留心文学的时候，情形和现在很不同：在中国，小说不算文学，做小说的也决不能称为文学家，所以并没有人想在这一条道路上出世。我也并没有要将小说抬进"文苑"里的意思，不过想利用他的力量，来改良社会。……自然，做起小说来，总不免自己有些主见的。例如，说到"为什么"做小说罢，我仍抱着十多年前的"启蒙主义"以为必须是"为人生"，而且要改良这人生。我深恶先前的称小说为"闲书"，而且将"为艺术而艺

① 见王士菁注译《鲁迅早期五篇论文注译》，第96页。

术"，看做不过是"消闲"的新式的别号。所以我的取材，多采自病态社会的不幸的人们中，意思是在揭出病苦，引起疗救的注意。①

这被人引用过无数次的经典自述，在这里则更多的用于说明鲁迅的执著与坚定。诚如李欧梵在《铁屋中的呐喊》所指出的那样："鲁迅的小说创作并非于偶然的冲动，而是长期苦闷和反思以后积累起来的创作力的爆发。"② 这"长期的苦闷与反思"，自然涵盖着家道中落的苦涩，留学日本的隐痛，《新生》杂志的夭折，还有母亲不期而至的"礼物"以及不得不埋首的碑刻与拓片，等等。更重要的是，鲁迅终在"苦闷"中奋起，在"沉默"中爆发。

《新青年》中的鲁迅，以其"过来人"的沉郁与幽愤，抱着深谙旧世界"黑暗"而又不甘"绝望"的心绪，秉笔直书，"实绩"斐然，且矢志终身。

鲁迅是在章氏同门弟子疑古玄同的再三督请之下加盟《新青年》，其时鲁迅已经 36 岁。与《新青年》同人相较，鲁迅一方面因为思想上和心理上都承载许多过去的经验遗产，旧时的种种给予了他一种特殊的沉重与悲怆，以至于忧愤尤为地"深广"，而以思想感情的成熟见著；另一方面，关于"礼教吃人"的揭露，以及对纲常礼教的抨击和国民性的批判，在《新青年》中，鲁迅则更多的以新奇怪诞的充满象征的艺术形式，和"真悲剧"的精神加以表现，"予人极大的刺激"与震撼。"礼教吃人"、"打倒吃人的礼教"等说法，就是藉着此，

---

① 鲁迅：《我怎么做起小说来》，《鲁迅全集》第 4 卷，第 511—512 页。
② 李欧梵：《铁屋中的呐喊》，岳麓书社 1999 年版，第 55 页。

开始在中国社会特别是青年中传开来，《新青年》及鲁迅本人也因此赢得了越来越多的进步青年的敬仰与热爱。

《狂人日记》之后，鲁迅在《新青年》上，又相继刊发了风格与之类似的短文篇章。在鲁迅犀利的笔端之下，一个个被旧制度、旧文化、旧传统挤压与迫害的羸弱并布满伤痕的灵魂，被拆裂于世，迫人奋起促人猛醒。鲁迅这种直面惨淡现实和毫不虚饰与拘泥的态度，充分体现了"揭出病苦，引起疗救的注意"觉醒的启蒙的文学精神。五四文学"为人生"的基调由此奠定，风骨悲怆和文化底蕴厚实的鲁迅小说，也因此引领着五四小说的发展。正因为如此，鲁迅的创作，成为《新青年》提倡的新文学的典范，因此被誉为"显示了文学革命的实绩"[①]。以至后来的论者，但凡论及《新青年》中的鲁迅，都好凸显其"实绩显示者"的一面。其实，鲁迅在《新青年》中的"实绩"，除纯粹文学意义层面外，还应富含思想革命的内容；鲁迅为后世所诟难，更多的表现在后一个层面，尤其是来自海外学人的批判，更是如此。

须强调指出的是，及此之后，鲁迅文化批判的立场始终未加改变。《新青年》因倡言思想伦理革命而起，并藉着"五四"声势浩大一时。然而旧的东西根深蒂固，非朝夕之力所能移动。《新青年》散了，反对《新青年》新文化的势力未散去，而且因着信奉白璧德主义的《学衡》，和主张新旧调和并反对白话文的章士钊《甲寅》的加入，来势汹汹，非当年林氏杜公所能比肩，加之国民政府"尊孔读经"的鼓噪，一时间"报章上的论坛，'反改革'的空气浓厚透顶了，满车的

---

① 鲁迅：《中国新文学大系·小说二集序》（影印本），上海文艺出版社2003年版，第1页。

'祖宗'，'老例'，'国粹'等等，都想来堆在道路上，将所有的人家完全活埋下去"①。

《学衡》标榜以"论究学术，阐求真理，昌明国粹，融化新知，以中正之眼光，行批评之职事。无偏无党，不激不随"为宗旨，其创刊本意在与胡适及新文化运动相抗衡，最主要的批判、攻击靶子是胡适；然胡适却极为不屑，以为"也只能谩骂一场，说不出什么理由来"，"文学革命已经过了讨论的时期，反对党已经破产了"②，后还与该刊的主要成员交好。鲁迅则不客气，针对《学衡》第一期上发表的《弁言》、《评提倡新文化者》、《国学庶谭》等文，一一从国学的基础知识上进行考察，摘出其篇中的常识性错误，令《学衡》好不尴尬。对诘难"新文化运动"的"老虎总长"，胡适张弛有度先礼后兵，鲁迅则视之如仇寇。当罗素赞美中国轿夫的"含笑"时，鲁迅却正言："轿夫如果能对坐轿的人不含笑，中国也早就不是现在似的中国了。"③ 当国民党地方军政大员要求中小学生尊孔读经，国民政府规定全国在 8 月 27 日孔子诞辰纪念日祭孔时，鲁迅撰写《在现代中国的孔夫子》，指出孔子之学不过众学之一，其身前并不吃香，死后才因"礼不下庶人"的治民方略为权势者所用，被"捧上天"；所以，孔圣人"是那些权势者或者想做权势者们的圣人，和一般的民众并无什么关系"④。

由美国人史密斯著述的《中国人的气质》，反映了美国人

---

① 《通讯》，《鲁迅全集》第 3 卷，第 21 页。

② 见沈卫威《回眸"学衡派"——文化保守主义的现代命运》，人民文学出版社 1999 年版，第 5 页。

③ 《灯下漫笔》，《鲁迅全集》第 1 卷，第 216 页。

④ 《鲁迅全集》第 6 卷，第 316 页。

对中国国民性的观察和一种看法，20 世纪初在日本出版，对鲁迅改造国民性思想的形成产生过很大影响。对于这样一本书，鲁迅总念念不忘，在其去世之前还一再提请世人注意，希望更多的人看到这本书，从而能够更自觉更经常地自省与觉悟、变革与挣扎。

鲁迅岂但立场无改，其思想照例如碎叶落尽直刺青天的"枣树"：因着"觉得古人写在书上的可恶思想，我的心里也常有……我常常诅咒我的这思想，也希望不再见于后来的青年"①，他提出"青年少读，或者简直不读中国书"的主张，并以为这"乃是用许多苦痛换来的真话，决不是聊且快意，或什么玩笑，愤激之辞"②。因确认"汉族发祥时代"，不过是"想做奴隶而不得的时代"与"暂时做稳了奴隶的时代"③ 的循环；他指斥"所谓中国的文明者，其实不过是安排给阔人享用的人肉的宴席"④；所谓中国者，其实不过是安排这人肉宴席的厨房。如此决绝的批判姿态，可以说是《新青年》同人的一个基本倾向，只不过鲁迅言辞更激烈些罢了，这也是鲁迅身后为"全盘否定说"所纠缠的原因。其实若对中国当时思想界的沉滞和启蒙者的沉郁与焦虑做更多更深入地了解的话，对于《新青年》的"激愤"，作为后来的人们会有更为理性的把握。李大钊曾在《宪法与思想自由》中直言不讳道："吾今持论，稍嫌过激。盖尝秘窥吾国思想界之销沉，非大声疾呼以扬布自我解放之说，不足以挽积重难返之势。"⑤

---

① 《写在〈坟〉后面》，《鲁迅全集》第 1 卷，第 286 页。
② 同上。
③ 《灯下漫笔》，《鲁迅全集》第 1 卷，第 213 页。
④ 同上书，第 216 页。
⑤ 《李大钊文集》（上），人民出版社 1984 年版，第 247 页。

鲁迅在与旧的腐朽势力相抗争所表现出来的不做不休，实在缘于儒家文化影响深重积弊成习积重难返的社会现状。鲁迅指出："有些读书人说，我们看这些古东西，倒并不觉得于中国怎样有害，又何必这样决绝地抛弃呢？是的，然而古老东西的可怕就正在这里。倘使我们觉得有害，我们便能警戒了，正因为并不觉得怎样有害，我们这才总是觉不出这致死的毛病来。因为这是'软刀子'。……中国人倘被别人用钢刀来割，是觉得痛的，还有法子想；倘是软刀子，那可真是'割头不觉死'，一定要完。"① 所以，鲁迅主张"韧性的战斗"，所以，直至晚年仍在做"刨祖坟"的事务。如此情形，在《新青年》同人中也少有。《新青年》主将陈独秀投身了"革命与政治"，即使后来再度撰文非儒，态度也有所缓和与保留；胡适深陷"国故"，在东西方文化论争中提出"全盘西化"抑或"充分的世界化"之后，也为"政务"羁绊；玄同、半农回归"塔"里，吴虞偏居蜀地，周作人埋头于"自己的园地"。

虽然，鲁迅对儒学所作的批判，不刻意其原始教义，而重在其"术"与"效"，即：关注其把理论变成现实时，所采取的手段和取得的效果，而与其《新青年》同人主要针对儒学在现实生活中的消极作用进行批判，并非对儒家学说本身进行学术评价的路径一致；但以"否定性环节"② 独树一帜；因此，鲁迅在对传统文化批判中表现出同人中少有的深刻、峻急与韧性，与古战场的"荷戟"士卒颇为相类，其也曾如此自况："寂寞新文苑，平安旧战场。两间余一卒，荷戟独

---

① 《老调子已经唱完》，《鲁迅全集》第7卷，第311页。
② 钱理群：《话说周氏兄弟——北大演讲录》，山东画报出版社1999年版，第136页。

彷徨。"①

鲁迅独有的风格，既觉醒和激励了一代进步的青年，也同时成为后来"反思者"诘难的"把柄"；另外，由于种种原因，"鲁迅是非为是非"一度盛行，导致世人与之隔膜而发出"难以走近"的叹息，由此也凸显我们讨论的意义。

二 自诩"客员"的周作人

周作人（1885—1967）

从《新青年》的第4卷第1号到第8卷第5号，三年多时间，周作人在《新青年》撰稿120多篇，其中译文80多篇（含小说、诗歌、剧本、言论）、新诗20余首、言论20余篇。无论是从其撰刊量，还是从其撰文所涉领域的广度、深度及其影响度来讲，皆不可等闲视之，至于其以"平常写点稿子"的"客员"自诩，不过是谦辞罢了。一般论及《新青年》中的周作人，主要就其有关文学革命的理论与实践方面立论。的确，文学是周作人毕生的追求与建树，也是其对社会发生重要影响之所在；而且，如果认真溯源的话，其在

---

① 《题〈彷徨〉》，《鲁迅全集》第7卷，第150页。

《新青年》时期的相关活动是一个不可忽视的重要阶段，之于其个人以及后来渐渐发达起来的新文学，皆意义深远。然而，作为《新青年》的同人，必然具有"涤荡旧污，传布新知"的大体相同的一面，这便是我们在这里所要着重讨论的内容。

视思想伦理的革命为最后之觉悟的《新青年》，从一开始便把"女子问题"作为家族制度的改革与社会改良的一个重要内容。

周作人不遗余力地宣传西方近代杰出的文明女性与男女平等的社会文明，同时还就女子教育、女子就业、女子参政，及其婚姻家庭等方面的问题进行了探讨。为了将这一重要问题的讨论引向深入，并提请社会的普遍关注，《新青年》曾大登征集关于"女子问题"议论广告。周作人以为："女子问题，终究是件重大事情，须得切实研究。""一般男子不肯过问，总有极少数觉了的男子可以研究。"① 是故，推出以为"纯是健全思想"与谢野晶子的《贞操论》。与谢野晶子被誉为日本近代杰出的女作家，其平生有三大贡献：一是短歌创作，在日本短歌史享有相当的地位；二是对日本古典名著《源氏物语》进行了现代语翻译；三是有关旨在提高女性地位，实现男女平等的妇女解放运动的评论活动。② 1913年前后的日本，民主运动也正兴起，社会上就男女平等、妇女参政等问题展开了热烈的讨论，"贞操问题"作为妇女解放的重要问题，引起社会极大的关注。与谢野晶子置身其中，先后对相关问题进行了评

---

① 周作人：《贞操论》，《新青年》第4卷第5号，1918年5月15日。
② 肖宁：《日本女作家与谢野晶子与近代中国女性运动》，《日本研究》2002年第1期。

述。周作人翻译的《贞操论》，原文名为《贞操贵于道德》，是与谢野晶子1913年6月就日本《太阳》杂志所登载的《近代妇女的贞操感》而做的评论文章。与谢野晶子认为，以道德面目出现的"贞操"，在现实生活中，它似乎对男子网开一面，单对女子提出要求，这是它首先当被质疑的地方。与此同时，它语义含混指向矛盾，导女子于痛苦，将生活引入混乱及堕落。因为，在现实生活中，贞操无从判明与区隔：若以"精神"为基准，它将因"意淫"的无形无踪而失措；若以"肉体"为基准，它将陷男女于"灵肉"分离的苦海；若以婚姻为基准，它既会将许许多多外力因素下本已不幸的女子，打入永无救赎的炼狱，迫其加倍的痛苦或堕落，也会致怨偶们无以从本已死亡的婚姻中解脱而日益愤懑或萎靡。由于贞操道德内容的如此不纯、不正、不幸、不自由，并成为"妨害我们的生活、逼迫我们到不幸里去的压制道德"①。所以，她主张不把如此意义的贞操当是道德，但愿视其为一种趣味、一种信仰、一种洁癖。十分显见，既存贞操观念在与谢野晶子看来，不仅有着片面的弊端，而且与"灵肉"一致的人格相抵牾，反动于以爱情为基础的现代婚姻道德观。作者的立论极为稳健，看似平和冷静，但其透辟的阐释，无不折射出"先觉"女性的睿智与犀利，传统贞操观禁锢压迫女性的本质特征及其弊端，于其声色不动中被揭露与抨击得淋漓尽致。

与谢野晶子的贞操宣言，无疑将千百年来贞操观中男权压迫的本质特征暴露于光天化日之下；也无疑宣告了以"没有爱情"为主要特征的中国传统婚姻的不合道德性，以及解除不合理的传统婚姻关系的合道德性，"结婚与离婚自由"的合

---

① 周作人：《贞操论》，《新青年》第4卷第5号，1918年5月15日。

法性因此而得以确立。同样，与谢野晶子的贞操宣言，同时也揭示以两性平等灵肉相谐的现代婚姻家庭爱情的精神走向。

难怪周作人对其推崇备至，并视其文为一味"治病的药"译介于国人。当时的中国虽已建立共和，民众由君主的"臣民"而变为共和的国民；但是却仍有人在复辟的喧嚣中叫嚷要"表彰节烈"，仍有女子为了"节烈"生生死死折腾不休。周作人的译文，对由传统的"夫为妻纲"所构筑的两性道德及其男尊女卑的社会文化，是一极大的反动和挑战。此文一经刊出，社会反响强烈，《新青年》同人也应声而起。胡适最早响应，从其所撰刊的《贞操问题》中，我们仍可清晰地感觉胡适的热烈反应，他认为《贞操论》一文的发表，"是东方文明史上一件极可贺的事，对有关'人'的生命及'人生'的根本问题有着革命的意义，是致使整个封建伦理体系崩溃的缺口"①。鲁迅撰刊的《我之节烈观》，也缘此而出。

反对的意见自然也有，遗老遗少自不消说，不新不旧者的反应则更引人侧目。在《新青年》第6卷第2号有关"贞操"的讨论文章，以"知非"署名的蓝志先文极有意思，其自陈为黄远庸②的"同道"，反对封建纲常礼教，虽早将妾遣返，仍常自惭自愧，但绝难认同非"贞操"之主张，尽管他也反

---

① 胡适：《贞操问题》，《新青年》第5卷第1号，1918年7月15日。

② 黄远庸（1884—1915），江西九江人，名为基，笔名远生。中国近代新闻记者。清末最后一批进士中最年轻的一位。但他无意仕途，以新进士之资格赴日本留学，1909年毕业于日本中央大学法科。回国后先在清政府邮传部任职，辛亥革命后脱离官场，从业新闻，成为蜚声于世的著名新闻记者和政论家，时人誉之为"报界之奇才"。新闻并非他全部的历史贡献，"从更深层的价值与更为深远的意义来说，他又是作为一位新文化先驱者的形象而存在的"。《新青年》及《新潮》，提到他名字或涉及他言论的文章不下30篇。甚至有人言，《新青年》所提出的文学革命、思想革命正是黄远生的未竟事业。

对"贞操"片面要求的一面。究其因，关键在于他无法理解爱情乃"灵与肉的统一"，或谓之为"官能的与道德的"；在他那里，爱情只是情欲的别名，所以反对爱情为婚姻基础说，反对自由恋爱，反感"离婚容易"，强调道德制裁。因此，尽管他心趋新学并辖一刊编务，然在"贞操问题"的讨论中，始终不得要领，以致纠缠不清，针锋难接。可以说，蓝某人的思虑是某群人，甚至某大群人思虑的反映。鉴于此，我们还可以说，新文化先驱，不仅仅发现了"人"、"女人"、"儿童"，而且还发现了"爱"，长幼之间"天性的爱"和两性之间"灵肉的爱"，由此而构成人间人伦关系的崭新的内容。继此，周作人有关两性道德、妇女解放新说时有发布，对"提倡新道德，反对旧道德"的新文化运动，产生了深远的影响。

针对当时颇为喧闹的复古思潮，周作人对传统习俗中的祖先崇拜也给予批判。

《每周评论》，是《新青年》同人为加强对旧文学、错误思潮的攻击力，并着手于新文学自身理论建设由陈独秀、胡适、李大钊等倡议出版的，它是新文化阵营的一个重要战略部署。因为周作人这一时期许多重要言论皆首刊其上，其中只有部分为《新青年》转刊，所以我们在阐述周作人的有关情况时，需要经常涉及《每周评论》。周作人在立论否定旧道德旧礼教的同时，在刊于《每周评论》10期的《祖先崇拜》一文中指出，祖先崇拜本源有二：一是本源于精灵信仰，初民阶段情尚可宥，在科学昌明的现在，还执守如初，不仅费时、损财、迷智，而且还为男子借口"不孝有三，无后为大"而买妾蓄婢提供庇护，既坏人伦又不合人道。二是本源于"报本返始"，即所谓"身体发肤受之于父母"，恩重如山而不可违。对此，周作人认为"受之父母"天性自然，不足言"恩"，不应图报。大千万象，来了又去，生了又死，不复穷尽。"祖先为子孙而生存，并非子孙为祖先而生存"。一味的"崇拜祖先，想望做古人"的倒行逆施，既害天性的爱，又误前进的正事，提出应以"子孙崇拜"取代"祖先崇拜"。是论依据进化说，其化"老"本位为"幼"本位，对"父为子纲"的人伦道德说极具颠覆性，一经提出，很快得到鲁迅和胡适唱和。周作人并未因此间歇，在刊于《新青年》第8卷第4号的《儿童的文学》一文中，其所提出的"儿童本位主义"，便是该思想的余绪与发展。所谓"儿童本位主义"，即强调"儿童教育，是应当依了他内外两面的生活需要，适如其分的供给他，使他生活满足丰富"，"应当客观的理解他们，并加以相当的尊重"。这一思想的提出，完全是建立在对儿童独特的生理及心理考察上的。周作人对儿童问题的关注，开始于绍兴任职时期，不同的是，以前偏重于国家、民族繁衍的立场；此后，转向"人"之健全发展的角度，即把"儿童的发现"，作为"人的发现"的一个重要组成部分。该思想提出的意义至少是双重的：一是，还儿童"人"的地位，还"儿童是儿童"的本来天性。再是，将儿童当做缩小的成人而一味灌注"圣经贤传"，或是把儿童当做不完全的人而不给予应有的尊重的荒谬与错误，一一暴露无遗。如此一来，不仅进一步揭示了五四有关"人"学的丰富内涵，而且再一次对传统文化的不合理处予以了否定。这一时期，周氏兄弟意气相通，时有应和，伯仲不分；并且弟唱兄和的情形居多，这或许表示着《新青年》时期周氏兄弟的略微不同：尊先驱者令，不时地敲敲边鼓或尊先驱者令，完全的置身其中。从后者为"新潮社"实际上的精神导师情况来看，《新青年》中的周作人较之令兄似乎更为"活跃"。

如果说《新青年》中的鲁迅以抨击"礼教吃人"著称的话，那么《新青年》中的周作人则以其"人的文学"主张而闻世。

周作人有关"人的文学"思想，是在理性的思考和现实的批判中建树起来，并不断加以完善的。分别刊发于《新青年》、《每周评论》及其《晨报》上的《人的文学》、《平民的文学》、《个性的文学》、《思想革命》、《新文学要求什么》、《论黑幕》等系列文章，是周作人有关"人的文学"的思想阐述。周作人"人的文学"思想要义：肯定"灵肉一致"的生活。有关"人"的蕴含，古今东西各有阐述。对此，周作人旗帜鲜明地指出，他所褒扬之"人"，决非"天地之性最贵"或"圆颅方趾"之人，而是"从动物"进化的，到动物"进化"的人；或者说是具有灵、肉二重生活的"人"。对以往由所谓灵肉冲突说而派生出来的"灭质体以救灵魂"的禁欲主义，和"死便埋我"不顾灵魂的快乐派不以为是。周作人认为，"兽性与神性，合起来便只是人性"，"灵肉一致的生活"，才是人类正当的生活。因此，他主张歌颂、赞美、满足"人的一切生活本能"，排斥、改正所有违反人性不自然的习惯制度，坚执以动物生活为生存基础的人类，以其更为复杂高深的内面生活，终能达到高尚和平的境地，故还要求排斥、改正任何阻碍人性发展的"兽性的余留"和"古代礼法"。周作人赞扬个人主义的人间本位主义，认为，"人"的理想生活的实现，务必营造一种己他互利的生活。因为，彼此都是人类，又各是"类"中之一，讲人道爱人类，"便先须使自己有人的资格，占得人的地位"。无"我"的爱，纯粹利"他"的爱，非"人"之所为。因

此，保持健康的生存，并以爱、智、信、勇为本，革除一切
人道以下或人力以上的因袭的礼法，是"利己利他"生活的
必要保证。写人的平常的生活或非人的生活，是"人的文
学"最为重要的内容。周作人认为，"实在的情状"能激发
出"改善的办法"；并提出以著作者的态度严肃、游戏与否，
来作认为"人的文学"与"非人的文学"之标准。周作人
认为，以"人的文学"来衡量，"儒教、道教出来的文章，
几乎都不合格"，主张将"妨害人性的生长、破坏人类平和
的东西，统应排斥"①。

此外，周作人还提出人的文学，当以人的道德为本，诸
如两性道德的"男女两本位的平等"、"恋爱的结婚"，人伦
道德的"本于天性"等，以及对"时代"观念的强调。即：
主张古今东西有别，对主义相反的文学，报以"历时性"态
度，将批评与主张分作两事，不与相反的意见通融让步。对
异域文学，则抱以"共时性"的态度，认为"人类的命运是
同一的，所以我要顾虑我的运命，便同时须顾虑人类共同的
运命"②，所以主张时代分中外；而且还认为养成"人"的
道德，实现"人"的生活，尚须大力"绍介、译述外国的著
作，扩大读者的精神，眼里看见世界的人类"③。还有进一步
生发而来的有关"平民的文学"、"个性的文学"思想内容。
周作人曾在刊于《每周评论》第 4 号的《思想革命》中明
确指出："文学革命上，文字改革是第一步，思想改革是第
二步，却比第一步更为重要，我们不可对于文字一方面过于

---

① 周作人：《人的文学》，《新青年》第 5 卷第 6 号，1918 年 12 月 15 日。
② 同上。
③ 同上。

乐观了，闲却了这一方面的重大问题。"① 这便是周作人对"人的文学"观念的建构，如此倾心与关怀的原因，也是他在《新青年》同人反对旧戏的活动中，不仅仅从世界戏曲发达上看，论中国戏之"野蛮"，而且还能透过其说充斥的"淫、杀、荒地、鬼怪"等，看到它的"有害世道人心"。

关于"人的文学"的思想特质问题，周作人有关"新与旧"的议论颇值得注意。它言明了周作人之所以更愿意以"人的文学"代言新文学动因。周作人道："太阳底下，何尝有新的东西？"所谓新，不过是新的发现而非新的发明；思想道理，只有是非，并无新旧。而其所希望文学注入的人道主义思想，在欧洲已发见了几个世纪，经历了若干演进，是欧洲文明的动力所在，15 世纪欧洲的宗教改革与文艺复兴及其后来的法国大革命，与其"人"的发见均分不开；并认为"女人与小儿的发见，却迟至十九世纪才有萌芽"，正可望长出极好的结果。然而，有着四千余年历史的中国，"人"的问题却从未经解决。对此，周作人一面为着 20 世纪在中国还要从"新"发见"人""辟人荒"而叹息，一面主张积极地奋起。

显然，周作人所强调的"人"，有着浓郁西方人文主义色彩，独立、自由、人道是其最基本的特征。而其中的"人道主义"尤为周作人所看重，也是其提出的"人的文学"思想的基本出发点。如此倾向与取舍，或许与周作人从文学的角度审视与接受西方"人"学有关。无论怎样，其思想中反传统的基质昭然若揭；其借文学申张思想的功利目的也无须讳言；其客观上对中国文学转型功绩自然也不可抹煞。

---

① 周作人：《思想革命》，《每周评论》第 4 号。

"人的文学"主张，是对胡适在《新青年》中所提出的文学革命思想的有益补充。新文学因为白话的提倡而获得"活"的形式之外，又因"人的"思想注入而获得"质"的内容。从此，新文学才有了从形式到内容完全异质传统意义可能；新文学也才真正具备了思想"利器"的条件；《新青年》以文学为思想革命突破口的初衷才有了实现的可能。当然，这些仅就其主张与《新青年》力行的思想革命意义论。实际上，其主张的意义远不止于此，单就文学的角度来讲，它与后来新文学发展的精神走向就有着深刻的影响。

《新青年》时期的周氏兄弟，两情恰恰，同出共进，传为一时佳话。周作人加入《新青年》之因与鲁迅类，皆缘自玄同的"怂恿"。只不过，当其兄还在思忖之际，略要躁进的周作人便将杀青作交与"金心异"，这便是后来刊在《新青年》第4卷第1号上的《陀思妥夫斯奇之小说》一文。此后，与其兄相携，异常地迅猛精进，深得世人激赏。20年代初从北京师范大学毕业、与作人介乎于师友之间的董鲁安曾追忆道："回想一九一九年五四前后北平《新青年》杂志时代，如像周氏思想的前进，学识的渊雅，笔墨的锋利，态度的积极，也正和他的阿兄鲁迅一般，周身充满了光辉，实在给青年们不少的影响。当时的文化界多把他俩比之于法国的龚枯尔兄弟。"① 也正因为如此，《新青年》杂志时代的周作人，和其兄鲁迅先生一样深得《新青年》主将陈独秀的器重与仰赖。马克思主义的传播使思想界发生深刻的变化，五四前期新文化统一战线的核心——《新青年》编辑部也由此发生分化以致分裂，《新青年》也因此遭逢了极为严峻的形势，

---

① 《苦雨斋主——名人笔下的周作人　周作人笔下的名人》，第56页。

在其第 8 卷第 6 号发排的稿件全部被租界捕房没收而不得不改在广州出版的困难情况下，陈独秀发信吁请鲁迅、周作人支持："《新青年》风波想必先生已经知道了，此时除移粤出版无它法，北京同人料无人肯做文章了，惟有求助于你两位。"① 周作人和其兄一道勉力支持《新青年》，直至该月刊休刊。

周氏兄弟年差四岁，像一般有着如此年距的弟兄少时同趣长成同志一样，伯仲失和之前，既是兄弟，更类师友。尽管家道中落的苦涩周作人体味不深，也无须领教"长子"的重压，更不用为奔洋学堂"抬不起头"，还不必再担心母亲的"礼物"。总之，相较其兄，年轻的周作人不幸而大幸、不顺而大顺。但是，毕竟长成于一样的社会环境，活动在同一时代背景之中，加之兄长思想言行的导引，周作人也染有了那个时代青年学子趋新恶旧的思想因子，而"辫子军"的复辟闹剧则使其彻底惊觉。周作人在后来的《知堂回想录》中道："经过那一次事件的刺激，和以后的种种考虑，这才翻然改变过来，觉得中国很有'思想革命'之必要，光只是'文学革命'实在不够，虽然表现的文字改革自然联带的应当做到的事，不过不是主要的目的罢了。"② 并认为这也是鲁迅打破很久以来隐默的原因。因为在此之前，周作人在其兄处见过几期《新青年》，不以为有"没有什么谬"，但也不为其动衷，淡淡然于抄碑中接待为野狗迫得心惊肉跳的"金心异"。

周作人在《新青年》反"传统"的思想革命中，和其

① 朱洪：《陈独秀传》，安徽人民出版社 1998 年版，第 152 页。
② 周作人：《知堂回想录》（下），河北教育出版社 2002 年版，第 383 页。

兄鲁迅的思想路径极为相似，即：分别从礼教观念和文学方面切入，然而又不完全相同。鲁迅一方面将"攻击礼教吃人"的思想寄于别样风格的文学之中；另一方面则直陈旧道德腐朽与罪恶。周作人则不尽全然，他一方面主要以译介的形式（且弃尽"清室举人"的汉译笔法而直译），传播东西洋文明进步的新道德，指斥旧有道德之丑陋；另一方面，则注重于文学革命的理论建设，将具体而切实的思想革命的内容，尤其是西方人道主义精神注入文学革命的思想理论之中，使《新青年》所倡导的文学革命内涵更为丰富，更具有现实的批判性；中国文学真正意义上的融入于现代世界文学的洪流，也因此有了进一步的可能性和方向性的保证。这也许就是论者尤为强调与看重周作人在《新青年》中文学意义的要因吧。

第七章

激言"二次大贡献"李大钊

李大钊因章士钊的举荐于 1918 年担任北大图书馆主任一职，时年 29 岁，1920 年始聘为北大教授。此前，陈独秀 1916 年年底接受蔡元培之聘，次年元月便携《新青年》北上任北大文科学长；留美归来的胡适因陈独秀的力荐，1917 年被聘为北大教授；钱玄同、刘半农、周作人等亦任职北大。虽然正式忝列《新青年》阵营不是最早的，但是，在与《新青年》精神相通的一面，李大钊则可称之为最早同路人之一。早在 1914 年，留学日本的李大钊因为《甲寅》社的缘故，便与时为《甲寅》重要撰稿人的陈独秀结识，并有思想交

李大钊（1889—1927）

集①。对于陈独秀1915年在上海创刊的《青年杂志》，李大钊更是十分关注②。从日本归国以后，李大钊《青春》一文，便刊于1916年9月出版的《新青年》第2卷第1号，而胡适《文学改良刍议》发表于1917年1月出版的《新青年》第2卷第5号，鲁迅的《狂人日记》则发表于1918年5月《新青年》第4卷第5号。可见，李大钊堪称为《新青年》较早撰述人。加入北大阵营后，李大钊即签名成为蔡元培发起组织的"进德会"的甲等会员③，并也成为了《新青年》集体编务领导人之一；此后，还是《新青年》"马克思主义专号"主持人。在李大钊坚定而热烈的鼓动和倡导下，"研究和信仰俄国十月革命与马克思主义的人日益增多，《新青年》发表这方面的文章也逐渐增多"④。《新青年》思想启蒙方向，也因此渐次地转向马克思主义。可以说，李大钊对于

---

① 陈独秀曾撰文《爱国心与自觉心》刊于1914年11月10日《甲寅》第1卷第4号，针对文章所流露的"其国也存之无所荣，亡之无所惜"的悲观情绪，李大钊撰写了《厌世心与自觉心》一文，刊于1915年8月10日《甲寅》杂志第1卷第8号。文章着力阐述了"国之存亡，其于吾人"的道理，批驳了"消极宿命说"，对于澄清社会思想，鼓舞国民士气具有积极的影响和意义。

② 高一涵说："陈独秀先生在上海创办《青年杂志》，余时已到日本三余年，为穷所迫，常断炊。独秀约余投稿，月得十数元稿费以糊口。因无钱出门，每日闭门读书，故几无人知余名姓。守常读《新青年》，见余文，知在东京，访问半年余，终无人见告。迨帝制事起，东京有留学生总会之组织，守常见留学生总会中有余名，辗转询问，始得余之住所。一日房主人持李大钊名片上楼，余览片竟不知为何许人。及接谈，始知守常已访余半年矣，此为余与守常相见之始。因纵谈国事，所见无不合，遂相交。"见朱成甲《李大钊早期思想与近代中国》，人民出版社1999年版，第527页。

③ "进德会之等级如左：甲种会员，不嫖、不赌、不娶妾。乙种会员，于前三戒外，加不作官吏、不作议员二戒。丙种会员，于前五戒，加不吸烟、不饮酒、不食肉三戒。"见蔡元培《蔡子民先生言行录》，广西师范大学出版社2005年版，第157页。

④ 朱成甲：《李大钊早期思想与近代中国》，第527页。

《新青年》的影响及意义，毫不逊色于任何人。因此，像诸多《新青年》同人一样，李大钊对《新青年》极其珍爱并努力维护，当因思想的分野，《新青年》陷入存废不测之时，李大钊认为"停办比分裂还不好"，提出宁可"分裂"，也不可"停办"的主张①。五四新文化运动前后，李大钊相关撰述颇多，《新青年》之外，《每周评论》、《新潮》、《甲寅》、《言治》、《宪法公言》、《星期日周刊》、《民彝》等刊物，其文频仍；所以，考察这一时期李大钊的相关思想，不应单从他在《新青年》上发表的文章去看。

一 批"袁"揭"孔"，护卫"宪法"

李大钊问孔责儒，与《新青年》同人相类，皆源自对袁世凯倒行逆施的批判。此前的李大钊，与那一时期诸多的"士大夫"一样，常常自称"吾儒"，其间有"知识分子"之

---

① 陈独秀1920年12月16日，从上海致信胡适、高一涵说："《新青年》色彩过于鲜明，弟近亦不为然，陈望道君亦主张稍改内容，以后仍以趋重哲学、文学为是；但如此办法，非北京同人多做文章不可。近几册内容稍稍与前不同，京中同人来文太少也是一个重大原因，请二兄切实向京中同人催寄文章。"后是胡适给陈独秀的复信说："《新青年》'色彩过于鲜明'，兄言'近亦不为然'，但此是已成之事实，今虽有意抹淡，似亦非易事。北京同人抹淡的功夫决赶不上上海同人染浓的手段之神速。"于是胡适提出来"三个办法"：（1）听《新青年》流为一种有特别色彩之杂志，而另创一个哲学、文学的杂志；（2）若要《新青年》"改变内容"，非恢复我们"不谈政治"的戒约，不能做到。——故我主张趁兄离沪的机会，将《新青年》编辑的事，自九卷一号移到北京。由北京同人于九卷一号内发表一个新宣言，略根据七卷一号的宣言，而注重学术思想艺文的改造，声明不谈政治；（3）《新青年》"暂时停办"。李大钊提出："但如果不致'破坏《新青年》精神之团结'，我对于改归北京编辑之议亦不反对，而绝对的不赞成停办，因停办比分裂还不好。"《复胡适》，见《李大钊文集》下，第949—950页。

意，也含有"儒家学者"之意①。民初复杂变幻的社会情势，尤其是"少数豪暴狡猾者"，假共和、真专制的丑陋行径，促使李大钊在"宪法"与"国会"问题上与"袁"争锋相对直至彻底决裂，而成为了革命民主主义者。载于 1916 年 5 月 15 日的《民彝》创刊号上的《民彝与政治》，是李大钊从思想上与袁决裂并与之进行彻底斗争的宣言，也是李大钊成为革命民主主义者的重要标志；同时还是李大钊对儒学认识发生转变与批判的开始。

1915 年 12 月，袁世凯与日本帝国主义秘密签订了"二十一条"，当上了"洪宪皇帝"，随即宣布要"去共和之荼毒，复古国之精神"，对内加强专制独裁，以巩固其袁氏天下。对此，李大钊专就民彝与政治的关系进行论证，并藉此对袁世凯逆势而动专制复辟进行了抨击，其文首先对儒学孔子束缚人的个性、钳制国民思想为复辟势力所利用的实质性问题，进行了揭露。李大钊指出"民彝"为国民之神器，国民之伦常，国民之法规，心理之自然和人固有之本能，"文明先进之国民，莫不争求适宜之政治以信其民彝，彰其民彝"。而所谓"适宜"之政治，当是"惟民主义为其精神、代议制度为其形质之政治"②。如此精神内质的政治，"率由生之欲求而发，出于自主之本能，其强烈无能为抗也"。为求此政治"先进国民"断头流血万死不辞，我们也当"鼓勇奋力，以趋从此时代精神"。言及主导中国思想文化数千年之久的所谓"古国之精神"儒学孔子，李大钊不无沉重道："吾华之有孔子，吾华之

---

① 吕明灼：《李大钊与儒学》，《孔子研究》1997 年第 3 期。
② 《民彝与政治》，《李大钊文集》（上），第 157—158 页。

幸，亦吾华之不幸也。"① 谓之为"幸"，是因为作为先哲的"孔子"有着"释迦"与"耶稣"的不凡和影响，华夏引以为豪。谓之"不幸"，则因为"孔子生而吾华衰"②，因为：（1）尊圣而湮灭"自我"，国民理想不张。用李大钊的话来说，人们除了知道膜拜孔子而外，"不复知尚有国民之新使命；风经诂典而外，不复知尚有国民之新理想也"。"摄伏于圣智之下，典章之前，而罔敢自显，遂以荒于用而绌于能"，沿袭既久，"人人尽丧其为我，而甘于圣哲之嘘声劫夺以去，长此不反，国人犹举相讳噤口而无敢昌说，则我之既无，国于何有？"③（2）缘孔圣而出的纲常法度积习深重，已构成对社会进化的阻碍。李大钊指出："先圣创奇规仪，后儒宗其模式"，被人们目为天经地义，莫敢有违，安之若命。以致"言必称尧、舜、禹、汤、文、武、周、孔，义必取于诗、礼、春秋"，殊不知"理创于古者不必其宜于今也，法之适于前者不必其合于后也"，更何况"天演之迹，进化之理，穷变通久之道，国于天地，莫或可逃，莫或能抗者"。不谙该理，其结果只能是"锢蔽其聪明，夭阏其思想，销沉其志气，桎梏其灵能，示以株守之途，绝其迈进之路"④。（3）假尧、舜、禹、汤、文、武、周、孔之名，行其政治之私的大盗乡愿，累代不鲜，耳熟能详；祭天尊孔，不外乎借"圣"压服人心钳制人口。对此，李大钊尖锐地指出："耳食者流，犹不审致乱之源，翻然改图，徒梦想中天之盛遐，起思古之幽情，而复古之

---

① 《李大钊文集》（上），第160页。
② 同上书，第161页。
③ 同上。
④ 同上。

潮流，遂更为黠狯奸雄所利用。"① 由此，李大钊严正道：圣人嘉言懿行，传流虽久，施之今世，绝非所通；今后之历史断不容乡愿大盗所玷污。可见，所谓"孔子生而吾华衰"，是针对人们泥古崇圣所造成的僵化与危害及其孔子之道不适宜现今生活，而为乡愿大盗趁私所用而立论的。

在对袁世凯的政治批判中进行儒学的批判，是李大钊首次"斥儒"的特点。而在其后对所谓"天坛草案"规定"国民教育以孔子之道为修身大本"的痛斥，则始终彰显出现代学理与政治批判并重的特质。

《制定宪法之注意》，发表于 1916 年 10 月 20 日《宪法公言》第 2 期，是李大钊就所谓"孔教与宪法"问题加以质问的檄文。在文章中，李大钊指斥道："'天坛宪法'之产生，风檐寸晷，又有无数催生者，狞目狰容，伺于其侧，相为推挽，事既简率，人复愤慨，缺漏之多，庸岂能免。即如'国民教育以孔子之道为修身大本'。"② 李大钊如此出言，主要理据有二：（1）基于"信仰自由"论。李大钊指出，"孔子之道，其在今日，是否当为国民教育之修身大本"，暂且不论，但从"民国以五族组成，族性不同，宗仰各异。蒙藏之族，自以喇嘛教为修身大本矣；回教之族，自以默罕默德之教为修身大本矣。他如五族之中，间亦有信奉耶教者，则亦必以耶稣之道为修身大本矣；信奉佛教者，抑且甚多，则亦必以释迦之道为修身大本矣"③。（2）基于"思想自由"论。李大钊指出："若此思想自由原理言之，世界哲人是为吾人修养之明星

---

① 《李大钊文集》（上），第 163 页。

② 同上书，第 224 页。

③ 同上。

者，奚独限与孔子？即令缩小范围，仅就吾儒而论，孔孟之徒，且与杨、墨之说并不相容，孟子至诋之为禽兽。而今，康门高弟，如梁任公先生者，犹且皷皷焉取子墨子学说，而阐发其微旨矣！"① 故此，李大钊指出："国民教育以孔子之道为修身大本"之条，与宪法本质相违，列其入宪法，结果只能是使"宪法之尊严扫地尽矣"②。

为揭露"国民教育以孔子之道为修身大本"与宪法本质相悖之谬，李大钊又先后撰文《宪法与思想自由》、《孔子与宪法》和《自然的伦理观与孔子》，分别刊于 1916 年 12 月 10 日《宪法公言》第 7 期，以及 1917 年 1 月 30 日和 1917 年 2 月 2 日的《甲寅》日刊。李大钊首先对"不自由毋宁死"这一立宪的普世性原则加以充分肯定，认为人类生活上一切努力，无不为求得自由；"吾国历次革命"，先辈断头流血在所不辞也在于此；"英之'大宪章法'之人权宣言为近世人类自由之保证书，各国宪法莫不宗为泰斗"③ 更在于此；现今人们殚精竭力努力制定"庄严神圣之宪典者，亦曰为求自由之确实保障而已矣"④。对"孔子与宪法"之谬加以一一考辨与指斥，由此而展开。

李大钊指出，自秦以降"皇帝与圣人"就是"吾人自由之敌"，其"遗留之种种威权重压累积于国民之思想"之力甚"绝厚"。"国民教育以孔子之道为修身大本"条目的存在，所谓"教授自由、言论自由、出版自由、信仰自由"诸多事关思想自由的宪政要义，势必"隐然为一部分之取消"，"民族

---

① 《制定宪法之注意》，《李大钊文集》（上），第 224 页。
② 同上。
③ 同上。
④ 同上。

之生命、民族之思想"势必为之所扼杀，其"流毒所届，将普遍于社会，流传于百世"。因此，"欲舒畅国民之自由，不当仅持现存之量以求宪法之保障，并当举其可能性之全量以求宪法保障其渊源……即思想自由者"①。显然，在李大钊看来，基于几千年封建专制沉疴深重的历史，宪法保障思想自由的意义尤为重要，人们只有从思想上获得自由，才有可能谈得上冲破古人腐朽思想的束缚，才有可能树立帝制与宪法不能共存的信念，宪法意义上的自由也才能够真正得以实现。

作为中国圣人权威最大者孔子，其实与宪法"渺不相涉"，李大钊如是道：首先，宪法的实质与孔教不同。李大钊指出："宪法者，现代国民之血气精神也"；孔教则是"数千年前之残骸枯骨"。如将孔教列入宪法，就将成为"为陈腐死人之宪法，非我辈生人之宪法也；荒陵古墓之宪法，非光天化日之宪法也；护持偶像权威之宪法，非保障生民利益之宪法也"②。其次，宪法的功能与孔教不同。李大钊指出，宪法是现代国民自由之"证券"，孔子实际上是历代帝王专制的"护符"。列入"孔教"的宪法，只能是"束制民彝"的宪法，而非"解放人权"之宪法，势必为野心家利用，而不为平民百姓日常所享。如此宪法势必沦落成为"专制复活之先声"③。再次，宪法的实用范围与孔教不同。李大钊指出：宪法是"中华民国国民全体无问其信仰之为佛为耶，无问其种族之为蒙为回，所资以生存乐利之信条也"④，孔子只是国民中一部分所谓孔子之徒的"圣人"而已，如果将孔教列入，那宪法

---

① 《宪法与思想自由》，《李大钊文集》（上），第 245 页。
② 《孔子与宪法》，《李大钊文集》（上），第 258 页。
③ 同上书，第 259 页。
④ 同上。

将只会是一部分人的宪法，非国民全体的宪法也。最后，宪法的严谨和科学与孔教之不同。李大钊指出，"宪法者，一字一文均有极确之意义，极强之效力者也"①，而孔教则不然。如果把孔教列入，宪法将成为一部"无确切之域以资循守"的宪法。

李大钊对于"孔子与宪法"诸多"相悖"问题的指斥，有关"实质"与"功能"问题是至关重要的层面；对此，李大钊进行了更为集中深入的揭批。从"自然真理"观出发，李大钊将"孔子"斥为"数千年之残骸枯骨"。李大钊指出："吾人生于今日之知识世界，除惟一自然之真理外，举不足劳吾人之信念，故吾人之伦理观，即基源于此惟一自然之真理也。"② 历史上的教宗学派，"虽不无一二叶于学理的解释"，但"非生于今日世界之吾人所足取"。宇宙无始无终的自然存在，并"循此自然法而自然的、因果的、机械的以渐次发生渐次进化"③，道德作为宇宙现象之一，也一并有其自然变迁与进化，"断非神秘主宰之惠与物，亦非古昔圣哲之遗留品"。"孔子于其生存时代之社会，确足为其社会之中枢，确足为其时代之圣哲，其说亦确足以代表其社会时代之道德。"④ 但是，自然势力的演进，绝非现今推崇孔子的诚心所能抗拒，"使今日返而为孔子之时代之社会"，所谓"残骸枯骨"，如此意义而言罢。所谓"孔子为历代帝王之护符"，则因为生发于专制年代的孔子学说，浸透了专制思想基因，而被奉为专制社会的准绳，并"为专制君主所利用"并"资以护符"，以致"历代

---

① 《孔子与宪法》，《李大钊文集》（上），第259页。
② 《自然的伦理观与孔子》，《李大钊文集》（上），第263页。
③ 同上。
④ 同上。

君主，莫不尊之祀之，奉为先师，崇为至圣"，如此意义的"孔子"，早已演化为"保护君主政治之偶像"。故此，李大钊申明其抨击孔子，"非掊击孔子之本身，乃掊击孔子为历代君主所雕塑之偶像的权威"，"乃掊击专制政治之灵魂"①。

与此同时，对于"国民教育以孔子之道为修身大本"积极主张者之用心，李大钊也加以析论与痛陈。指出，清季宪法未立而倾，"执皇帝之旗帜以谋侵入宪法领域者"转而"乞援于圣人"，且怂恿袁氏擅权，"灭国会，除政党，毁约法，诛党人"。张孔教入宪，实为"大奸慝怀挟专制之野心者，秘持其权衡"②。对此，李大钊为"议坛诸公，未能烛照其奸"深感痛彻，更对"匿身于偶像之下，以圣人之嘘声劫持吾人之思想自由者"深恶痛绝，李大钊呼吁并正告道："吾人当知其祸视以皇帝之权威侵害吾人身体之尤烈，吾人对之与其反抗之决心与实力，亦当视征伐皇帝之役为尤勇也。"③ 此后，李大钊还就该问题不断著文加以挞伐。如：其在《乡愿与大盗》中曾尖锐指出："大盗不结合乡愿，做不成皇帝；乡愿不结合大盗，做不成圣人"，"到现在，那些皇帝与圣人的灵魂，捣复辟尊孔的鬼"，就是乡愿与大盗的结合记录④。也就是说，在李大钊看来，几千年来封建统治者，实由皇帝、圣人、武人和政客四位一体组成；几千年来的中国社会，实为一部皇帝与圣人相结合统治的历史。此外，其还在《圣人与皇帝》中再次叹谓道："中国的圣人与皇帝有些关系。洪宪皇帝出现以前，先有尊孔祭天的事；南海圣人与辫子大帅同时来京，就发

---

① 《自然的伦理观与孔子》，《李大钊文集》（上），第264页。
② 《宪法与思想自由》，《李大钊文集》（上），第245页。
③ 同上书，第246页。
④ 《乡愿与大盗》，《李大钊文集》（上），第619页。

生皇帝回任的事。现在又有人拼命在圣人上做工夫，我很害怕，我很替中华民国担忧。"① 而后，更在《新旧思潮之激战》中对那些期望"伟丈夫"的顽旧鬼祟痛斥道："你们应该本着你们所信的道理，光明磊落的出来同这些新派思想家辩驳、讨论。"而不应该"抱着那位伟丈夫的大腿，拿强暴的势力压倒你们所反对的人"，要知道，"真正觉醒的青年，断不怕你们那伟丈夫的摧残；你们的伟丈夫，也断不能摧残这些青年的精神"②。由此而见，李大钊对于作为专制偶像孔子的批判极其坚定与决绝。

透过李大钊为维护宪法尊严与纯洁的现实诉求而对孔教和封建文化所厉行的批判来看，这一时期李大钊对于民初的所谓"宪政"仍抱持一定的幻想；同时也反映了作为《新青年》同人的李大钊对于孔子认识的两个基本维度，即："历史中人"的孔子和"历史中偶像"的孔子。对于前者，李大钊是充分肯定并予尊重，称孔子为"一代哲人"，"孔子于其生存时代之社会，确足为其社会之中枢，确足为其时代之圣哲，其说亦确足以代表其社会其时代之道德"③，"以孔子为吾国过去之一伟人而敬之，吾人亦不让尊崇孔教之诸公。即孔子之说，今日有其真价，吾人亦绝不敢蔑视。惟取孔子之说以助益其自我修养，俾孔子为我之孔子也"④。对于"历史中人"孔子的"嘉言懿行"，李大钊认为"尽可听其自由以事传播。国家并无法律以禁止之，社会并可另设方法以奖助之"⑤；对"历史中偶

---

① 《圣人与皇帝》，《李大钊文集》（下），第 95 页。
② 《新旧思潮之激战》，《李大钊文集》（下），第 661 页。
③ 《自然的伦理观与孔子》，《李大钊文集》（上），第 264 页。
④ 《宪法与思想自由》，《李大钊文集》（下），第 246 页。
⑤ 《孔子与宪法》，《李大钊文集》（上），第 259 页。

像"的孔子，李大钊依宪法本质的要求，抱持断然反对的态度。

作为一种"事后之论"，还应面对与指出的是，对于"历史中人"的孔子，李大钊秉持进化观立论，有时也不免为"进化论"之"机械"所困。主要表现为对孔子学说因时代的变迁而日益凸显的差异性或局限性批判较多，而对孔子之道作为社会道德文化现象潜存的历时性或继承性顾涉不及。由此导致其抽象设论之时理据稳健，而具体立论时，凌厉中则不免有所折冲。这也是《新青年》同人在非儒批孔中的"惯象"，同时也正是 21 世纪的今天，有关质疑最为聚焦的问题层面。

二 肯定东西文明特点，主以"调和"

《新青年》杂志记者曾反复强调道："《新青年》杂志本以涤荡旧污，输入新知为目的"，"《新青年》杂志本是自由发表思想的杂志，个人的言论，不必尽同"。在"孔教入宪"的问题上，《新青年》同人的态度是整齐划一的，尽管在具体立论中，各有侧重，如李大钊侧重宪政法理立说，陈独秀则着意透彻孔学肌理，等等。但是，在如何相看东西文化的问题上，李大钊则以"调和"论而别树一帜。

五四时期，知识界掀起了一场有关"东西文化"的大讨论大论争。以杜亚泉为代表的《东方杂志》派和以陈独秀为旗帜的《新青年》派，在东西文化孰优孰劣以及中国文化未来走向等问题上，发生了激烈的思想交锋。《东方杂志》在文化思想上力主对新学、旧学不偏不倚的"调和"。他们一方面认为"夫先民精神上之产物，留遗于吾人，吾人固当发挥而光大之，不宜仅以保守为能事；故西洋学说之输入，夙为吾人所欢迎"①；另一方面，又清醒地意识到由此所造成的思想"迷乱"与功利主义所带来的急功近利的极度浮躁之流弊，进而在推出"因革互用，同异相资"中西互补主张的同时，强调指出"救济之道，在统整吾国固有之文明"②。《东方杂志》派"调和"之内里，"中体西用"的思想基质，昭然若揭。对于东西文化问题，《新青年》派的基本态度是：西方代表现代，东方代表过去，旧文明必将为新文明所取代，保存固有文明与现代国家制度，与共和政体绝不相容，两者无以调和。显然，他们抱持着绝对主义的文化立场，将文化差异视为进步与落后之差别，故对立言"统整"的《东方杂志》派，予以了猛烈的抨击。对于五四时期这样一场事关价值重估与文化重建的思想"干戈"，学界时有评述，并日趋理性。

在这场旷日持久的思想论战中，李大钊对东西文化问题也有着诸多的思考。刊于 1917 年 4 月 12 日《甲寅》日刊《动的生活与静的生活》，是李大钊就东西文明立论的较早篇章，其有关东西文化的态度初现其中。（1）李大钊认为"静"与"动"是东西文明"绝异之特征"，即："东方文明之特质，全为静的；西方文明之特质，全为动的"③，由于"文明与生活，盖为因果"，所以"东方之生活为静的生活，西方之生活为动的生活"。（2）东西文明及其生活如此"绝异"的原因，在于它们赖以为计的生存方式的不同。李大钊认为，东方之生计以农业为主，自给自足的小生产经济决定了其社会重土安迁为特

---

① 附录：伧父《迷乱之现代人心》，《独秀文存》，第 205 页。
② 同上书，第 210 页。
③ 《动的生活与静的生活》，《李大钊文集》上，第 439 页。

征的"静"的文化心理,家族主义、"一夫多妻之风"及其政治上的"阶级"与"专制"由此演成。西方则不然,其生计以商业为主,以"流通转徙"为外部特征的商品经济,决定西方政治"倾于自由"、"贵乎平等",个人主义大行其道。(3)认定今日非创造一种"动的生活",不足以自存。李大钊指出:近百年来"动"的文明与生活对东方的"侵入"与"渗透",以"静"临"动"的东方屡遭挫折,弃"静"迎"动"的维新则令"吾人乃日在矛盾生活之中",难言"济"、"胜"。顺应世变与潮流,立身于"今日动之世界"而不败,非"绝大之努力于'静'的文明之上"创造一种动的生活不可。简言之,李大钊认为,生存方式的不同,形成了东西文明迥然不同的文化特质;然而,今日"动"的时代,以"静"制"动"或"弃静迎动"皆无足取,纳"动"于"静",创造一种"动"的生活,才是东方民族与文化存续及其发展的必由之路。对此,提请注意的问题有:(1)东西文化论战是因在共和体制下如何相看中华固有文明,具体地说如何相看作为传统文化主干的儒家思想文化问题而引发的。故此,当时传统儒家常涵括于东方文明之中被讨论。(2)李大钊在有关东西文化的早期论述中,"调和"的思想已现端倪。

必须指出的是,当时思想文化界有关东西文化的态度,除"调和"与否的《东方杂志》派和《新青年》派各执一端之外,辜鸿铭保守主义姿态也颇具声色。辜氏曾著述《中国对于欧洲思想之辩护》和《中国国民之精神与战争之血路》,并于大战前后出版。西方当采用以孔子伦理为代表的中国世界观,取代其物质主义的世界观始得幸福之道,是辜氏有关东西文化的基本主张。其著作思想在当时西方思想界引起了相当反响,国内也有一定的哄响,《东方杂志》刊发了相关译介。

应该说，李大钊的东西文化观，得以较为深入阐述的篇章，当推其发表在1918年7月1日《言治》季刊第3册的《东西文明根本之异点》。在该篇文章中，李大钊首先就东西文明"静"与"动"殊异的问题，加以了新的考察，即从地理物候等自然条件不同的角度进行探究。李大钊指出：欧亚大陆是人类生活演化的舞台，由于中央"山脉"亘古阻隔，物候差异，而形成了基质不同的被冠以"南道文明"与"北道文明"两大风貌各异的文明系统。南道文明，即东洋文明；北道文明则为西洋文明。前者得"太阳之恩惠多，受自然之赐予厚，故其文明为与自然和解、与同类和解之文明。北道得太阳之恩惠少，受自然之赐予啬，故其文明为与自然奋斗、与同类奋斗之文明"①。由此，李大钊对两大文明系统在思想、宗教、伦理、政治等方面呈现出了诸多不同的特点进行归纳与比照，指出，南道文明与北道文明的殊异主要表现是：一为自然的与一为人为的；一为安息的与一为战争的；一为消极的与一为积极的；一为依赖的与一为独立的；一为苟安的与一为突进的；一为因袭的与一为创造的；一为保守的与一为进步的；一为直觉的与一为理智的；一为空想的与一为体验的；一为艺术的与一为科学的；一为精神的与一为物质的；一为灵的与一为肉的；一为向天的与一为立地的；一为自然支配人间的与一为人间征服自然的。面对特质各异的东西文明，李大钊指出不应"挟种族之偏见，以自高而卑人"，认为"东西文明，互有长短，不宜妄为轩轾于其间"，"东洋文明与西洋文明，实为世界进步之二大机

① 《李大钊文集》（上），第557页。

轴，正如车之两轮、鸟之双翼，缺一不可"①。此两大精神自身，只有时时调和、时时融会，方可生机不穷，演进无疆；更言之，挽救东西洋文明之危机，还在于东西文明本身的觉醒，即："东洋文明，宜竭力打破其静的世界观，以容纳西洋之动的世界观"，"西洋文明，宜斟酌抑制其物质的生活，以容纳东洋之精神的生活"②。甚至更进一步推言："为挽救世界危机，非有第三种新文明之崛起。"③ 对在东西文化碰撞中，东方文明所现出的疲态或病相，李大钊毫不讳言："中国文明之疾病，已达炎热最高之度，中国民族之运命，已臻奄奄垂死之期。"④ 提出"吾民族之复活"并再次为世界文明大贡献，当于"东西文明调和之基础"，"竭力以受西洋文明之特长，以济吾静止文明之穷"⑤。对于辜鸿铭的论调及其所引起躁动，李大钊进行了批判，指出"时至今日，吾人所当努力者，惟在如何以吸收西洋文明之长，以济吾东洋文明之穷。断不许以义和团的思想，欲以吾陈死寂灭之气象腐化世界。断不许舍己芸人，但指摘西洋物质文明之疲穷，不自反东洋精神文明之颓废"⑥。进而呼吁人们全力研究西洋文明的同时，亦将我东洋文明之"较与近世精神接近者介绍之于欧人"，为东西洋文明的调和及世界文明的二次贡献以裨助，坚信"以异派之所长补本身之所短，世界新文明始有焕扬光彩、发育完成之一日"⑦。

---

① 《李大钊文集》（上），第560页。
② 同上书，第561页。
③ 同上书，第560页。
④ 同上书，第562页。
⑤ 同上。
⑥ 同上书，第566页。
⑦ 《东西文明根本之异点》，《李大钊文集》（上），第571页。

纵观李大钊有关东西文明的立言，毋庸讳言，其时"调和"的思想倾向尤为突出。这里所要强调的是，李大钊的"调和论"与同一时期的思想者如《东方杂志》派杜亚泉的"调和观"，虽有相通的一面但有本质的区别。在对于东西文明特点的肯认，以及明确主张东西文化互补等方面，他们是相通的；而在如何互补的环节上，李大钊是在坚持"固新文明新生活"本位的立场上，强调二者联结、依存与相互制约的。李大钊曾著述道："中国今日生活现象矛盾的原因，全在新旧的性质相差太远，活动又相邻太近。换句话说，新旧之间，纵的距离太远，横的距离太近；时间的性质差得太多，空间的接触逼得太紧。"① 一句话，"新的嫌旧的妨阻，旧的嫌新的危险"。打破的方术，"迫旧文明、旧生活与新文明新生活相妥协、相调和，否则征服之而已矣"②。也就是说，李大钊的"调和"，有着容纳、吸收和征服诸多的思想意蕴，而不是什么折中与协调，与《东方杂志》派的"统整"之调和有着"质"的不同。当然，与蔡元培的"兼容并包"也不可简单等同；同时与《新青年》主将陈独秀的立场更有所别。对此钱玄同曾经有异议："守常先生要新青年'创造新生活'，这句话固是绝对不错，但是我的意思，因为要打破矛盾生活，除了征服旧的，别无他法。那些残废颓败的老人，似乎不必请他享新文明的幸福，尝新生活的趣味，因为他的心里，只知道牢守那笨拙迂腐的东西。"③

---

① 《新的！旧的！》，《李大钊文集》（上），第539页。
② 《矛盾生活与二重负担》，《李大钊文集》（上），第254页。
③ 《〈新的！旧的！〉赘言》，《新青年》第4卷第5号，1918年5月15日。

三 倡言新文学

文学革命，作为《新青年》反传统的重要内容，《新青年》同人几乎皆关涉其中。胡适是文学革命的首倡者及其相关思想建设者，陈独秀是紧随其后的倾力喝彩者与推举者，钱玄同与刘半农是不遗余力的助威者与呐喊者，周氏兄弟则分别为学理阐释者和"实绩"显示者，蔡元培也是白话文的热心鼓吹人。认为"一切解放的基础，都在精神解放"① 的李大钊，对文学问题也是情有所钟，其有关文学主张散见各论述篇章之外，这一时期专就文学立论的文章有《俄罗斯文学与革命》和《什么是新文学》两篇，其有关新文学阐发尽现其中。

《俄罗斯文学与革命》写于 1918 年，但文稿迟至 1965 年清理档案资料时在胡适的藏书中才得以发现，后刊登于《人民文学》1979 年第 5 期。尽管不知当年胡适出于什么原因没有将该文字及时刊出，但无损于其作为李大钊文学思想的文本意义。"俄罗斯革命全为俄罗斯文学之反响"② ，是该篇文章基本观点；而"文学"与"现实"的密切关联性，则为该观点的基本内核。李大钊指出，浓厚的社会色彩与发达的人道主义，是俄罗斯文学十分鲜明的特质，俄罗斯革命潮流的氤氲与奔突皆与之有着重要的联系。对于俄罗斯文学特质的形成，李大钊认为有着两方面的原因：（1）俄国专制政治的结果。在专制制度下，人民的政治活动被遏制，自由遭剥夺，言论受限

---

① 《精神解放》，《李大钊文集》（下），第 211 页。
② 《李大钊文集》（上），第 581 页。

制，人们唯有借助文学来发泄郁愤，于是"自觉之青年，相率趋于文学一代政治事业，而即以政治之竞争于文学的潮流之中"①，文学也因此在俄国社会文化生活中占据着特殊的地位，并时刻与社会生活相呼应。（2）俄国文化传统演绎的结果。俄国自东罗马帝国分离出来后，奉东正教为国教。即使后来的俄国文学思想界分化出"国粹"与"西欧"两派，但在"承认宗教文明为其国民的特色"和"以博爱为精神，人道主义为理想"方面是相通的；因此，"博爱同情、慈善亲切、优待行旅、矜悯细民种种精神"②，为俄国及其俄罗斯文学的特色，"人道的文学"、"博爱的文学"即为俄罗斯文学的基本精神面貌。与南欧各国于文学中求的安慰相比较，俄罗斯文学更多的表现为"社会的纲条"与"解决可厌生活问题之方法"；或者说，俄罗斯文学之于俄罗斯社会，是黑暗中的"一线光辉"，是自由的"警钟"，是革命的"先声"。由此而言，俄罗斯诗章感人至深的"不在其排调之和，辞句之美，亦不在诗人情意恳挚之表示"，而在于"其诗歌之社会趣味，作者之人道的理想，平民的同情"。对于"以诗歌为社会的、政治的幸福之利器"③的俄国诗人，及其为文学之改进而牺牲，为社会之运动而牺牲的壮烈之举，李大钊充满了敬意，并指出："俄罗斯革命之成功，即俄罗斯青年之胜利，亦即俄罗斯社会的诗人灵魂之胜利。"④

　　虽然，上述文字是李大钊有关俄罗斯文学的感言，但透过相关阐述，其对文学与现实社会的重视，以及对于人道主义关

---

① 《李大钊文集》（上），第582页。
② 同上。
③ 同上书，第582—583页。
④ 同上书，第588页。

怀等内容的强调，无不与《新青年》所倡导的作为文学革命重要思想建设内容的"人的文学"，息息相通。当然，李大钊的有关新文学思想在《什么是新文学》一文中，还有进一步的阐发。在这篇写于1919年12月8日的文章中，李大钊就"什么是新文学"的问题，作了三方面的揭示：（1）徒有其表的所谓"新文学"不是新文学。李大钊指出仅是用白话作的文章，或仅是罗列点新学说、新事实、新人物、新名词，皆算不得新文学。（2）为社会写实的文学、以博爱心为基础的文学、为文学而创作的文学，是新文学的基本特质与要求。（3）提出以宏深的思想、学理，坚信的主义，优美的文艺，博爱的精神，来培育新文学。由此不难看出，李大钊对于新文学特质的重视与强调，以及对新文学培植的忧思与热望。其中，除深具文学革命思想风采外，还显现出与《新青年》同人，诸如胡适所推重的文学改良"八事"主张，颇有出入。毋庸置疑的是，李大钊所揭示的新文学运动的方向，已为20世纪中国文学的主潮所确证。

四　妇运先驱

陈东原在《中国妇女生活史》中指出："妇女有独立人格的生活，是在《新青年》倡导之后"，"五四是个大关键。"[①]新文化运动方兴之时，李大钊对于法政思想和国家制度及其国际政治关注的比较多。随着复辟与反复辟政治势力的反复较量，思想文化领域复古与反复古的交锋也日趋激烈，"妇女解

---

① 陈东原：《中国妇女生活史》，商务印书馆1937年版，第365页。

放"问题因此日益凸显，并成为了以《新青年》为代表的新文化势力除旧布新的重要突破口。对此，李大钊不仅在思想文化理论层面给予了极大关注，而且积极投身到具体的社会实践当中，因贡献卓著而被誉为我国妇女解放运动的先驱。

李大钊最先涉及妇女问题的言论是在 1917 年 4 月 19 日发表于《甲寅》杂志上的《不自由之悲剧》一文，该文针对《自由宝鉴》中把男女主角的悲惨后果归咎于"不该听信自由恋爱之新说"的谬论，指出事情的发生恰是"不自由之结果"，其对压抑男女个性的封建专制的批判蕴含其中。

对于胡适在《美国的妇人》一文中所提倡的以"美国妇女特别精神"，即"超于良妻贤母的人生观"，来补助我们的"良妻贤母"观念，进而改良中国社会的主张，李大钊甚是赞同，并曾"跋"道："适之先生这篇（讲）稿写成，持以示我，谓将寄登某杂志。我读之，爱不忍释，因商之适之先生，在本杂志发表。我的意见，以为第一可以扩充通俗文学范围；第二可以引起国人对于世界妇人运动的兴味；第三可以为本杂志开一名家讲坛的先例，为本杂志创一新纪元，我故附识数语，谢适之先生。"①

如此思想情怀，在 1919 年秋《赠吴弱男》诗章中也得以进一步揭示："暗沉沉的女界，需君出来做个明星，贤妻良母主义么？只能改造一个家庭。妇女参政运动么？只能造就几个女英雄，这都不是我所希望于君的，我愿君努力做文化运动。做支那的爱冷恺，与谢野晶子。"② 吴弱男，是与何香凝、秋瑾同一时期的辛亥革命女性，也是中国女界的早期著名女权运

---

① 《李大钊文集》（上），第 576 页。

② 《李大钊研究辞典》，红旗出版社 1994 年版，第 128 页。

动者。爱冷恺，即"爱伦·凯"，近代著名的瑞典女权运动活动家，中国妇女运动研究者李小江曾介绍道："爱伦·凯的立场不同于一般的女权主义，也不同于传统男性中心社会的评价，她不是从社会或男女平等的政治方向，而是从女性内部以及女人个体的成长去考察妇女运动的结果……身为中产阶级，她能公允地评价劳工运动和社会主义妇女运动；身为女性，她以广阔的人类关怀始终体现出对于男性的宽容；身为女权主义者，在声张平等权利的同时坚持客观认识性别差异——这都使得她的观点能够超越时代的局限，也超越了女权主义的局限，给一个世纪后的我们留下了继续对话的空间。"[①] 与谢野晶子，日本近代杰出的女作家，与中国有着不解之缘。其充溢着"女人是'人'"思想元素的《贞操论》，经周作人翻译，刊登于 1918 年 5 月 15 日《新青年》第 4 卷第 5 号。文章号召人们舍弃一切腐朽的旧道德、旧思想，奉行新的婚姻观与贞操观。而新的婚姻观和贞操观，就是"爱情相合，结了协同关系；爱情破裂，只须离散"。夫妻间仅有"性交"的"接续"，而"精神上十分冷淡"；"又或肉体上也无关系，精神上也互相憎恶"，这样的婚姻关系是不道德的。该文主要就两性道德立论，并在妇女问题中最敏感之点即性解放问题上，以女性自己的声音说出了勇敢而平实的话，是一篇有很大影响的妇女问题的文章，译者周作人更是推重，称与谢野晶子为"现今日本第一女流批评家，极进步，极自由，极真实，极平正的大妇人"，是文刊发后，《新青年》隔了一期即第 5 卷第 1 号上发表了胡适的著名论篇《贞操问题》，紧接着第 5 卷第 2 号上发

[①] 李小江：《女人读书——女性/性别研究代表作导读》，江苏人民出版社 2006 年版，第 81—89 页。

表了鲁迅的著名论文《我之节烈观》，这是妇女问题讨论的一大突破，也是对封建伦理道德文化批判的大突破。① 人的视角和两性平等的立场，不为旧有道德羁绊，充分地忠实并尊重于天性的自我，是上述文论的共同基点与趋向。李大钊对于"吴弱男"的所谓"祈愿"，无不透射出其有关妇女解放问题的思想特质。

作为中国最早的马克思主义研究者与传播者，李大钊对于中国的"妇女问题"以及世界范围内方兴未艾的女权运动，比《新青年》同人还有着更为深刻的认识。运用马克思主义的唯物史观和阶级斗争观点来分析问题，是李大钊有关"妇女解放"理论阐释的重要特征。李大钊指出："依马克思的唯物史观，社会上法律、政治、伦理等精神的构造都是表面的构造。它的下面，有经济的构造作他们一切的基础。经济组织一有变动，他们都跟着变动。换一句话说，就是经济问题的解决，是根本解决。经济问题一旦解决什么政治问题、法律问题、家族制度问题，女子解放问题、工人解放问题，都可以解决。"② 妇女不是从来就受压迫的，妇女受压迫是人类历史发展到一定阶段的产物，即社会分工和私有制的产物；妇女受压迫的社会现状，必将随着经济结构的变革而改变而成为过去。"妇女在社会上的地位，随着经济状况的变动而变动"③，没有一成不变的伦理与道德，更没有万古不变的制度与规范。由于西方工业文明对于中国农业文明的冲击，中国农业经济的基础发生根本的动摇，孔门伦理的崩溃，及其妇女贞操问题、节烈

---

① 舒芜：《重唤夏娃》，《中华读书报》1998 年 6 月 10 日。
② 李大钊：《再论问题与主义》，《每周评论》第 35 号，1919 年 8 月 17 日。
③ 李大钊：《物质变动与道德变动》，《李大钊文集》下，第 144 页。

问题、妇女参政问题、妇女教育问题、妇女就业问题、妇女的法律地位问题等，都将被提出来重新界定。他指出"将来资本主义必然崩坏，崩坏之后，经济上发生变动，生产的方式由私有的变为公有的，分配的方法由独占的变为公平的，男女的关系也必日趋自由平等境界，只有人的关系，没有男女的界限"①，且提出，妇女解放是"民主"社会不可或缺的重要内容，妇女解放的程度是民族社会的重要标志。李大钊还进一步这样阐释道："妇女解放与 Democracy 很有关系。有了妇女解放真正的 Democracy 才能实现，没有妇女的 Democracy，断不是真正的 Democracy，我们若是要求真正的 Democracy，必须要求妇女解放。"② 在揭露批判西方民主政治"漠视妇女利害关系"的虚伪性之后，李大钊对十月革命后的苏俄妇女解放的新气象予以高度赞扬，认为："马列主义给妇女指出了一条正确的道路，只有社会性质改变了，只有在共产主义社会，妇女才能获得真正的解放。"

此外，李大钊还指出妇女解放具有阶段性特点，并由此而最早提出了有关妇女解放运动的统一战线的主张。李大钊用阶级分析的方法，把"中产阶级的妇人"和"靡有资产、没有教育的劳动阶级的妇人"分开，并认为"两种阶级的利害，根本不同；两种阶级的要求，全然相异"。"中产阶级妇女的利害，不能说成妇人全体的利害；中产阶级妇人的权力伸张，不能说是妇人全体的解放。"③ 所以，妇女解放运动必须两步走：第一步是进行资产阶级民主革命性质的妇女运动，第二步

---

① 《李大钊文集》（下），第144页。
② 同上书，第102页。
③ 《战后之妇人问题》，《李大钊文集》（上），第640页。

是无产阶级社会主义性质的妇女解放运动。但又认为，"以中国现在妇女运动之情状看，不是单独进行，可以完全收效的"①，须建立妇女解放运动统一战线"非不能达成完全解放的目的"，即中产阶级的妇女和无产阶级的妇女"合群"，结成团体，互通声息，相辅相成，共同推动妇女解放；还须实行妇女与劳工的联合，形成"阶级的力量"，以期"一方面要合妇人全体的力量，去打破那男子专断的社会制度；一方面还要合世界无产阶级妇人的力量，去打破那有产阶级（包括男女）专断的社会制度"②，从而实现妇女问题的彻底解决。

把对妇女问题探索付诸于具体实践活动，是李大钊不同于《新青年》同人的又一方面。李大钊一面通过《社会学》、《女权运动史》和《伦理学》课程，向青年学生灌输唯物史观，帮助人们了解了俄国十月革命的情况和世界妇女争取自由平等的动态，告诫人们妇女不解放，是半革命，国家无以富强。"三纲五常"、"三从四德"等封建礼教是束缚妇女的精神枷锁，只有打碎旧的世界，女子才能获得自身解放。同时也注意对复杂的道德现象和相关困惑以客观离析与针砭，李大钊指出："我们今天所以反对孝道，是因为社会的基础已经起了新的变化。孝道并不是天经地义的事情，而且子女与父母的关系好坏，也要看双方的感情如何，不是可以用孝道束缚得住的。我不主张儿子对自己行孝，可是我却疼爱自己的老人；因为老人他抚养了我，教育了我，为我付出过很大的心血。疼爱自己的老人，这是人之常情，不能算是孝道。"③ 孝道，作为千百

---

① 《李大钊君讲演女权运动》，《李大钊文集》（下），第627页。
② 《战后之妇人问题》，《李大钊文集》（上），第640页。
③ 李星华：《回忆我的父亲李大钊》，上海文艺出版社1981年版，第71页。

年来家国同构的中华传统文化的重要内核，封建纲常文化意识渗入其髓，已然成为封建文化腐旧的象征，招致社会的质疑和《新青年》同人的批判，乃应有之义。李大钊一面以唯物史观解析传统"孝道"走向终结必然命运，一面将其中被种种封建毒素所裹挟了的合乎人类自然天性的"意蕴"提取出来而予以肯定。如此思辨模式，是李大钊辩证观与唯物史观的具体反映。

正是在李大钊悉心关怀指导下，五四妇女解放运动得以更为深入的进行。旨在鼓吹妇女解放、婚姻自由，反对父母包办的封建婚姻制度，由北京女高师国文部领衔主演的《孔雀东南飞》获得极大成功，李大钊亲历全过程；旨在号召觉醒的妇女奋起斗争，勇敢砸烂束缚妇女身心的封建宗法文化及其制度桎梏的1919年秋"北京学界追悼李超女士大会"的举行，将妇女解放运动由"个性解放"向"制度改革"与"社会改革"层面推进，李大钊则是此次活动的主要策划者和组织者。不啻如此，新一代妇运领袖在李大钊的影响下脱颖而出，盛名其时的"女子参政运动"和"北京女权运动同盟"，主要领导人多为李大钊的学生，尤其是后者，其在要求人权平等的范围更加广阔，旨在扩张女子在法律上、教育上、职业上权力及地位的平等，而不仅以参与政治为目的，其影响颇大，浙江、上海、南京、山东、直隶、湖北等地，均予以响应。由于李大钊对妇女解放运动关注、支持和帮助，受到包括"女权运动同盟会"在内的各进步团体尤其是妇女团体的敬重，因此常为一些团体所邀请，或演讲或指导工作，从而为五四妇女解放运动的发展做出了独特贡献。

纵观作为《新青年》同人的李大钊，其在《新青年》所发动的思想革命中的所作所为，极富时代的张力与特质。作为民主革命者，他是反复辟固共和的最为坚定的一分子，批孔斥儒毫不妥协；作为一代知识精英，他辩证古今调和东西，力举革故鼎新；作为接受与传播马克思主义的先行者，他崇信"根本的解决"，高声"造第三种文明"，为世界文明"做第二次贡献"，虽然因之而与《新青年》同人分歧日益增大，但其作为《新青年》同人最为基本的一面始终相系，这就是他们对于"解放"的社会诉求："解放后的人人，放过足的女子，再不愿缠足了。剪过辫的男子，再不愿留辫。享过自由幸福的人民，再不愿作专制皇帝的奴隶了。作惯活文学的人，再不愿作死文章了。"①

---

① 《解放后的人人》，《李大钊文集》上，第 675 页。

第八章

特殊"同路"蔡元培

在"《新青年》反传统"命题的讨论中，"蔡元培"的意义同样十分凸显。有关这一点，以往的研究有所关注也有所讨论，但是将其纳入"《新青年》同人"视界中加以讨论的，似乎还不多见。或者说，在以往《新青年》同人反传统问题的讨论中，人们的聚焦点更多地锁定在一些姿态凸起的"个体"，对《新青年》反传统的"同人"和谐共鸣性与"个体"差异性全面的关注还有待进一步展开。如果承认《新青年》的"同人"性质，那么，重新审视《新青年》的反传统问题，不应忽略对于相关"影响人"或"意义人"的历史考察。关注蔡元培与《新青年》及其"反传统"问题深层联系，对

蔡元培（1868—1940）

于进一步揭示蔡元培之于五四新文化运动的意义，以及客观呈现《新青年》同人反传统的历史全貌都不无裨益。

一 《新青年》杂志发展壮大的重要影响人

首先，北迁之后的《新青年》力量和影响迅速发展。

《新青年》创刊于1915年9月15日，至1917年北迁之前，其在上海已发行一卷（一至六号）与二卷（一至五号），只不过，其一卷时，尚名为《青年杂志》，因与当时上海基督教会办的《上海青年杂志》相类，故自"二卷"始更名为《新青年》。陈独秀创办《青年杂志》（《新青年》前身）目的十分明确，即"欲使共和名副其实，必须改变人的思想，要改变思想，须办杂志"①。之所以如此命意，固然有与民国初年出现的反动于辛亥革命的尊孔复古社会思潮的针锋相对；当然也应含有"辛亥革命"之后，"共和"坚定者面对错综复杂的社会情势的新思虑与新求索。

目"改造青年之思想，辅导青年之修养，为本志之天职"②的《青年杂志》，上海时期，就一面高擎着"科学"与"民主"的旗帜，一面"力排陈腐朽败者"。《青年杂志》首卷首号首篇《敬告青年》一文，充分揭示《新青年》民主与科学思想基质，一向被视为该刊不是发刊词的发刊词；易白沙率先问孔的《孔子平议》，陈独秀的《宪法与孔教》，《孔子之道与现代生活》、《袁世凯的复活》，吴虞的《家族制度为专制

---

① 任建树：《陈独秀传》，上海人民出版社1989年版，第87页。
② 《青年杂志》第1卷第1号，1915年9月15日。

主义之根据论》更是紧追而出，而绍介新思潮新文化的文字，如《民约与邦本》、《自治与自由》、《共和国家与青年之自觉》、《现代欧洲文艺史谭》、《欧洲七女杰》、《女性与科学》则接连不断，更有揭开五四文学革命序幕的胡适《文学改良刍议》和陈独秀《文学革命论》的刊布。这样一本思想新锐面貌峻激的综合性文化刊物的刊行，在社会上很快引起了不小的动静。《新青年》的发行情况，从最初的千册到后来的一再重印，以致最多一期竟销售一万五六千份的情况，就足以说明。对此，陈独秀曾十分自信："开始有千册就不错了。有十年八年功夫，《青年杂志》一定有很大影响。"[1] 此外，《新青年》"通信"栏目中，读者也发出了类似呼声：

> 敬启者仆一青年也。三四年来，奔走鼓吹，改良社会，多所牺牲，至于今亦几精疲而力尽矣。自审精卫填海，于事无补，然以我生自有责任，此心此志，未敢或懈。半年以前，居恒自思，非有一良好杂志，改良我青年界之身心者，则此社会终莫由改良。而起视出版界，足为我青年界之良师益友者，实乏其选。迨见大志出版露布，私心窃窃希望曰。庶乎能应我心之所希望，而能供我之所日夜以求者乎？未几大志出版，仆已望眼欲穿，急购而读之，不禁喜跃如得至宝。若大志者，诚我青年界之明星也。嗣是以后，仆随时随地，凡遇良好青年，必以有无读《青年杂志》为问。其未读者，必力为介绍。至于今日，大志五号出版，又急购而读之，须知仆已问过数次，今已不能须臾缓也。迨展读数页，觉语语深入我心，神经感

---

① 朱洪：《陈独秀传》，第63页。

奋，深恨不能化百千万身，为大志介绍。爱书数语，请大志广登告白，并用其他种种方法，推广销路于各地方。俾一般青年，均得出陈陈相因醉生梦死之魔境，而觉悟青年人之责任，及修养身心之方法，以改良个人者改良社会，并改良一切。仆知欢迎大志与仆有同情者，大有人在，惜无术足以相知，惟愿大志按月准期出版，以慰我爱阅之青年界，此仆致函大志之原因也。①

《新青年》杂志，除在青年读者中激起波澜外，远在北京的文化人士，也有所听闻与议论，周作人回忆说：

我初来北京，鲁迅曾以《新青年》数册见示，并且述许季茀的话道："这里边颇有些谬论，可以一驳。"大概许君是用了民报社时代的眼光去看它，所以这么说的吧。但是我看了却觉得没有什么谬，虽然也并不怎么对，我那时也是写古文的，增订本《域外小说集》所说梭罗古勃的寓言数篇，便都是复辟前后这一时期所翻译的。经过那一次事件的刺激，和以后的种种考虑，这才翻然改变过来，觉得中国很有"思想革命"之必要，光只是"文学革命"实在不够，虽然表现的文字改革自然是连带的应当做到的事，不过不是主要的目的罢了。所以我所写的第一篇白话文，乃是《古诗今译》。②

---

① 《新青年》第 2 卷第 1 号，1916 年 9 月 1 日。
② 周作人：《蔡子民》，见袁进编《学界泰斗——名人笔下的蔡元培 蔡元培笔下的名人》，东方出版中心 1999 年版，第 151—152 页。

诚然，沪上时期的《新青年》，皆为陈独秀所主编，作者也多是与陈独秀及其"皖地"联系密切的革命人士，如高一涵、刘叔雅、高语罕、潘赞化、谢无量、汪叔潜、易白沙等；或与陈独秀相熟，有着《甲寅》杂志背景，及其曾经共事革命活动的同志，如李大钊、马君武、杨昌济、苏曼殊、吴稚晖、吴虞、胡适等。再是，沪上时期的《新青年》，办刊经费颇为拮据。当初，陈独秀很早就想办杂志，并打算让亚东图书馆负责印刷和发行，但终因亚东图书馆印书生意清淡，经费困难，无力承揽，便将《新青年》介绍给群益书社，商定每月出一本，编辑和稿费200元。当《新青年》在国内发行74处，国外发行到新加坡时，资金出现了问题，这才有了陈独秀专程北上募集股款事宜和此后蔡陈际会以及《青年杂志》编辑部迁址北京大学。

北上后的《新青年》，置身之所由十里洋场的"书社"到京城名校"北大"，经费上由捉襟见肘到保证充裕，编辑事务上由一人领衔到清一色的北大教员轮值主编。随着章士钊、钱玄同、恽代英、毛泽东、周作人、沈尹默、沈谦士、陈大齐、鲁迅、林损、王星拱、俞平伯、傅斯年、罗家伦、林语堂，这些北大教员和学生，以及全国各地的新进力量加入进来，《新青年》在蔡元培的扶植之下，继续高扬科学与民主的旗帜，将除旧布新的思想启蒙运动不断拓展与推进。文学革命的高潮、女子解放的呼声、思想革命的呐喊以及新旧势力的博弈均在这一时期纵横捭阖如火如荼地起伏消长。《新青年》也因此成为五四运动的重要文化阵地与思想风标，为广大的学生青年奉若精神圭臬，追随左右。多年之后，人们还记忆犹新。

毛泽东在斯诺所著的《西行漫记》中道：

　　《新青年》是有名的新文化运动的杂志，由陈独秀主编。我在师范学校学习的时候，就开始读这个杂志了。我非常钦佩胡适、陈独秀的文章。他们代替了已经被我抛弃的梁启超和康有为，一时成了我的模范。①

当年还是学生的恽代英致信《新青年》：

　　我们素来的生活，是在混沌的里面，自看了《新青年》渐渐醒悟过来，真是像在黑暗的地方见了曙光一样。我们对于做《新青年》的诸先生，实在是表不尽的感谢了。我们既然得有了这个觉悟于……就发了个大愿，要做那"自觉觉人"的事业，于是就办了个《新声》。②

北大中文系杨振声说《新青年》：

　　象春雷初动一般，《新青年》杂志惊醒了整个时代的青年，他们首先发现自己是青年，又粗略地认识了自己的时代，再来看旧道德、旧文学，心中就生出了叛逆的种子。一些青年逐渐地以至于突然地，打碎了身上的枷锁，歌唱着冲出了封建的堡垒。③

　　其次，蔡元培对主持《新青年》的陈独秀不遗余力地荐

---

①　[美] 斯诺·埃德加著，董乐山译：《西行漫记》，解放军文艺出版社2002年版，第110页。

②　《通信》，《新青年》第6卷第3号，1919年3月15日。

③　中国社科院近代史研究所编：《五四运动回忆录》上，中国社会科学出版社1979年版，第260页。

用与保护。

　　蔡元培与陈独秀及其《新青年》正面的机缘，说法种种，流传较广的，一是"沈尹默说"，即：

> 　　1917年，蔡先生来北大后，有一天，我从琉璃厂经过，忽然遇到陈独秀，故友重逢，大喜。我问他："你什么时候来的？"他说："我在上海办《新青年》杂志，又和亚东图书馆汪原放合编一部辞典，到北京募款来的。"我问了他住的旅馆地址后，要他暂时不要返沪，过天去拜访。
>
> 　　我回北大，即告诉蔡先生，陈独秀到北京来了，并向蔡推荐陈独秀任北大文科学长。蔡先生甚喜，要我去找陈独秀征其同意。不料，独秀拒绝，他说要回上海办《新青年》。我再告诉蔡先生，蔡云："你和他说，要他把《新青年》杂志搬到北京来办吧。"我把蔡先生的殷殷之意告诉陈独秀，他慨然应允，就把《新青年》搬到北京，他自己就到北大来担任文科学长了。
>
> 　　我遇见陈独秀后，也即告诉了汤尔和，尔和很同意推荐独秀到北大，他大约也向蔡先生进过言。①

二是"蔡元培说"，即：

> 　　我到北京之后，先访了医专校长汤尔和君，问北大情况。他说："文科预科的情形，可问沈尹默君；理工科的

---

　　① 沈尹默：《我和北大》，见《学界泰斗——名人笔下的蔡元培　蔡元培笔下的名人》，第235页。

情形，可问夏浮筠君。"汤君又说："文科学长如未定，可请陈仲甫君；陈君现改名独秀，主编《新青年》杂志，却可为青年的指导者。"因取《新青年》十余本示我。我对于陈君，本来有一种不忘的印象，就是我与刘申叔君同在《警钟日报》服务时，刘君语我："有一种在芜湖发行的白话报，发起者干人，都因困苦及危险而散去了，陈仲甫一个人又支持了好几个月。"现在听汤君的话，又翻阅《新青年》，决意聘他。从汤君处探知陈君寓在前门外一旅馆，我即往访，与之订定；于是陈君来北大任文科学长。……乃相与商定整顿北大的办法。次第执行。①

至于何种说法更为切实且不追究，但有一点十分明确，就是包括蔡元培在内的京城知识界人士对陈独秀颇为熟稔，对其正主编着的《新青年》也很是激赏，因此就有蔡陈面洽的"一拍即合"。值得注意的是，其间曾经的"细节"，一是"三顾茅庐"说，二是"资质假造"说。前者是说蔡元培求贤若渴，为说服动员陈独秀北上，几次三番前往陈独秀投宿地反复游说。当年陪同陈独秀一同抵京的汪孟邹曾在日记中写道："12月26日，早9时，蔡子民先生来访仲甫，道貌温言，令人起敬。""蔡先生差不多天天要来看仲甫，有时来得很早，我们还没有起来。他招呼茶房，不要叫醒，只是拿凳子给他坐在房子门口等候。"②后者指的1917年1月11日蔡元培在"致教育部请派文科学长"函中称："陈独秀，安徽怀宁县人，日本

---

① 蔡元培：《我在北京大学的经历》，见《学界泰斗——名人笔下的蔡元培 蔡元培笔下的名人》，第429页。

② 汪原放：《回忆亚东图书馆》，上海学林出版社1985年版，第35—36页。

东京日本大学毕业，曾任芜湖安徽公学教务长、安徽高等学校校长。"① 事实上，陈独秀多次东渡日本，也曾在日本的学校短期学习过，但并未进入过"日本东京日本大学"学习，而且也不曾担任过"安徽高等学校校长"。接受蔡元培聘请的陈独秀，回到上海曾对人说及道："蔡先生约我到北京大学，帮助他整顿学校。我对蔡先生约定，我从来没有在大学教过书，也没有什么学位头衔，能否胜任，不得而知。我试干三个月，如胜任即继续干下去，如不胜任即回沪。"② 显然，因为汤尔和等人的一致举荐，更因为"十余本"《新青年》杂志，蔡元培决意于陈不惜虚拟——。应该说，蔡元培对于陈独秀的器重与起用，为其将旧北大改造为现代大学的宏愿所决定。顾颉刚曾追忆道：

> 蔡先生到校不久，就向全校发表演说，倡导教育救国论，号召学生们踏踏实实地研究学问，不要追求当官。蔡先生自己虽然在前清中过举人、进士，点过翰林，但他后来到欧洲德、法两国留学，接受了西方资产阶级自由、平等、博爱的思想。他一到任，就着手采用西方资本主义国家大学的教育方针和制度，来代替北京大学那一套封建主义的腐朽东西。他最注意文科，认为文科的任务是该用新思想代替旧思想的。他到校之后就断然聘请《新青年》主编陈独秀当文科学长，以后还陆续聘请了一批有真才实

---

① 王学珍、郭建荣主编：《北京大学史料》第 2 卷，北京大学出版社 2000 年版，第 326—327 页。

② 庄森：《飞扬跋扈为谁雄——作为文学社团的新青年社研究》，东方出版中心 2006 年版，第 88 页。

学和有新思想、希望改变旧社会的人来任教。①

因为陈独秀猖介的思想个性，质疑声音甚嚣尘上，由于蔡元培的力挽狂澜鼎力任用，陈独秀及其《新青年》才得以立足北大，并携同人"掀起思想界的大波澜"。对此曾同时执教北大的梁漱溟不无感慨道：

> 陈是反封建的一位闯将，是新文化运动的急先锋。其为人圭角毕露，其言论锋芒逼人，恰与蔡先生的为人态度不相似而极相反。人人皆知蔡先生长北大，于新旧各派人物兼收并蓄，盛极一时。然其内心倾向坚持在新的一面，我们从其用陈见之，尤其后一力支持陈氏见之。校外固然把陈当做洪水猛兽来反对，校内亦有不少对他有反感，因为他往往说话得罪人（例如在会议席上当面给理科学长夏元瑮以难堪之类），而且他细行不检，更予人以口实。然以有蔡先生自己出面对外承担一切，对内包容不疑不摇，故卒能俾陈发挥其作用。②

在种种势力与情形的压迫下，陈独秀的处境日益窘迫，为消弭飞短流长并慰陈，蔡元培以"系主任制"取代"学长制"。虽然陈独秀最终还是黯然南下离开了北大，但由《新青年》所掀起的新文化运动，方兴未艾，深入人心。梁漱溟感言道："陈胡以及各位先生任何一人的工作，蔡先生皆未必能

----

① 顾颉刚：《蔡元培先生与五四运动》，见《学界泰斗——名人笔下的蔡元培　蔡元培笔下的名人》，第241页。
② 梁漱溟：《"五四"运动前后的北京大学》，见《学界泰斗——名人笔下的蔡元培　蔡元培笔下的名人》，第345页。

作，然他们诸位若没有蔡先生，却不得聚拢在北大，更不会得机会发抒。聚拢起来，而且使其各得发抒，这毕竟是蔡先生独有的伟大。从而近二三十年中国新机运亦就不能不说蔡先生实开之。"①

二 《新青年》的"辩护人"与"声援者"

对于《新青年》，蔡元培"是一个忠实的、勇敢的、始终不变的保护者"②；更是坚定的、热忱的"辩护人"与"声援者"。

基于"思想自由，兼容并包"的原则与立场，也基于其历来所持的"古今中外派"的唯理性，和北大"执掌人"缘故，蔡元培的言行举止都以平和平缓见称；然而其发表于1919年4月1日《公言报》，并刊载于《新潮》第一卷第四号的《致〈公言报〉并答林琴南君函》一文，则显示少有的"峻激"。蔡元培撰述该篇文字所回应的对象看似两方，即《公言报》及其林琴南，其主旨同一，即如蔡元培文章开头所言：

> 读本月十八日贵报，有《请看北京大学思潮变迁之近状》一则，其中有林琴南君致鄙人一函。虽原函称"不必示复"，而鄙人为表示北京大学真相起见，不能不

① 梁漱溟：《纪念蔡元培先生——为蔡先生逝世二周年作》，见《学界泰斗——名人笔下的蔡元培 蔡元培笔下的名人》，第333页。
② 王世杰：《追忆蔡先生》，见《学界泰斗——名人笔下的蔡元培 蔡元培笔下的名人》，第74页。

有所辨正。谨以答林君函抄奉，请为照载。又，贵报称"陈，胡等绝对的菲弃旧道德，毁斥伦常，诋排孔、孟"，大约即以林君之函为据，鄙人已于致林君函辨明之。①

《公言报》于1916年夏秋之交为林白水在北京创办，办报资金大部分来自林琴南的门生、段祺瑞的心腹徐树铮。林白水发表的论说、通讯，亦庄亦谐，笔锋犀利，辛辣无比，常见忌于《公言报》的资助者徐树铮，也为林琴南所不满。3月18日，林琴南在《公言报》发表致蔡元培的公开信，抨击新文化运动，并辱骂蔡元培。虽与时不在北京的林白水毫无关系，但他深感内疚，为此最终与《公言报》分道扬镳。

无论是《公言报》的《请看北京大学思潮变迁之近状》，还是林琴南的致函，其核心内容，就是对《新青年》所发起的思想文化革命和白话文运动极端的不满并斥之为"覆孔孟铲伦常"、"尽废古书"等，甚至以"鲁莽灭裂"、"人头兽鸣"相诟难，矛头所向直指北大、《新青年》同人以及蔡元培等，诸如："大学为全国师表，吾纲常之所系属"，"唯陈胡等对于新文学之提倡，不啻旧文学一笔抹杀"，"今全国父老以弟子托公，原公留意，以守常为是"，等等。虽然林琴南函有"不必示复"的字样，但作为志在改革北大的校长和《新青年》支持人的蔡元培，显然难以不加理会。针对《公言报》及其林琴南的攻讦，蔡元培在指出《公言报》及林琴南之流，仅据"外间谣诼"而发"责备"之词，实际上已和其所宣称的"爱大学之本意"大相径庭之后，则集中笔力就其所"责

① 《致〈公言报〉并答林琴南君函》，《蔡元培先生言行录》，广西师范大学出版社2005年版，第160—161页。

词"——予以驳正。

对于《公言报》和林琴南所谓"覆孔孟铲伦常"的责难，蔡元培提出必须从两个方面来考察：

首先，有关"北大的教员'覆孔孟铲伦常'"的问题，务必廓清两个层面，一是北京大学教员，曾是否以"覆孔孟，铲伦常"教授学生；二是北京大学教授，是否在学校以外，发表其"覆孔孟，铲伦常"之言论。之于前者，蔡元培指出，在现行的北京大学讲义中，凡"涉及孔孟者，惟哲学门中之中国哲学史"，而已出版的胡适所著的《中国上古哲学史大纲》，无"覆孔孟"之说辞；作为特别讲演内容的出版物，则有崔怀瑾所著的《论语足征记》、《春秋复始》；哲学研究会中，则有梁漱溟君提出"孔子与孟子异同"问题，与胡默青君提出"孔子伦理学之研究"问题，这些人多为"尊孔者"，"覆孔"之说何由之来?! 之于后者，蔡元培认为北大教员于学校外的自由发表意见，则与学校无涉，本可置之不论。即便《新青年》杂志中，有对孔子学说的批评，也是因为"孔教会等托孔子学说以攻击新学说"而引发的，与孔子为敌非其初衷。再者，"卫灵问阵，孔子行；陈恒弑君，孔子讨。用兵与不用兵，亦正决之以时耳"[1]，不正说明"因时制宜"乃为孔子思想之内涵，今日若一味"拘泥孔子之说"，实在是有昧于"时"之义，有悖于孔子之精神，自当遭到"我辈"的反对。

其次，务必深究所谓"伦常"之理。对此，蔡元培指出：

> 常有五：仁义礼智信，公既言之矣。伦亦有五：君臣父子兄弟夫妇朋友。其中君臣一伦，不适于民国可不论。

---

[1] 《致〈公言报〉并答林琴南君函》，《蔡元培先生言行录》，第162页。

其他父子有亲，兄弟相友（或曰长幼有序），夫妇有别，
朋友有信，在中学以下修身教科书中，详哉言之。大学之
伦理学涉此者不多，然从未有以父子相夷，兄弟相阋，夫
妇无别，朋友不信，教授学生者。①

也就是说，在蔡元培看来，所谓的"伦常"，在共和国体的今
天，"君臣一伦"不相适应之外，其他仍见教于各种"修身教
科书中"，虽然大学之教对此涉猎不多，但相违之教尚未见
到。不仅如此，北大对于"言仁爱、言自由、言秩序、戒欺
诈"的现代伦理的建立极为重视，本着不断提升北大师生伦
理修养目的而组织的"进德会"就是明证。至于《公言报》
与林琴南所言"大学教员曾于学校以外发表其'铲伦常'之
主义"，更是无有书刊为证；而对北大教员赞同"辱国粹或随
园之语"说，也是无稽之谈。

　　显然，在回击《公言报》和林琴南有关北大《新青年》
同人所谓"覆孔孟铲伦常"流言时，蔡元培一是抓住对方论
理逻辑上的疏陋据实力驳；二是旗帜鲜明地指出固有"伦常"
中不尽合"时"之处当舍去；三是强调"拘泥"孔子实在与
"罪孔"毫无二致。如此理据兼备之下，"流言"自难存身。
同时还应看到，对于"孔孟伦常"说，蔡元培论析态度的中
肯与平和。

　　对于《公言报》和林琴南所谓"尽废古书，行用土语为
文字"的责难，蔡元培指出须从三个方面加以考察：

　　第一，北京大学是否已尽废古文而专用白话？回答自然是
否定的。因为仅以北大预科课程设置论，其国文科中的"模

---

① 《致〈公言报〉并答林琴南君函》，《蔡元培先生言行录》，第163页。

范文"和"学术文"，皆为古文；而"每月中练习之文，皆文言"。再，本科中更设有"中国文学史，中国古代文学、中古文学、近世文学"。此外，本科和预科皆有文字学，且皆为文言。还有，《北京大学月刊》中亦多文言之作。就是被指为白话体的胡适的《中国古代哲学史大纲》中，所引古书，多为原文，非皆白话。

第二，白话是否能达古书之义？回答是肯定的。因为大学教员所编之讲义皆为文言，而讲坛讲授则赖以白话。再是，凡少时读《四书集注》、《十三经注疏》者，塾师都是以白话讲演相授。

第三，大学少数教员所提倡之白话的文字，是否与引车卖浆者所操之语相等？回答当然也是明确的。蔡元培首先指出"白话与文言，形式不同而已，内容一也"，随后并举严复、林琴南以文言笔致译《天演论》、《法意》、《原富》以及西洋小说，例证白话与文言"内容"之同一，而不等同于"引车卖浆"者之言说。同时盛赞北京大学教员中，善作白话文的胡适之"了解古书之眼光，不让清代乾嘉学者"；钱玄同所作"文字学讲义、学术文通论"，则"皆大雅之文言"；周君"所译之《域外小说》，则文笔之古奥，非浅学者所能解"，并非林琴南所臆想的那样——北大善作白话者"非能作古文，而仅以白话文藏拙者"。

显然，在蔡元培的三个"考察"之下，所谓"尽废说"难以成立。有待进一步指出的是，对于《新青年》所倡导的白话文运动，蔡元培同样也是倾注了相当的心力。蔡元培认为，语言文字是用来表达与传递思想的，"以古人之语，述今人之事，是为文言；以今人之语，述今人之事，是为白话"。西洋废拉丁文、日本重文言合一的情况，已充分表明白话替代文言的势在必行；尽管在"替代"的过程中，东西洋也遭遇过反对，但终无以逆转。同时也指出文言之淘汰犹如拉丁文不可能悉数净尽；随着共和的巩固、教育的普及与科学的发展，"文言必为少数特嗜之人所专擅，而白话则尽人所当必习"①。故主张学校列"白话"为"专修"、文言为"选修"。不难分辨，蔡元培有关"文言"与"白话"的看法与主张，与倡言文学革命及其白话文运动的《新青年》同人基调一致。稍有区别的是，蔡元培立论的平和与理性及其对文言问题的客观与审慎。

最后，蔡元培以重申北大办学理念及其行止准则，正告《公言报》和林琴南，实际上，也就是向形形色色的"林琴南们"表明北大之新：在于"仿世界各大学通例，循'思想自由'原则，取兼容并包主义"，且与"'林琴南'所提出的'圆通广大'并不相背"②。循此，对于教员校内之讲授，学校应秉持"学诣为主"原则；对于教员在校外之言动，则主张学校抱以概不过问亦不能代负责任的"悉听自由"的态度。故此，"革新一派，即偶有过激之论，苟于校课无涉，亦何必强以其责任归之于学校耶？"③ 如此与林琴南一面译《茶花女》、《迦茵小传》、《红礁画桨录》等小说，一面又在各学校讲授古文及伦理学，而无须诋毁一样。透过此段有关北大治校方针的阐述，其所意蕴不难分辨。

蔡元培一面为北大、为《新青年》抵挡来自反对阵营的明枪暗箭，一面积极热诚地为《新青年》所发动的新文化运

---

① 《蔡子民先生讲演"国文之将来"》，《北京女子高等师范文艺会刊》1919年6月第2期。

② 《致〈公言报〉并答林琴南君函》，《蔡元培先生言行录》，第165页。

③ 同上书，第166页。

動助威呐喊。他鼓吹白话文，他提出美育代宗教，他以发起人身份出席为旧制度所迫害的李超追悼会，他率先解除大学女禁招收女生，等等，无不与《新青年》精神相呼应。"人人皆知蔡先生长北大，于新旧各派人物兼收并蓄，盛极一时。然其内心倾向坚持在新的一面。"① 梁漱溟如是说正源于此。陈独秀也曾直白道："'五四'运动，是中国现代社会发展之必然产物，无论是功是罪，都不应专归到哪几个人；可是蔡先生、适之和我，乃是当时在思想言论上负主要责任的人。"②

三　一个"儒者"

对于不遗余力打造新北大、扶持《新青年》的蔡元培，过往与当今论者都不吝笔墨以"儒者"相赞相称。冯友兰就曾撰文，直称蔡元培无愧儒家经典《论语》所推崇的"君子"风范。周作人也曾以"儒家"相冠名，他道："蔡先生的思想有人戏称为古今中外派，或以为近于折衷，实则无宁解释兼容并包，可知其非是偏激一流。我故以为是真正儒家，其与前人不同者，只是收容近世的西欧学问，使儒家本有的常识更益增强，持此以判断事物，以合理为止，故即可目为唯理主义也。"③ 当今学人更是指出："蔡元培在思想上一直被人们视为

① 梁漱溟：《"五四"运动前后的北京大学》，《学界泰斗——名人笔下的蔡元培　蔡元培笔下的名人》，第345页。
② 陈独秀：《蔡孑民先生逝世感言》，见《学界泰斗——名人笔下的蔡元培　蔡元培笔下的名人》，第37页。
③ 周作人：《记蔡孑民先生的事》，见《学界泰斗——名人笔下的蔡元培　蔡元培笔下的名人》，第126页。

儒家，他本人在德国莱比锡大学留学时，在表格上宗教一栏内，填的也是'儒教'。从热心用世，怀着救国之心，知其不可为而为之，蔡元培的性格确实接近儒家。"① 众口一词地称"蔡元培是一个儒者"，主要基于三个方面的因素：

其一，据"中庸"，辨古今中西。

"中庸"作为中国古代哲学范畴，始由孔子提出，认为中庸是最高的道德。中庸的基本原则是"允执其中"，即把握适当的限度，兼顾事物的不同方面，保持事物的平衡，以使言行合乎礼所规定的道德标准。孔子虽未就中庸的含义做出进一步阐释，但《论语》所记载的孔子言行则处处体现着中庸。《礼记·中庸》进而把中庸作为道德修养的原则和方法，主张"执其两端，用其中于民"。它认为人们的道德行为往往有片面性，智者、贤者"过之"，愚者、不肖者"不及"，故而应当运用中庸的原则加以纠正，以维护正道。后世的哲学家对中庸的解释不尽相同，如宋代理学家以中庸为儒学"道统"，二程认为"不偏之谓中，不易之谓庸。中者，天下之正道；庸者，天下之定理"（《遗书》卷七）；朱熹则主张"盖凡物皆有两端，如大小厚薄之类。于善之中又执其两端，而度量以取中，然后用之"（《中庸章句集注》）。而永嘉学派的叶适则认为"水至于平而止，道止于中庸而止矣"（《叶适·进卷·中庸》），以中庸为保持事物平衡的最高原则。总之，所谓中庸思想是孔子提倡、子思阐发和后儒标举的有关太平和合的理论与方法。

蔡元培自幼熟读儒家典籍国学根基深厚。"五岁零一个

---

① 编者序：《新文化的奠基人》，袁进编：《学界泰斗——名人笔下的蔡元培 蔡元培笔下的名人》，第6页。

月就入家塾"，读《百家姓》、《千字文》、《神童诗》，读四书五经。十三岁师从博学通经，且犹崇宋儒朱熹、陆九渊的王懋修，深研《仪礼》、《周礼》、《春秋公羊传》、《穀梁传》、《大戴礼记》，后在举人六叔的指导下熟读《史记》、《汉书》、《困学记闻》、《文史通义》、《说文通训定声》。蔡元培早年科举仕途也因之一帆风顺：17 岁中秀才，23 岁考中举人，26 岁考取进士，授翰林院庶吉士，1894 年，补翰林院编修。晚清名儒翁同龢曾赞其："年少通经，文极古藻，隽才也。"然而，戊戌喋血之后，已跻身清朝统治者中上层的蔡元培却视传统儒生所重的功名如敝履，投身于反清民主革命，并矢志不移，故深得后人激赏：纵观晚清数十年间，以名翰林而毅然抛弃前程、背叛本阶级、投身推翻清朝的革命，以后又能毕生坚持爱国事业的，仅蔡元培一人而已。对于蔡元培这一"激变"，人们除归因于日益深重的民族危机和清政府的腐朽之外，还认为反封建的民主思想和达尔文进化论的广为传播，以及儒家文化中的经世致用的精神传统，都是其"激变"的深层诱因，并由此折射出近代中国先进知识分子复杂的精神理路。

儒家的中庸之道，在蔡元培思想中植根很深。蔡元培认为中庸要义渊源颇深，古圣先贤尧舜禹和皋陶都具有中庸精神，孔子更是"标举中庸之主义，约以身作则者也"①。虽孔子所言"多与舜、禹、皋陶之言相出入，而条理较详，要其标准，则不外古昔相传执中之意焉"②。蔡元培指出："中庸是没有

① 《中国伦理学史》，《蔡元培哲学论著》，河北省人民出版社 1985 年版，第 16 页。
② 同上书，第 18 页。

过，也没有不及"，两种性质截然不同的事物，"一到中庸的境界，都没有不可以调和的"，中庸就是中和，而中和就是"执其两端，用其中"，就是"不走任何一极端，而选取两端中"。认为善德，以"用温、栗、无虐、无傲作界说，就是中庸的意思"，衣食住行、祭祀礼服和田间工事"没有不及与过，便是中庸"，文武之道，"一张一弛，就是中庸"①。并进一步指出，儒家思想之所以代表了中华民族的根本理想，其根源就在于中庸之道符合中国国情而延续久远；三民主义则是中庸之道在新时代的具体运用与发展。对于古今、中西和新旧等纠葛，蔡元培主张比较研究，择善而从，进而创立符合中国实际的新文化。

蔡元培以法国资产阶级革命时期所提出的自由、平等、博爱的公民道德来评价中国古代各家学派，孔子与儒家千百年来"独尊"的光环因之而褪尽，从而开始以学术派别众流之一的面貌出现。蔡元培如此立论，可溯至其1910年著述出版的《中国伦理学史》。在这部被称之为"我国第一本运用现代学术手法撰写的伦理学史著作"② 中，儒家与道家、农家、墨家和法家一并作为该书"第一期'先秦创始'"的组成部分加以科学的、学术的研究。在现代学术精神观照之下，蔡元培对墨子"兼爱"、荀况的性恶论、韩非子君主集权说、老庄和陆、王思想各有臧否，但对戴东原、黄梨洲、余理初三家之学说"青眼"有加，以为其"已渐脱有宋以来理学之羁绊，是殆为自由思想之先声"。认为孔子的人生哲学与教育学，仍有可适用于今日中国的地方；并指孔子学说中的"义"、"恕"、

---

① 汤广全：《论蔡元培的中庸观》，《云南师范大学学报》2007年第2期。
② 王伟凯：《蔡元培之〈伦理学史〉成书考辨》，《前沿》2007年第12期。

"仁"与自由、平等、博爱是异词同义。所谓"义",即孔子的"匹夫不可夺志",是谓自由;所谓"恕",即孔子的"己所不欲,勿施于人",是谓平等;所谓"仁",即孔子的"己欲立而欲人,己欲达而达人",是谓"博爱"。此外,还指儒家的"不独亲其亲,不独子其子,使老有所终,壮有所用,幼有所长,矜寡孤独废疾者皆有所养","谋闭而不兴,盗窃乱贼而不作","外户而不闭","四海之内皆兄弟"的大同世界的理想,与西方人道主义相类同。同时还十分明确地指出,孔学中的君臣、父子、兄弟、夫妇、朋友五伦,除君臣一伦不适用民国外,皆有存续的价值。

总之,蔡元培认为中西文化各有所长,当择其善而从之。"研究也者,非徒输入欧化,而必于欧化之中为更进之发明;非徒保存国粹,而必以科学方法,揭国粹之真相。"[①] 指出,"纵观历史,凡不同的文化相互接触,必然产出一种新文化",但应"以'我'食而化之,而毋为彼所同化"[②],如此才能够创造出有本民族特色的新文化。

其二,"兼容并包"与"和而不同"并行不悖。

谈论《新青年》不能不谈北大,更不能不谈蔡元培的教育理念和办学方针。而"兼容并包"与"和而不同",则是诠释其相关思想或精神关键所在。

关于"兼容并包",凡涉及蔡元培与北大的讨论中,1918年的《北京大学月刊》发刊词尤为论者所瞩目。所以如此,主要在于千余文字的篇幅中,集中阐发了蔡元培现代大学理念

① 《〈北京大学月刊〉发刊词》,《蔡元培先生言行录》,第 116 页。
② 《蔡元培呼吁留学生不要被外国文化同化》,《世纪回眸 1917 年》下,《生活时报》1999 年 2 月 23 日。

及其办学方针。蔡元培认为，"所谓大学者，非仅为多数学生按时授课，造成一毕业生资格而已也，实以是为共同研究学术之机关"。研究的意义或目的，"非徒输入欧化，而必于欧化之中为更进之发明；非徒保存国粹，而必以科学方法，揭国粹之真相"，直至"求有所新发明"，"有几许之新义，可以贡献于吾国之学者，若世界之学者"。故此，进一步指出："大学者，囊括大典，网罗众家之学府也。"①并据《礼记·中庸》"万物并育而不相害，道并行而不相悖"之原理，阐发了"自由思想"、"兼容并包"的主张，认为："如人身然，官体之有左右也，呼吸之有出入也，骨肉之有刚柔也，若相反而实相成。各国大学，哲学之唯心论与唯物论、文学美术之理想派与写实派、计学之干涉论与放任论、伦理学之动机论与功利论、宇宙论之乐天观与厌世观，常樊然并峙于其中，此思想自由之通则，而大学之所以为大也。"②与此同时，文末还对我国承数千年学术专制之积习造成的贻害和影响进行了揭露与批判。对此，若干年之后，蔡先生仍在"自述"中道："我对于各家学说，依各国大学通例，循思想自由原则，兼容并包。无论何种学派，苟其言之成理，持之有故，尚不达自然淘汰之运命，即使彼此相反，也听他们自由发展。"③如此理念与方针之于北大以及中国现代文明建设与发展而言，有着极其重要的影响和意义。对此，有论者直接借王国维在《人间词话》中"词至李后主而眼界始大，感慨遂深，遂变伶工之词而为士大夫之词"之语来诠释其意义及影响。

---

①　《〈北京大学月刊〉发刊词》，《蔡元培先生言行录》，第116页。
②　同上书，第117页。
③　蔡元培：《我在教育界的经验》，《学界泰斗——名人笔下的蔡元培　蔡元培笔下的名人》，第443页。

在蔡元培"自由思想、兼容并包"办学思想的鼓动下，各路文化精英集聚北大。许德珩曾回忆，当时的北大"在这种自由研究的旗帜下，尊孔的老牌学者、拖辫子的辜鸿铭先生，小学家、词章家的刘申叔先生、黄季刚先生，与那'专打孔家店'的新派学者陈独秀、胡适之、钱玄同先生，以及社会主义者的李大钊先生，可以一炉而冶"①。马寅初的回忆也印证了这一点："吾所最钦企者，为先生主持北大时对于思想言论力主自由。当时在北大，以言党派，国民党有先生及王宠惠氏，共产党有李大钊、陈独秀氏，被目为无政府主义者有李石曾氏，憧憬于君主立宪发辫长垂者有辜鸿铭氏。以言文学，新派有胡适、钱玄同、吴虞氏，旧派有黄季刚、刘师培、林纾诸氏，先生于各派兼容并蓄。……故各派对于学术，均能自由研究，而鲜有摩擦，学风丕变，蔚成大观。北大师生，此后于国于学术而能有所贡献者，胥先生培养涵盖之功。"② 思想自由与兼容并包是有机的统一，只有兼容并包才有真正意义上的思想自由，只有思想自由才能深化与推动兼容并包。正因为推行了思想自由、兼容并包的教育方针，才使北京大学人才济济，成为各种思想互相激荡的文化中心。

关于"和而不同"，该词较早的记载见于《国语·郑语》。史伯与郑桓公谈及西周末年的政局时，提出了"和实生物，同则不继"的概念。春秋时齐国的晏婴与齐侯论及当时政事时，则取譬设喻，深入探讨了"和与同异"的道理（《左传·昭公二十年》）。这一思想后来被孔子所肯定，并在《论语·

---

① 许德珩：《吊吾师蔡孑民先生》，见《学界泰斗——名人笔下的蔡元培　蔡元培笔下的名人》，第16页。

② 马寅初：《蔡先生思想之宽大》，《学界泰斗——名人笔下的蔡元培　蔡元培笔下的名人》，第21页。

子路》中提出了"君子和而不同，小人同而不和"的著名论断。在这些论断中，"和"是一个得到肯定和赞赏的范畴，而"同"则遭到否定和贬抑。

蔡元培所推行的"兼容并包"，是容善并育，而不是简单的"混合"。毛子水曾专门论道："蔡先生的'兼容并包'，普通人多误为'勉强混合'；实在，蔡先生是有是非的择别的。譬如，他请刘申叔讲六朝文学，决不会允许他在讲堂上提倡'帝制'；他请辜汤生教英诗，决不会允许他在校中提倡'复辟'。他所以没有请林琴南，据我的推测，并不是因为他以为林琴南的'文章'做得不好，更不是因为派系不同的缘故，而是因为林琴南对于做学问的见解，在蔡先生看来，已经赶不上时代了。至于林琴南生平许多纯笃的行谊，我想亦是蔡先生所许与的。"① 蔡元培就任中华民国临时政府教育总长时，就以"忠君与共和政体不合，尊孔与信仰自由相违"② 为由，对清季的忠君、尊孔、尚公、尚武、尚实五项教育宗旨进行修正，提出对国民实行军国民教育、实利教育、公民道德教育、世界观教育和美感教育的新教育方针。其中的世界观教育，就是"意在兼采周秦诸子、印度哲学及欧洲哲学，以打破二千年墨守孔学的旧习"③。对企图定孔教为国教的舆情，蔡元培认为，孔子是孔子、宗教是宗教，孔子的学说包容着教育、政治、道德的思想，"以'孔教为国教'者，实不可通之语"④。

---

① 毛子水：《对于蔡先生的一些回忆》，见《学界泰斗——名人笔下的蔡元培 蔡元培笔下的名人》，第143页。

② 蔡元培：《我在教育界的经验》，见《学界泰斗——名人笔下的蔡元培 蔡元培笔下的名人》，第440页。

③ 同上。

④ 蔡元培：《在信教自由会之演说》，见《蔡孑民先生言行录》，第24页。

指出如果拘泥孔子之说，一定会伏笔封建制度，主张废除祭孔，废止中小学读经，故此旧派势力曾以"毁孔庙罢其祀"相攻击。显而易见，凡关涉科学与民主问题，蔡元培立场坚定，旗帜鲜明。当年北大学生罗章龙回忆道："我在北大的第一年，正是五四运动的前夕。当时中国社会状况是激烈动荡，这种局势反映在北京大学便是激烈的新旧思想斗争的展开，这种斗争随着1918—1919年的政治变动和外交吃紧，也就一天比一天扩大，一天比一天活跃。蔡先生是新派力量的保护人，在他的支持下，新思想不断发展。它的具体表现之一便是各种社团如雨后春笋般地涌现出来，宣传革命的思想。其中哲学、新闻等会以及进德会，是以学校名义组织，由蔡元培先生领导。"①

毋庸讳言，蔡元培据北大校长位时间不短，曾先后两次受中央政府委任。尽管因为种种原因，蔡元培辞职再三而南下，校长之职虚位以待的情况持续了相当长时间。因此，对于蔡元培在北大的工作评价难免不一致，对此，王世杰指出："用普通教育的眼光，去评量当时的北大，北大的成就，诚然不算特别优异。从思想的革命方面去评量北大，北大的成就，不是当时任何学校所能比拟，也不是中国历史上任何学府能比拟的。而自蔡先生入长北大以至国民革命军北伐的十年期间，是顽固腐败的思想和势力极坚强普遍的时期；换句话说，也是需要思想革命最迫切的时期。北平又是这种顽固腐败势力的核心。在这十年中间，北大的师生，不断地向这些腐败顽固势力进攻，摧毁无数不合理的政治思想和社会思想，给予了全国青年以一

---

① 罗章龙：《追忆蔡孑民校长》，见《学界泰斗——名人笔下的蔡元培 蔡元培笔下的名人》，第277—278页。

种新的头脑、新的血液。"① 当年美国著名的哲学家、教育家杜威指出："（不妨把）全世界各国大学校长比较一下，牛津、剑桥、巴黎、哈佛、哥伦比亚，等等，这些校长之中，他们有的在某一学科确有成就；但是以一个校长的身份而能领导那个大学，对那个民族、一个时代起到转折作用的，除了蔡元培，恐怕还找不出第二个。"② 钱理群在《论北大》中指出："蔡元培对于北大的革新，其意义显然超出一个学校的范围，而影响到整个现代中国思想、文化、教育、学术的发展，以至更深刻地影响着本世纪中国民族精神的发展历程。"③

其三，儒家"温良恭俭让"的身体力行者。

冯友兰指出："子贡以温、良、恭、俭、让五个字形容孔子。"所谓"温"，则如朱子注所言："温，和厚也。"真德秀则言："只和之一字，不足以道尽温之义。只厚之一字，不足以尽温之义。温之义，必兼二字之义。和，如春风和气之和。厚，如坤厚载物之厚。和，不惨暴也。厚，不刻薄也。"所谓"良"，朱子注说："易直也。"又说："易有坦易之义。直如世人所谓白直之直。无奸诈险陂的心，所谓开口见心是也。"所谓"恭"，朱子注说："庄敬也。俭，节制也。让，谦逊也。"真德秀说："谦谓不矜己之善。逊谓推己及人。"由此进一步指出："凡曾与蔡先生接触过的人，都可以知道蔡先生的气象，确实可以此五字形容之。"④

---

① 王世杰：《追忆蔡先生》，见《学界泰斗——名人笔下的蔡元培 蔡元培笔下的名人》，第73—74页。

② 钱理群：《论北大》，广西师范大学出版社2008年版，第201页。

③ 同上书，第202页。

④ 冯友兰：《蔡先生的人格与气象》，见《学界泰斗——名人笔下的蔡元培 蔡元培笔下的名人》，第320—321页。

"修身"作为"儒者"的重要传统，也为蔡元培所端视。蔡元培认为："品性的修养是民族得以复兴的重要前提"，"一民族之文化，一面在知识之发展，一面则赖其品性优良"。主张品性的修养是由近而远，初则"爱己、爱家，继则爱族、爱乡、爱国，而至爱世界人类"。其一面对传统"五伦"加以批判的扬弃律之以己；一面把"砥砺道德"纳入办学方针绳之于人。故被目为当年为数不多的避免走全盘保存国粹与全盘西化极端，对中西道德文化之争做出理性回答之人。任鸿隽说："先生的处世谦逊，可以代表东方文化之精华，而先生对于国事的积极，却不少西方勇敢进取之气概。这样萃中西之长于一身，加以道德的修养，正义感的锐烈，皆远出乎常人之上。其伟大的人格形成，非偶然的。"① 蒋梦麟道："先生做人之道，出于孔孟，一本忠恕两字。知忠，不与世苟同；知恕，能容人而养成宽宏大度"，"在中国过渡时代，以一身而兼东西两文化之长，立己立人，一本于此，到老其志不衰，至死其操不变"。②

当然，蔡元培绝不是所谓寻常意义的"儒者"。综上不论，单是其以民国教育部首任长官之身份颁布"废止读经"教育令，士大夫的传统生路由此而被彻底绝断计，就"可以说蔡元培是儒家的叛徒③"。从清末翰林到革命志士到民国首任教育部部长直至北京大学校长，社会身份的变更，意味着涵括文化向度等诸多方面的嬗变。蔡元培反对孔子，旨在反对唯

---

① 任鸿隽：《蔡先生人格的回忆》，见《学界泰斗——名人笔下的蔡元培 蔡元培笔下的名人》，第 28 页。

② 蒋梦麟：《试为蔡先生写一笔简照》，见《学界泰斗——名人笔下的蔡元培 蔡元培笔下的名人》，第 45—46 页。

③ 编者序：《新文化的奠基人》，见《学界泰斗——名人笔下的蔡元培 蔡元培笔下的名人》，第 6 页。

孔子独尊，但没有对其全盘否定。其据中庸之道择善而从，融合中西、汇通古今之思想特征，成为《新青年》同人一道独特的风景。考察《新青年》同人反传统问题，若不把蔡元培纳入视界，对于廓清《新青年》同人的思想全貌而言，显然会存有相当的缺憾。

1918 年蔡元培（前排中）、陈独秀（前排右二）
参加北京大学文科毕业礼的合影

第九章

在历史语境中审视

回望近代风云，检视传统内涵，细读《新青年》同人思想，其反传统的缘起与渊源、走向与诉求、一同与分歧等思想历程和鲜明独特的精神个性跃然而出。由于它所据的"民主与科学确可代表现代文明之主要趋势"，和"在当时确曾发挥了心灵解放的绝大作用"的无可争辩的历史事实；故而，对后世影响尤深，"即使它们实际上没能被大规模落实，但是这个新标准悬在那里，此后许多人心中不敢质疑它，或认为理想上应该朝它努力迈进"①。或者说，新文化传统已经深入世人的骨髓，当下的思想文化价值观、社会运作方式以及我们的思维习惯，都与九十年前《新青年》确立的新文化传统有关；与此同时，还因为其所提出的诸多问题，多少年过去以后仍未得到完全的解决；因此，相关思考与反思如影随形，从未间断。进入 21 世纪以后，尤其是"儒学"再炽的今天，对于五四新文化运动以及《新青年》同人的反传统的追问更是频仍。如何坚实立论的基础，走出论争的困境，坚持"在历史语境

① 雷天：《纪念〈新青年〉创刊 90 周年访谈录——王汎森、周策纵、陈平原》，《世纪中国》，http://www.cul—studies.com/Article/sixiang/200509/2738.html。

中审视"尤为切要。经上述的历史考察，以下几方面的问题尤为值得今之论者留意。

一 关于时代潮流与时代精神

评价《新青年》同人的反传统，"时代精神"不能淡出。

从《新青年》同人反传统的缘起与渊源来看，它与"变局"发生以来励精图治自强自新的社会潮流一脉相承。《新青年》的反传统是古老中国在西方异质文明的挑战下的必然反应，是近代中华民族救亡图存所进行的社会变革情势发生发展的必然；从某种意义上说，也是辛亥革命的继续与完善。孙中山先生对近代趋势曾畅言，"时代潮流浩浩荡荡，顺我者昌，逆我者亡"，并对由《新青年》推动的新文化运动直接评论道：

> 自北京大学学生发生五四运动以来，一般爱国青年无不以革新思想，为将来革新事业之预备，于是蓬蓬勃勃抒言论，国内各界舆论，一直同唱，各种新出版物为热心青年所举办者，纷纷应时而出，扬花吐艳，各及其致，社会遂蒙绝大之影响。……此种新文化运动，在我国今日诚思想空前之变动，推原其始，不过由于出版界之二觉悟者从事提倡，遂致舆论放大异彩，学潮弥漫全国，人皆激发天良，誓死为爱国之运动。故此种新文化运动，实为最有价值之事。①

---

① 张宝明、王中江主编：《回眸〈新青年〉》（序二），河南文艺出版社1998年版，第3页。

也许上个世纪，我们卷入了太多的"时代潮流"，而且还常常为"潮流"所伤害，所以时至今日，在一些论者眼里"潮流"一词，不再那么"摩登"，也不再那么"光彩"，甚至还有那么一点"鄙夷"。总之"潮流"一词，在当今的语汇中充满了"晦涩"与"调侃"。有论者曾就此专门论述道：

> 不喜欢它那种带有威吓的口吻，况且潮流也不是都趋向光明和进步的。倘使任何一种潮流，不问正和反，是与非，由于害怕"逆之者亡"，就顺着它走；试问：你又如何保持你那不肯曲学阿世的独立人格和自由精神呢？①

显然，可以这么设论，所谓"潮流"一词，历经社会震荡之后，已不再那么单纯，较之以往，有着更为复杂的内涵与色彩，语境变了，语词内涵也随之发生相应的变化。但是无论怎么变化，其最初的"时代或社会发展趋势"之本意应该还在，"时代潮流"的历史含义，似乎并没有消失殆尽，只不过时下更多以"时代精神"概而括之的面貌出现罢了。

关于"时代精神"的立论，当下的学界是肯认有加，且不吝笔墨的。所谓的时代精神，黑格尔曾誉之为"时代最盛开的花朵"，并有经典的详尽阐释：

> 时代精神是一个贯穿所有各个文化部门的特定的本质或性格，它表现它自身在政治里面以及在别的活动里面，把这些方面作为它的不同的成分。它是一个客观状态，这状态的一切部分都结合在它里面，而它的不同的方面无论

---

① 《九十年代反思录》，上海古籍出版社2000年版，第147—148页。

表面看起来是如何地具有多样性和偶然性，并且是如何地互相矛盾，但基本上它决没有包含着任何不一致的成分在内。这个特定的阶段是由一个先行的阶段产生出来的。①

黑格尔的阐释包含了四个方面的内容，即：时代精神是整个时代最绚丽多彩的产物；时代精神是贯穿所有文化部门的本质或性格；时代精神的内涵是丰富的，包含着多样性的统一；当前的时代精神是先行的时代产生出来的。当下论者的阐释则为：

> 时代精神首先是时代的精神，它产生于时代，同时表现时代、反映时代、代表时代。产生于时代意味着时代精神是时代的产物，社会物质生活和特定时代人们的行为实践是其植根的深厚基础和不竭源泉，因此无论具体内容还是表现形式都带有鲜明时代性。时代精神不是无所不包的万宝囊，它处在时代的聚焦点上，只有那些为一个时代、一个社会大多数人所信奉、激动、追求不已的观念或精神，才配得上时代精神之称号，因为只有它们才是真正映现时代、表现时代，也代表时代。②

尽管阐释不尽相同，但有关的基本的内容大致一体，即：它是植根于社会，为人们所信奉所激动所追求的观念与精神；它统摄着时代大多数人的行动、希望、理想、信念、价值观以及追求、痛苦、焦虑和制度，等等。也就是说，若以今之论者极为

---

① ［德］黑格尔著，贺麟、王太庆译：《哲学史讲演录》（1），商务印书馆1957年版，第56页。

② 陈刚：《西方精神史——时代精神的历史演进与社会实践的互动》，江苏人民出版社2000年版，第8页。

强调的时代精神，来度量当年《新青年》同人的反传统，显然，应唤起人们更多的"同情"，而不是一味的"苛评"。

今之论者多角度的设论与考察，无疑具有拓展认识维度的意义。但是正如"真理多走出一步便会成为谬误"，脱离固有的论域，一味穷极"片面"的学理意义，而忽视历史语境因素以及传统固有特征，只会陷入"臆断"，徒添一种"玄想"。从海外新儒的"悍于求变，忍于求安"，"偏激的意见和态度"，"丧失信心"，"重功利，轻理想"，"非孝者无心肝"[①]；到海外学人余英时谓鲁迅"高度的非理性"[②]，林毓生谓五四"全盘化的反传统"[③]，等等。毫无疑义，新儒家及其海外学人的立论极为虔诚，但他们针对五四反传统的"酷评"，或多或少有着重学理与玄想，轻语境与史实的问题。与此同时，大陆学界也开始了反思，有关"封建性"的质疑、"阳儒阴法"说和"理念"再论[④]，等等，皆应运而出。大陆学者的反思固然不完全附和于"外"，至少在关于五四与"文化大革命"的关系的看法上还持有保留意见，但是显然还是深受影响。指出这一点，并不是说有什么不当，相反，它表明了学术思想交流的必要及意义；在某种意义上，它有着纠偏砭弊的作用。试想，若没有今天的种种思想的开放与学术的交流，我们对历史的反思绝对没有如此深入与深刻。

令人颇犯踟蹰的是，曾与林毓生先生有过思想交锋的论者，曾是那么信誓旦旦的"五四"辩护人，在"五四"七十

① 韦政通：《儒家与现代中国》，上海人民出版社1990年版，第187—190页。

② 房向东：《鲁迅：最受诬蔑的人》，上海书店2000年版，第301页。

③ 林毓生：《中国意识的危机》，贵州人民出版社1986年版，第178页。

④ 《九十年代反思录》，第130—139页。

周年之际曾针对林毓生的"五四"论，辩驳道：

> 五四启蒙文化本身正是从救亡图存的要求中诞生的。……把启蒙和救亡看成全然相克是不对的。……我对于有些海外学者否定五四的偏激态度是不能苟同的。我认为，对于七十年前发生的、曾对中国历史起过并还起着巨大影响的这场运动，今天已经到了可以公正地加以再认识和再评价的时候了……我们应该就这一思潮的基本方向和基本精神作出公允的评价。为什么我们对那些新生的力量就那么痛心疾首，而对于那些陈腐的力量就那样委曲求全？我觉得有些新儒家和新儒学第三次复兴的学者在对五四和儒学的评价上就多多少少有些这种畸轻畸重的偏向。……我认为五四没有全盘性的反传统问题，而主要是反儒家的"吃人礼教"。我不否认儒学在传统中的重要地位，但是我不同意文化传统只能定儒家为一尊。……五四的精神自然体现在反传统上。它反对具有强烈封建主义色彩的纲常伦理与吃人礼教，这是它的光辉所在，然而其病亦在是。①

然而，在此之后不久持论者观点却倏然大变，由一个"五四"的"卫道者"，一变为积极的批评者，或质疑者：

> 我认为过去的五四思想史很少涉及"独立之精神，自由之思想"。这句话是陈寅恪在王国维纪念碑铭中提出

---

① 《为"五四"精神一辩》，见林毓生等《五四：多元反思》，三联书店（香港）有限公司1989年版，第1—27页。

来的，很少被人注意，倒是表现五四文化精神的重要方面之一。……倘以"独立精神，自由思想"这方面去衡量五四人物，那么褒扬的标准会有很大的不同，一些被我们教科书或思想史所赞扬的人物，皆难以保持其荣誉和威名于不堕了。……我认为激进情绪是我们今天不应吸取的五四的思维模式或思维方式，因为它趋向极端，破坏力很大。比如，由于反对传统，而主张全盘西化。由于汉字难懂，而要求废除汉字；更激烈者，甚至主张连汉语也一并废掉，索性采用外语。由于反对礼教，而宣扬非孝。由于提倡平民文学，而反对贵族文学。①

如此"骤变"，持论者曾在有关文章中有过说明，即称言："研究杜亚泉之觉悟。"② 杜亚泉，这位当年与陈独秀发生论争的《东方杂志》记者，当年因主张"中西调和"而遭到《新青年》主将的厉声质问，几经交手不得"上风"，因此不得不离开商务馆。虽然时过境迁，"心气已经平和"的时人，对杜亚泉当年持论皆报以"同情"，但，似乎并不意味着"陈独秀"的意义就因此丧失。然而，论者的种种质疑是如此的针锋不让：

　　五四时期，陈独秀曾扬言白话文的问题不许讨论。我是拥护白话文，自己也是用白话文写作的，但我要问："为什么不许讨论？"这难道和五四时期所倡导的学术民主是一致的么？真理不怕辩……陈的强制办法，使白话文

---

① 《九十年代反思录》，第133—149页。
② 《思辨随笔》，上海文艺出版社1994年版，第14—15页。

的推行提早实现了。但这是一方面，另一方面似乎也应考虑一下，学术自由、学术民主的原则的放弃或斫伤，会带来什么后果？①

此处论说，似乎非"心平气和"语。我们不禁要问，论者为什么不去深究"迫"杜离开的原因，为何不一并考察与此相类的《小说月报》的改革，等等。仅凭当下书斋中的"玄想"，不虑当时的语境，置评当年的是非，解构曾经的定见，孰是孰非？

对此，还有两种不同解读：一种意见认为，反思者发生了"转向"，即由一个激烈的启蒙者变成保守主义者；另外一种意见，则认为五四时期不是只有一种陈独秀式的激烈批判方式的启蒙，还有另一种以杜亚泉等人为代表的温和方式的启蒙，即贯通中西、融会新知，既接受现代性，又保存中国文化传统精粹。"反思"到如此层面，实为"一种启蒙的深入，以完成未竟的启蒙事业"，"转向"说辞，"来自日语，多带贬义，指背叛自己的信仰"，如此论说实在是一种"误解"②。

有意思的是，同时台湾的学者韦政通，曾于新儒家鼎沸的70年代，撰著《现代中国儒家的挫折与复兴——中心思想的批判》，其中对《新青年》作过专门系统的考察与评述，其立论较之同时的海外论者温和而持中。尽管如此，二十五年之后，当其再度反思这段历史的时候，则自省道：

---

① 《九十年代反思录》，第 144—145 页。

② 《反思者王元化》，《新民周刊》，http://www.cndsw.cn/Shixue/ShowArticle. asp? ArticleID = 840。

我在 26 年前所写《现代中国儒家的挫折与复兴》的长文中，曾就"儒家传统与民主科学"、"家族主义与个人"、"礼教与法治"、"定于一尊与多元主义"等 4 方面，对《新青年》的反儒家言论加以检讨，并提出一些批评。我说："《新青年》的作者群，在思想上所表现出来的缺点，最严重的是：他们提出民主、科学，可是在他们的思想和性格上，绝具有反民主、反科学的明显倾向。"并指出他们对中西文化讨论态度之独断，主要表现强而有力的情绪，以增进战斗精神，是历史上道统论者对付异端常有的态度，不但引起无谓争端，甚至产生灾害。当年的态度，至今虽然仍觉得在道理上是站得住的。

但当我对"五四"前后的历史场景和当时的国内外情势，有了较多的认识之后，不能不说我对他们所承受的压力和苦心，"同其情"的程度是不够的。在书斋中工作，讲求理性已不容易，何况在国势陵夷、整个民族遭受巨大屈辱之时？在风云变幻的历史中，理性所能起的作用是很少的，否则人类的历史为何总是充满着灾难！美国撰写《改变历史的书》的唐斯博士发现，除开自然科学的书之外，大部分书都有其共同的特性，即那些作者出于不妥协的独立分子、激进派、革命者、宣传家以及具有狂想的人。他们为了直接向千万人倾诉，书中所表达的思想和意见，往往含有高度的感情成分。唐斯的发现，对我们了解《新青年》作者群的言论风格和行为方式，是很有帮助的。①

韦政通的一番论述，显然揭示了时下有关讨论中的问题症

---

① 韦政通：《回眸〈新青年〉》（序二）。

结，也是本书首先着力阐释的"语境"问题。遗憾的是，这一问题，却进入不了一些唯"学理"者的论域。如此情形，抑或是对"学理"一度缺席的逆反与反拨？

在些许问题上做文章，只想申言：对于"历史事件"的持论，应有基本的尺度；换言之，在《新青年》同人反传统问题的置评上，"时代潮流"或"时代精神"应为基本出发点。或者更宽泛地说，涵盖"时代精神"的"语境"因素应纳入考察的视界。事实上，每一场论争都有其动机和理由，都有其针对性，都离不开当时的具体语境。论争每一方的观点是否合理，主要看他总体上是否合当时之理，对当时社会现实的革新、时代潮流的发展，起着怎样的作用。① 《新青年》同人反传统的思想方向毋庸置疑，新儒家之外，即使再激烈的反思者，都不得不有所肯定的表示。余英时道：

> 这是中国近代史上第一次具有明确的方向的思想运动，即所谓民主与科学。今天回顾起来，我们当然不难看出"五四"时代的人物在思想方面的许多不足之处。最重要的是他们对科学与民主的理解都不免于含糊和肤浅。至于他们把民主与科学放在中国文化传统直接对立的地位，那更是不可原谅的大错。当时就中国文化重建的方向而言，民主与科学确代表现代文明的主要趋势。"五四"所揭示的基本方向通过60年的历史经验而益见其绝对的正确。……激烈的态度也是近代西方启蒙运动的一个基本特色。……如果我们把当时的教会和社会上

---

① 吴立昌：《重评基点和论争焦点》，《复旦大学学报》（社会科学版）2003年第6期。

流行的种种黑暗的习俗联系起来看，我们便自然会对这些启蒙思想家的激越情绪产生一种同情的了解。……以彼例此，我们在评价"五四"的时候也必不可由于事过境迁之故而把"五四"的思潮和当时的历史背景完全割裂开来。①

当然，毋庸讳言，我们并不想以"时代精神"抑或"时代潮流"，来遮掩既存问题，是是非非犹如阴晴圆缺一般相依相存，无须回避。但是，若企望立论更贴近历史的律动，远离"罔说"，我们认为引入"学理"的立场固然重要，但是当这种学理与相关的"语境"脱节时，它的立论价值还会增色多少呢？如此问题，不仅直接针对评价《新青年》，也可旁涉其他相关论域与立论。理论是灰色的，生命之树常青。因为我们并非把弄古玩，而是在讨论关涉过去与现在及其未来的"传统"。过去、现在、未来割之不断的深刻联系，决定了人们把握现在与未来，必须对过去有较为清醒的认识。

二 关于"儒者三纲"的渊源与本质

评价《新青年》同人的反传统，当将"儒者三纲"的渊源与本质析论清楚。或者说探索孔子原创思想，不能将其从历史的语境中抽象化。"儒者三纲"最为《新青年》同人所挞伐，故也一再成为众多反思者关注的焦点。相关歧见，主要体现在两个方面。

---

① 余英时：《论士衡史》，第293页。

首先，孔子思想的原创与"儒者三纲"的关系。

有论者一口咬定："2000 年被历代皇帝所推崇的'三纲'，在儒家文化里一没有理论依据，二没有实际依据。'三纲'是董仲舒之术而非孔孟之术。提出'打倒孔家店'的文化批判运动，恰恰是没有分清'董'与'孔'这两个字。提出要'打扫孔家店'……以此路径找回中华元文化。"① 甚至一些在思想界颇有影响的论者也有类似立论："'五四'时期反对旧道德旧伦理，而作为封建伦理观念集中表现的三纲，不是儒家，而是法家提出来的。《韩非子》这部书就是一个明证。今天韩非在大陆仍被视为融法术势为一炉、集法家之大成的人物。……'五四'时期反儒，认为封建王朝是利用儒家来统治人民，所以竭力攻击儒家。可是他们没有看到历代统治者所行的杂王霸政治乃是外儒而内法，儒不过是用来掩盖实际所行的法家残酷之术。"② 还有的论者因立论的急切而陷入自我冲突之中："儒家作为一种伦理哲学，产生君主政治的时代，必然在其体系内容纳入有尊君的内容，其他伦理——宗教体系也难免于此。……且不说孔子、孟子根本没有提到'三纲五常'，就是以'三纲五常'而言，通过当代哲学的重新阐释，也被台湾的自由主义民主派确认为可接合近代伦理精神。"③

其实这一问题属于旧题再论性质。当年对新文化运动持保留意见的北京学生常乃德，已曾就该问题与陈独秀在《新青年》进行了一番理论。

常乃德道：

---

① 《"三纲"是孔孟之道吗》，《学术研究》2003 年第 3 期。
② 《九十年代反思录》，第 136 页。
③ 陈来：《人文主义的视界》，广西教育出版社 1997 年版，第 52—53 页。

再观先生驳康南海书一文，亦有愚见，略陈左右，先生之驳康书是也，独其中有"孔教与帝制有不可离散之因缘"一语，未审所谓孔教云者，指汉、宋儒者以及今之号为孔教孔道诸会所以依傍之孔教云乎？抑指真正孔子之教云乎？（教者教训，非宗教也。）如指其前者，则仆可以无言；如指其后者，则窃以为过矣。

孔子之教，一坏于李斯，再坏于叔孙通，三坏于刘歆，四坏于韩愈。至于唐、宋之交，孔子之真训，遂无几微存于世矣。所可考见者，惟其一生之行迹耳。然亦经伪儒之涂附，而令人迷所选择。孔子一生历于七十二君，岂忠于一主者乎？……其所以扶君权者，以当时诸侯陪臣互争政柄，致成众人专制之象，犹不若一人专制之为愈也。所以尊周室者，以当时收拾时局，在定于一，而周室于理最顺故也。岂忠于周哉？孟子以继孔自命，而独不倡尊周，且大张民权之说，斯可知矣。①

独秀致答：

鄙意以为佛、耶二教，后师所说，虽与原始教主不必尽同，且较为完美繁琐。而根本教义，则与原始教主之说不殊。如佛之无生，耶之一神创造是也。其功罪皆应归之原始教主圣人。后之继者，决非向壁虚造，自无而之有。孔子之道，亦复如是。足下分汉、宋儒者以及今之孔教孔道诸会之孔教，与真正孔子之教为二，且谓孔教为后人所坏。愚今欲所问者：汉、唐以来诸儒，何以不依傍道法

杨、墨，人亦不以道法杨、墨称之？何以独与孔子为缘而复败坏之？

愚于来书所云，发见一最大矛盾之点，即是足下一面既不信孔教与帝制有不可离散之因缘，意谓后人所攻者，皆李、刘、叔孙、韩愈所败坏之孔教，真正孔教非主张帝王专制者也。一面又称孔子扶君权，尚一人专制。

……

今之尊孔者，多丑诋宋儒，犹之足下谓孔教为后人所坏。不知宋儒中朱子学行不在孔子之下，俗人只以尊古而抑之耳。孔门文史，由汉儒传之。孔门伦理道德，由宋儒传之。此事彰著，不可谓诬。谓汉、宋之人独尊儒家，墨法名农，诸家皆废，遂至败坏中国可也，谓汉、宋伪儒败坏孔教则不可也。①

常乃德又言：

先生以为汉、唐诸儒，可以不依托道法杨、墨，而独依托孔子。仆谓此当分两等人观之。如叔孙、刘歆之属，此辈心志，不过假学问为干禄之具，值所师为儒者，或世主好儒，遂因缘以为进身之途耳。是孔道自孔道，此辈自此辈，不足论也。乃若韩愈以及唐、宋诸儒，其必目所期，未尝不以继道统者自命，独惜所得为孔道之一部分而非全体，所见为孔子之雅言而非微言。是故谓唐、宋诸儒所学与孔道之一部分适相吻合可也，谓孔道之一部分与帝制有关亦犹可也，遂谓孔道即与帝制有不可离散之因缘，

---

① 陈独秀：《答常乃德》，《新青年》第 2 卷第 6 号，1917 年 2 月 1 日。

是以分概全，未可为也。①

几经论辩，常氏不得不收回此前关于孔子为后儒所坏之说，不得不正视孔子与专制或帝制渊源深厚的历史联系。

若作进一步考察，我们还会发现，当时的尊孔者，对"儒者三纲"，有着两种不同的态度。一种即谓"常乃德"式，一种则毫不讳言其本为"孔门礼教"。对此，陈独秀在《宪法与孔教》中有专门揭示："今之尊孔者，率分甲乙两派：甲派以三纲五常，为名教之大防，中外古今，莫可逾越，西洋物质文明，固可尊贵，独至孔门礼教，固彼所未逮。此中国特有之文明，不可妄议废弃者也。乙派则以为三纲五常之说，出于纬书，宋儒盛倡之，遂酿成君权万能之末弊，原始孔教，不如是也。"② 对此，独秀的态度极为鲜明，并立论充分不失理据。据史力证先儒后儒一脉相承，直陈"三纲"实质就是"片面之义务，不平等之道德，阶级尊卑之制度"，乃"宗法社会封建时代所同然"③。所以，不应以之为"儒家"之罪，也不必讳言"原始孔教之所无"。但是，因为"今之宪法，无非采欧制，而欧洲法制之精神，无不以平等人权为基础。吾见民国宪法草案百余条，其不与孔子之道相抵触者，盖几希，其将何以并存之"④。故认为"欲建设西洋式之新国家，组织西洋式之新社会，以求适今世之生存，则根本问题，不可不首先输入西洋式社会国家之基础，所谓平等人权之新信仰，对于与此新社会新国家新信仰不可相容之孔教，不可不有彻底之觉悟，猛勇

---

① 《附常乃德书》，《独秀文存》，第651页。
② 陈独秀：《宪法与孔教》，《新青年》第2卷第3号，1916年11月1日。
③ 同上。
④ 同上。

之决心；否则不塞不流，不止不行！"①

其实，先儒后儒之说由来已久。扬雄是有关时儒、"真儒"区分说的第一人，王船山则有"伪儒"、"败类之儒"说，近人更是"真假孔子"文讼不断。指出这一历史现象的学者同时还指出，儒家思想的变异，"是原始儒家思想在历史发展过程中，在思想、政治、社会诸层面所发生的不同甚至背离儒学原意的思想"，相对于原始儒家思想，是"它义"性的。但又认为，儒家思想中的"本义"与"它义"，是"源"与"流"、"常"与"变"和"本"与"末"的关系。或者说："儒学思想的变异，有其内在的根据，它义是在原意的基础上具有某种历史合理性和逻辑性的产物。儒学之所以蜕变为维护专制政体的工具，不能不说原始儒家中尊卑等级观念等宗法因素的东西，是其蜕变的内在根据。同样的，正因为原始儒家中的敬祖、天命观及忠节孝义观念，才和阴阳五行等学说融合，成为维系民心民俗的世俗体系。也正因为原始儒家详于人道而略于天道，长于伦理而疏于哲理的特征，才在与佛道等思想的交锋中，在改变对方的同时，不断的改变自身。"②

《郭店楚墓竹简》，是根据 1993 年 10 月湖北荆门郭店战国墓中所发掘出来的竹简整理出版的。因其填补了儒家学说史上的一段重大空白（即孔孟之间的思想过渡与演变），具有极高的学术价值。"三纲五常"之名词虽不见诸于孔子言论，但相关思想却可在孔子或原始儒学中找到源头。《六德》，作为郭店楚简中儒家文献第 10 种，通篇所论述的都是

---

① 陈独秀：《宪法与孔教》，《新青年》第 2 卷第 3 号，1916 年 11 月 1 日。

② 唐凯麟、曹刚：《重释传统——儒家思想的现代价值评估》，华东师范大学出版社 2000 年版，第 8—9 页。

夫妇、父子、君臣的关系及道德，纲常文化脱胎其中。有关论者指出：

简文认为人类的社会关系中最重要的是夫妇、父子、君臣六种人，称之为"六位"。这六种人各有其不同的职责，称为"六职"。与这六种不同的职责相应的是"六德"，即六种不同的道德要求：圣、智、仁、义、忠、信。具体而言，"义"是对君的要求，"忠"是对臣的要求，"智"是对夫的要求，"信"是对妇的要求，"圣"是对父的要求，"仁"是对子的要求。这"六德"也就是"夫夫，妇妇，父父，子子，君君，臣臣"。……简文又将"六位"归结为三种关系，即"夫妇、父子、君臣"，并规定了相应的道德准则，即夫妇讲辨，父子讲亲，君臣讲义。"六德"因此有了对应的关系，即"圣生仁，智率信，义使忠"。也就是说，所谓"夫夫，妇妇，父父，子子，君君，臣臣"，"父智、妇信，父圣、子仁，君义、臣忠"，固然有对夫、父、君束缚的一面，但还是以妇、子、臣的服从为前提的。简文将夫妇有辨、父子有亲、君臣有义称为"君之所以立身大法三"，将"智信圣仁义忠""六德"视为这三大法的解释，将"夫夫，妇妇，父父，子子，君君，臣臣"视为这三大法的具体体现。后世有"君为臣纲，父为子纲，夫为妻纲"的所谓三纲之说，简文的"圣生仁，智率信，义使忠"说，就是其源头。后世的所谓"五常"，各家理解虽有小异，但从简文"六德"化出的痕迹也很大。所以，后世成为"名教纲常"的"三纲五常"说，在简文里都可以找到其源头，其在思想史上的意义，可谓大矣。①

王国维先生在《古史新证》中提出以"地下之新材料"印证"纸上之材"的"二重证据法"，一直为学者所遵信，业已成为古典重建工作的基本原则。据此察之，任何以"纲常"说，不出自孔子，而来质疑当年《新青年》的反孔非儒，显然是难以成立的。

其次，关于"儒者三纲"的"特殊内容"与"根本精神"或"理念"。

一些反思认为"儒者三纲"有着"特殊内容"与"普遍本质"的两个方面，随着时代的演变，"特殊内容"的一方面，因"不适宜"而遭否定；但其"普遍本质"的一方面，应保持并发扬。《新青年》同人对其不加甄别地否定态度大可质疑。有关论者道：

> 一九二零年，梁启超在《欧游心影录》下篇《中国人之自觉》中说："须知凡一种思想，总是拿它的时代来作背景。我们要学的，是学那思想的根本精神，不是学它派生的条件，因为一落到条件，就没有不受时代支配的。譬如孔子说了许多贵族性的伦理，在今日诚然不适用，却不能因此菲薄孔子。……当时，陈寅恪的王观堂挽词也说到传统理论的现代意义所在，他说："吾中国文化之定义，具于《白虎通》三纲六纪之说，其意义为抽象理想最高之境，犹希腊柏拉图所谓 idea（理念）

① 廖名春：《荆门郭店楚简与先秦儒学》，见《郭店楚简研究》（《中国哲学》第二十辑），第62—63页。

者。"所谓传统伦理中的抽象理想最高之境，即是梁文中所说的排除了时代所赋予的具体条件之后，思想的根本精神，这也就是陈寅恪所谓柏拉图的理念。……根据这一观点，等级制度、君臣关系等等，只是一定时代社会所派生的条件，而不是理念。理念乃是在这些派生的条件中所蕴含的作为民族精神实质的那种"和谐意识"。①

这种将陈寅恪的"三纲六纪"归结为"和谐意识"的说法，已有论者提出质疑；究竟如何解读，更符合立说者的本意，姑且不去深究。但是，我们不妨看看柏拉图的"理念"世界。柏拉图以理念为中心，建立了欧洲哲学史上第一个庞大的唯心主义哲学体系。他认为，我们的感官所感知到的一切事物都是变动不居的，因而都是不真实的；真正实在的东西应该是不动不变的；这种真实的存在就是绝对的永恒存在的概念。但是这种概念并不仅仅是思想的范畴，而是独立存在于事物和人心之外的实在。柏拉图把这种一般概念称之为"理念"。所有的理念构成了一个客观独立存在的世界即理念世界，这是唯一真实的世界。至于我们感官所接触到的具体事物所构成的世界，是不真实的虚幻世界，这样，在柏拉图那里就出现了"真实世界"（理念）与"虚幻世界"（个别事物）。认为理念是原型，个别事物只是"模仿"原型产生的。人们通过感觉只能认识个别事物，不能获得真正的知识；只有通过理智或理性借助于"回忆"，才能认识理念，获得真正的知识。在柏拉图看来，

---

① 郭沂：《从"疑古"走向"正古"——试论中国古典学的发展方向》，《孔子研究》2002年第4期。

灵魂和理性是先于肉体而存在的，而且是不朽的。灵魂在堕入肉体之前，就具有对理念的认识。但是当灵魂投生到人体的时候，因受到肉体的玷污，把原有的理念知识忘记了；以后灵魂借助于个别事物的刺激，通过感觉的诱导，又将忘记了的理念知识回忆起来。

由此看来，柏来图的"理念"论，至少有三个显著的特征，即独立性、原型性和可回忆性。因而也就具有了某种程度的"神圣性"、"根本性"或"规律"的意义。它虽然以"唯一真实"自居，但又承认所谓"虚幻的世界"或个别物，是关于"它"的"模仿"与"回忆"；但又强调人们对"理念"的认识只诉诸主观，即"理智"与"理性"。

显然，将"三纲六纪"抽象为"和谐意识"，并比附于柏拉图的"理念"，有三方面的问题。首先，其得出的相关结论，是通过"认识个别事物"的结果，还是通过"理性"或"理智"借助"回忆"获得的？若是前者，显然不是柏拉图理念精神的忠实信徒；若为后者，则不免陷入柏拉图理论的最弱处。其次，拥立柏拉图理念说，就不应回避"模仿"说，就应该承认"虚幻世界"与"真实世界"的内在联系；因此，人们曾对有关"虚幻世界"的批判，不容小觑。最后，照柏拉图"理念"说，《新青年》所从事的批判，皆在"个别事物"或"虚幻世界"领域，并未涉及所谓"理念"或"真实世界"的层面。如此错层考辨，显然无从对话。当然无以改变"三纲"思想，一以贯之于儒家学说并作用于封建专制社会的历史事实。

显然，有关"儒者三纲"的"特殊内容"与"根本精神"或"理念"说，究竟成立与否，还有待进一步析论与考辨；即使成立，并以此作为新历史语境下批判继承综合创新的新起点，不失为一种积极可鉴的科学态度。

三　关于"同而不同"的历史情状

评价《新青年》同人的反传统，不能不兼及其"同而不同"的历史情状。从《新青年》同人反传统的历史情状上看，"同而不同"尤为鲜明：

其一，在相关立说方面，有着以下诸多的"同而不同"的现象。

首先，倾向趋同，论域不一。对此，《新青年》记者曾强调指出：

> 《新青年》杂志本以荡涤旧污，输入新知为目的。……《新青年》本是自由发表思想的杂志，个人的言论，不必尽同；个人的文笔，亦不能完全一致；则个人所用的句读符号，亦不必定须统一，只要相差不远，大致相同便得。①

前文曾经指出，就《新青年》反传统的总体情形而言，虽然反孔非儒思想贯穿《新青年》之始终，但因其相关思想内容的前后侧重不同，依次分为两个阶段，即 1915 年 9 月至 1917 年 8 月，主要以政治斗争为中心，带有突出的反复辟的性质；1918 年至 1921 年，主要以新旧思潮为论争中心，反对旧的道德礼教。具体而言，前一阶段活跃异常的陈独秀、易白沙、吴虞、

---

① 钱玄同：《陈望道致〈新青年〉诸子信跋》，《新青年》第 6 卷第 1 号，1919 年 1 月 15 日。

胡适等人，或致力于揭露儒者三纲的本质特征，以抨击尊孔复辟之逆流；或致力于揭露孔孟学说与封建宗法制度、家族制度、专制制度三位一体之关系，以抨击传统礼教之恶；或致力于"活"思想，而攻打浸渍陈腐气的"死"文字。后来的钱玄同、刘半农、周氏兄弟等，在声援之中，又分别高声呼唤"废除汉字"、"礼教吃人"、"女子解放"、"子孙本位"、"人的文学"。旧政治、旧道德、旧文化、旧文学，继清末民初之后，一并遭到《新青年》同人的清算；儒学在思想文化领域的统治地位因此而告终结。一时间，《东方杂志》记者、林琴南之辈、《甲寅》老虎总长、《学衡》白璧德的弟子及其"玄学鬼"张君劢等，皆徒叹奈何。

其次，论域一同，持论不一。这一方面，主要体现在除旧布新具体问题的讨论上。诸如在力行文学革命的进程中，《新青年》同人有关传统小说的定评就不全然一致，有关"不摹仿古人"的解读，也有层面不同的领会。尤其要指出的是，有关"废除汉字"的主张，不仅遭到社会的反对，同样也为《新青年》的大多同人所反对。如此情形，之于《新青年》绝不鲜见，并曾因此引起社会的质疑。对此，《新青年》记者阐说道：

> 同人作《新青年》的文章，不过是各本其良心见解，说几句革新铲旧的话；但是个人的大目的虽然相同，而各人所想的手段方法，当然不能一致。所以彼此议论，时有异同，绝不足奇，并无所谓"自相矛盾"。①

---

① 钱玄同：《陈望道致〈新青年〉诸子信跋》，《新青年》第6卷第1号。1919年1月15日。

然而，当年一些曾经出现并遭到《新青年》同人批评的特别之"个见"，却常常被今天的一些论者当做质疑《新青年》的根据而穷究不舍，建立在如此基础上的所谓反思，其说服力又有几何？

再次，持论一同，态度不一。如此情形，在《新青年》同人中尤为显著，并呈两两对举之势，如陈独秀的"不容讨论之余地"、刘半农"村妪似地泼骂"与胡适的"优容与稳健"及其"学理性批判"；同人的"中途的转向"与鲁迅的"韧性地战斗"，等等。需要强调指出的是，陈独秀的"不容讨论"并非一概论之，而是有所指的，如在"文学革命"这样的原则问题上，陈独秀"不容讨论"；于此之外，陈独秀则主张："宁欢迎有意识、有信仰的反对，不欢迎无意识、无信仰的随声附和。"①《新青年》中大量的讨论性质的通信，应足以表明这一点。但是，现在的一些论者，似乎极不情愿对此分辨仔细，似乎深得"不容讨论"的三昧。至于鲁迅的"韧性"，在一些反思者那里，则更难觅得"同情"。

此外，还有持论一同，所据思想资源不一的情形。《新青年》同人无论是在前一阶段反复辟固共和对孔教施与的批判中，还是在倡新文化新道德对礼教的论说中，大多是在西方现代科学与民主精神观照下进行的；然而，也有诸如吴虞以儒家之外的诸子思想和明末异端学说为理据来厉行批判的，也就是通常所说的，"以传统反传统"。如此意义值得注意：它既意味着在《新青年》同人反传统的思想解放声中，非正统的传统文化思想得到重视，其地位也因之得以提高；同时也让所谓"全盘论"说辞，更是捉襟见肘难圆其说。当然，《新青年》的反传统，无

---

① 陈独秀：《本志宣言》，《新青年》第 7 卷第 1 号，1919 年 12 月 1 日。

论是以"西方"反"传统",抑或以"传统"反"传统",其一并大同于"借思想解决问题"之"传统"行为模式。

其二,在相关道德体认方面,《新青年》同人也呈现出"同而不同"的情状。

《新青年》同人的价值取向呈明显双重态势,即:对旧伦理、旧道德,一方面在思想文化领域力行猛烈地批判和自新;一方面在实践生活中则不同程度地因袭或隐忍。

蔡元培1917年1月到北大就职,此前的北大依旧是封建思想、官僚习气十分浓厚的学府。学生则多为官僚和地主子弟,并带听差,常打麻将、吃花酒、捧名角,对读书毫无兴趣。教员中不少人则不学无术,敷衍塞责。对思想自由、学术研究空气的培养与提倡,是蔡先生对北大实施整顿与改革的重要内容。为把学生的精神与爱好引导到学术研究和正当的文娱活动上来,他发起了很多学会。由其发起成立的"进德会",旨在增进个人的道德修养,改变腐败不堪的校风。会员分为三种:

> 甲种会员——不嫖不赌,不娶妾;乙种会员——与前三戒外,加不作官吏、不作议员二戒;丙种会员——于前五戒外,加不饮酒、不吸烟、不食肉三戒。

如此戒律,反映了当时中国知识分子对旧社会上层道德堕落、生活腐朽的不满,对北大部分知识分子个人道德风尚的提高,产生过较好的影响。

陈独秀性格豪放,名士风流余韵不减。其行径,虽在当时不足为奇,但与新派的操行不相容。其在改革北大文科的同时,也注意到自身的改造,为约束自己,曾加入蔡元培所倡导的进德会，作为甲种会员，并被选为进德会评议员。五四时期，北京御用报纸经常以不谨细行，常作狭邪之游攻击之，成为其最终被迫去职北大的诱因。主张"妇女解放"、"男女平等"的老英雄吴虞，平素好作艳体诗，又有冶游狭邪的旧习。进京之后，仍常出入于八大胡同一带的青楼妓院，甚至养了一名叫"娇玉"的姑娘，不仅被"同人"钱玄同谴称为"孔家店的老伙计"，也遭到新青年的攻击和嘲弄，以致名誉扫地。传统文人的"名士"习气，在《新青年》部分同人那里，影响颇大，以至于吴虞在回击社会攻击时，还自以为是，振振有词："若曰'痰迷'，则梁之王凌波，蔡松坡之小凤仙。故彰彰在人耳目。陈独秀、黄季纲诸先生之遗韵正多，足下能一一举而正之乎？袁简斋曰：'士各有志，毋容相强。'不必曰各行其是，各行其非可耳。"①

然而，自谓"少遭纲常之厄"的钱玄同，虽然参加新文化运动，做了打破吃人的"旧礼教"的先锋大将，但却十分的"子臣弟友"，恪尽"本分"。其父年大若祖，督教极严；失怙后，凡事皆须禀命大兄。种种凌杂矛盾的刺激，常令其彷徨终夜。其在《新青年》的文字，比之同人感情冲动，皆为被"旧礼教"拘束得太紧。五四以后，议论渐归平实，但凡见着"遗老遗少"，便切齿痛恨破口大骂，还常嚷要治枚"纲常压迫下的牺牲者"印章。其"喜怒哀乐"虽未必"中节"，但恭兄敬祖没有改变。十数年里，他常访谈"生根"② 师友

① 吴虞：《吴虞先生的来信》，《晨报副刊》1924年5月2日。
② 魏建功：《回忆敬爱的老师钱玄同先生》，《钱玄同印象》，第98页。钱玄同犹好访谈友家，即"早在下午四时，晚或六时，先生提了他的皮包手杖进了各家的客厅（多半是书房），坐下了以后，海阔天空地谈起"，且常常驻足留饭，便将如此情状，自称为"生根"。

处。虽感到"鹅绒"①，但志不另娶。他常谓："《新青年》主张一夫一妻，岂有自己打自己嘴巴之理。""'三纲'者，三条麻绳，缠在我们的头上，祖缠父，父缠子，子缠孙，代代相缠，缠了二千年。'新文化'运动起，大呼'解放'，解放这头上的三条麻绳！我们以后绝对不得再把这三条麻绳缠在孩子们的头上！孩子们也永远不得再缠在下一辈孩子们的头上！可是我们自己头上的麻绳不要解下来，至少'新文化'运动者不要解下来，再至少我自己就永远不会解下来。为什么呢？我若解了下来，反对'新文化'维持'旧礼教'的人就要说我们之所以大呼解放，为的是自私自利，如果藉着提倡'新文化'来自私自利，'新文化'还有什么信用？还有什么效力？还有什么价值？所以我自己拼着牺牲，只救青年，只救孩子！"② 显然，为着明志，玄同选择了"殉道"，多少有些"我不下地狱谁下地狱"的意味与慷慨。胡适类似的境况，则有着更多的"无奈"。鲁迅为拒绝"陆沉"，耗尽了心力和光阴。然而，一些论者却大光其火，责其为"朱安"一生一世的压迫者。《新青年》同人因袭着历史的重担，历经着掘心自食的艰难，求索着民族的自新。这之间，又何尝不是"经世致用"、"匡时济世"传统士人精神的发掘与传承。

其三，在相关背景方面，"同而不同"的情况也颇为突出。

《新青年》重要代表人物之家庭，无论是否官宦、商贾、

---

① 新文学作品中"天鹅绒的悲哀"之省略，也是钱玄同的常语。黎锦熙：《钱玄同先生传》，见高勤丽编《疑古先生——名人笔下的钱玄同 钱玄同笔下的名人》，第34页。

② 黎锦熙：《钱玄同先生传》，见《疑古先生——名人笔下的钱玄同 钱玄同笔下的名人》，第35页。

乡绅，几乎皆沾"书香"之气，而且多有丧父丧母之痛。不同的是，有的饱受祖辈"管教"，有的深恶"父辈"的丑行，有的深得寡母"垂怜"，有的得到长兄如父的关照，有的深谙"家道中落"的苦痛。总之，这是生活在一定"苦难"中的一群，是随着社会权势重心转移而日趋边缘化"士人"的"落难"子弟，对社会的动荡，文化的变迁，世间的凉热，他们有着更为敏感的体察与敏锐的洞见。

特殊的"士人"文化传统，在急剧的社会转型之中，也曾不容抗辩地重荷于他们。重望重压之下，《新青年》同人，大多接受过严格的传统文化的训练，经史子集多有专工，诗词曲赋志怪传奇多有旁涉。若不是科举取缔，他们中科考仕途者定位数不少。实际上，同人中不乏科举经历者。也因了科举的取缔，"学堂"的兴起，《新青年》同人，才得以"子曰诗云"之外，知晓"声光化电"、天演进化、东洋法政和西洋小说，直至留学东瀛与欧美。中西贯通的知资，得天独厚，使他们在东西文化的碰撞中，更多了一份自觉与自信。不同的是，比邻东洋的"鄙薄"，及改良与革命的交锋，复古排满的热炽，还有东方弱小民族的呐喊，孕育了深刻的"忧愤"与"激烈"。崇尚自由的欧美，议会制度、世界意识、实证主义、意象派诗、基督教义，培植了"优容"与"稳健"。尽管他们都认为"他山之石可以攻玉"，而主张"借他人的酒杯，浇心中的块垒"，都曾接受进化的理念，尼采的思想，及民主共和自由平等的观念。但是，他们终究是一群怀揣着"新生"的渴望，背负着传统的"包袱"，分别于东、西洋采集"新知"的新式"士子"，《新青年》同人"同而不同"，直至分道扬镳的深因也在于此。

有关《新青年》"同而不同"，是一种历史的存在，是该同人群体及其反传统所表现出来的显著特征。如果今之论者，在相关问题的考察中，能对此加以更多的关注的话，一定会有更为客观及丰富的内容出现于其视界。至少在本论域中，我们可以清晰意识到这样两个方面：（1）《新青年》同人反传统的思想方向与精神诉求的一致性，与在某些具体意见等方面的差异性，一并存在。（2）传统是历史文化的凝聚与流变，影响与制约历史情境中的任何人，《新青年》的反传统者，也难例外。

四　理性面对"国学热"

评价《新青年》同人的反传统，须理性面对"国学热"。历史的演进不时叫人错愕并感叹。20世纪初围绕着"孔教"入宪的问题，《新青年》同人发起了旨在除旧布新的新文化运动，对据传统文化主干的孔子与儒学进行了充分的揭露与批判，儒学在中国思想文化领域中的统治地位的基本终结，与之有着挥之不去的联系。然而，进入21世纪的今天，"国学"热却以自下而上的形式再度兴盛：从百家讲坛的人头攒动到图书签售的拥堵现场，从孔子标准像发布到孟母学堂的创办，到国学大师开坛、国学短信开通、百名学者组成的"国学博客圈"，到主流媒体讲读《论语》、开国学专栏，全球首次联合举行祭孔大典，国外大学里孔子学院的相继成立，以至提出在基础教育中加入"读经"内容，等等，不一而足。如此现象，既昭示了几经一个世纪艰苦卓绝的努力求索与奋斗，有着灿烂悠久历史的中华文明再度崛起态势；同时也反映了国人亟欲在经济全球化时代的文化构建中建功立业的激情与愿景。

对于当下由民间而精英直至政府协力促兴的"国学热"，

有着这样几种不同的意见：（1）表欢迎支持者认为：国学是国家凝聚力的象征，是民族特性的根本精神的表达，是中华文明之根，为了保持民族文化的主体性、增强民族意识的自觉性、建设现代新文化，就必须重振国学、振兴国学；国学热的价值与意义不仅在于"回到寻找传统文化的价值主体问题"，还有关系到"国家文化安全问题"，今天发展国学教育，不仅是必要的、现实的，而且是迫切的；国学的根本不在乎外延而在乎其内涵之民族精神，民族精神与时代精神不同，每个时代都有其时代精神，而民族精神则一以贯之，是民族的特性所在，也是今天国学研究的重点，反对国学的人，是"去中国化"的人。（2）批评反对者认为：我们当然不否认中华民族传统文化的价值，也明确地反对文化虚无主义；但是，当前的这个"国学热"和"读经"的人们，其根本问题是夸大了本民族传统文化的优越性，而忽视了我国传统文化的保守性。（3）心存疑虑者认为：当前复兴的国学主要指儒学，作为一种价值体系，儒家学说是一种因循保守的封建意识形态，想用儒教这样一种农业社会的精神文化来统摄工业社会、后工业社会的物质文明，用一种缺乏近代民主观念的学说来加速政治民主化的进程，用一种"重道轻器"的轻视科学、贱视商业行为的思想体系来加快"现代化"及"后现代化"建设，恐怕是很不切实际的。（4）持冷静与理性态度者认为：一个国家，在强盛时期和民族衰弱时期，都容易出现民族主义基础上的自大或自负心理。当下的国学热也是在"中国热"的语境中产生的，对国学的态度，应是理性的研究，而不是单纯的追慕。作为传统文化主干的儒学，是根植于封建社会结构形态的，而中国现代社会的结构形态已有本质的不同，我们只能选择改造传统文化来重新建构我们的思想文化。被历史遗弃了的东西是不能复活的，而有生命力的东西不提倡也会存留。研究国学，研究传统，是长期的学术使命，我们应该积极挖掘传统文化的积极元素，古为今用，而不能盲目信古，更不能复古。

诚如论者所指出的那样："要不要借助和如何借助传统的思想文化资源，这才是分歧所在。"① 其实要不要"借助"的问题，不证自明：从理论上言，思想文化的时代性与历时性，决定了传统有其难以与时俱进的不足以道的一面，也有其和着社会律动潜沉延绵不息的一面。从实践中看，儒学在20世纪中饱经沧桑，不仅因近代中国的转型而从几千年的"圣坛"上跌落下来，之后又多次被"权势"者所利用，更遭遇"文化大革命"时期广泛深入的"批林批孔"，等等，已可谓是"体无完肤"并"声名狼藉"。任凭"新儒家"如何动静，儒学气若游丝的命运未加多少改变。不容否认的是，尽管如此，儒家所倡导的人伦准则与道德至上的精神诉求等，仍为民间有意无意间传承与执守，直至新的开放环境和社会转型期的到来，"浮游"于民间的儒家意识，才因各种文化思潮激荡，人的物欲膨胀而在日见遮蔽，民间也因之陷入了更深的精神失落与现实困顿。基于精神寄托与归属感的渴求，自下而上的"国学热"应运而生。再者，从《新青年》同人与传统挥之不去斩之不绝的潜移默化的具体情形看，无论怎样，传统文化的元素总是时隐时现地发挥着或积极或消极的作用与影响。至于"如何借助"的问题，是一个颇为复杂的系统，自然是众说纷纭。国学虽不限于儒学，但是儒学作为中国传统文化的主干，在国学复兴的潮流中仍居首要位置。提倡"国学"，是否需要否定五四新文化运动的大方向的问题，也因此而被提出。

① 刘丹忱：《国学热与国学定位和前瞻》，《社会科学论坛》2008年第1期。

以《新青年》同人反传统为突出表征的五四新文化运动的大方向，与当下的"儒学热"之间，不应构成对立或冲突。如此研判，主要基于以下几个方面的考虑：（1）《新青年》同人的反传统，是针对1915年袁世凯的称帝和1917年"张勋复辟"所作的因应。其批判锋芒由"儒者三纲"而"旧礼教"、"旧道德"、"旧文化"、"旧文学"，前者锋芒所对是充溢其中的封建政治及其思想文化专制的因子，后者所向则为渗透着秩等级别尊卑的封建文化毒素。无论是从其反复辟固共和的现实政治目标看，还是从张科学扬民主的现代精神诉求计，《新青年》同人的反传统皆不失其历史的合法性。当然，其所奉行的"取法乎上得其中"的批判策略，与"毕其功于一役"的躁进，及其多以进化论等西方思想资源为理据，有着所谓"重西方，轻传统"的倾向，以及所谓"激烈"的表现。但是，客观而言，不应否定皆与复杂的相关背景有联系，为社会转型之际新旧交锋激烈的集中表现。（2）当下"国学热"起，与当年的儒学唱衰，有着迥然不同的文化语境。如果说当年儒学的日暮途穷，是因为其与帝制表里相依的僵腐一面所决定的话；那么如今"国学热"复兴，则因其宏富的思想中，潜存着诸多与当下社会发展相谐有益的另一面所决定。总之，现今"国学热"的背景，"已经不是反对新学，而是在社会制度的转轨期，我们所遇到的文化观念体系、思想意识形态与社会经济制度变革的一些问题，如何实现物质存在与社会意识形态的协调发展，是当前国学的大语境。五四时期是要促成现代性的生成，而如今是要协调现代性发展过程中的问题"①。今天的

---

① 李郭倩：《冷静看待"国学热"——王泽龙教授访谈》，《学习月刊》2007年第3期。

传统文化热，是我们社会经济与文化的发展和西方社会对中国经济文化的关注的结果；然而，没有五四新文化运动所开辟的现代性社会发展方向，20 世纪现代化进程的一切，都无从谈起。

最后尚要指出并提请注意的问题是：关于国学的意识形态性与儒学的官学色彩问题。一种意见认为"今天若不带任何政治色彩的谈论国学话，是谈不清楚国学的"①，因为无论是从"国学"词源来看，还是从 20 世纪国学跌宕起伏的历史遭际来看，国学始终与政治脱不了干系。另一种意见则"不认为儒家只是一个政治化的官方的思想，他原来就是民间文化，后来才提升为官学，被官方化了。它的根基在民间，是一个民间的学派"②。如此异见的存在，一方面，通过揭示儒学深厚的民间基础，昭示了其面向未来充满生机的改造空间；另一方面则警醒人们倡扬国学时，取其精华弃其糟粕的针砭立场，应始终持守。或者说，历史的经验教训值得注意，"国学热"中，更应客观理性地具体与历史地把握传统文化精神，师古而不复古，警惕在纠偏过程中再次矫枉过正，在经济全球化时代的文化构建中建功立业的激情与愿景，方能飞扬与达成。

---

① 刘丹忱：《国学热与国学定位和前瞻》，《社会科学论坛》2008 年第 1 期。
② 同上。

参考文献

一　史料文献

《新青年》

《每周评论》

《晨报副刊》

《语丝》

《申报》

丁守和主编：《辛亥革命时期期刊介绍》，人民出版社1982年版。

中共中央马恩列斯著作编译局研究室编：《五四时期报刊介绍》，生活·读书·新知三联书店1959年版。

蔡元培：《蔡元培全集》（1—18），浙江教育出版社1998年版。

蔡元培：《蔡元培学术论著》，团结出版社1998年版。

蔡元培：《蔡元培书话》，浙江人民出版社1998年版。

蔡元培：《蔡元培自述》，河南人民出版社2004年版。

蔡元培：《蔡元培先生言行录》，广西师范大学出版社 2005 年版。

陈独秀：《独秀文存》，安徽人民出版社 1987 年版。

陈独秀：《陈独秀著作选》（1—3），上海人民出版社 1993 年版。

陈独秀：《陈独秀书信集》，新华出版社 1997 年版。

陈独秀：《陈独秀教育论著选》，人民教育出版社 1995 年版。

陈独秀：《陈独秀诗存》，安徽教育出版社 1987 年版。

李大钊：《李大钊文集》（上、下），人民出版社 1984 年版。

李大钊：《李大钊全集》（1—4），河北教育出版社 1999 年版。

李大钊：《李大钊诗文选集》，人民文学出版社 1959 年版。

胡适：《胡适文集》（1—12 卷），北京大学出版社 1998 年版。

胡适：《胡适文集》（1—7 卷），人民文学出版社 1998 年版。

胡适：《胡适精品集》（1—16 卷），光明日报出版社 1998 年版。

胡适：《胡适来往书信集》（上、中、下），中华书局 1979 年版。

胡适：《胡适书信集》（1—3），北京大学出版社 1996 年版。

胡适：《胡适日记全编》（1—8），安徽教育出版社 2001 年版。

胡适：《不思量自难忘：胡适给韦莲司的信》，安徽教育出版社 2001 年版。

胡适：《胡适学术文集·新文化运动》，中华书局 1993 年版。

胡适：《北京大学图书馆藏胡适未刊书信日记》，清华大学出版社 2001 年版。

胡适：《胡适留学日记》，岳麓书社 2000 年版。

胡适：《胡适全集》，安徽教育出版社 2003 年版。

胡适：《胡适口述自传》，唐德刚译，华文出版社 1992 年版。

吴虞：《吴虞文存》，四川人民出版社 1985 年版。

吴虞：《吴虞文录》，黄山书社 2008 年版。

吴虞：《吴虞集》，四川人民出版社 1985 年版。

吴虞：《吴虞日记》，四川人民出版社 1984 年版。

易白沙：《易白沙集》，湖南人民出版社 2008 年版。

钱玄同：《钱玄同文集》（1—6），中国人民大学出版社 2000 年版。

钱玄同：《钱玄同日记》（1—12），福建教育出版社 2002 年版。

钱玄同：《钱玄同五四时期言论集》，东方出版中心 1998 年版。

刘半农：《半农杂文》，河北教育出版社 1995 年版。

刘半农：《刘半农文选》，人民文学出版社 1986 年版。

刘半农：《刘半农代表作》，华夏出版社 1997 年版。

刘半农：《刘半农作品精选》，广西师范大学出版社 1995 年版。

刘半农：《初期白话诗稿》，书目文献出版社 1984 年版。

刘半农：《刘半农书话》，上海人民出版社 2002 年版。

鲁迅：《鲁迅全集》（1—16），人民文学出版社 1993 年版。

鲁迅：《鲁迅全集》（1—18），人民文学出版社 2005 年版。

周作人：《周作人自选集》（1—36），河北教育出版社 2002 年版。

周作人：《周作人日记》（1—3），大象出版社 1996 年版。

周作人：《周作人集外集》，海南国际新闻出版中心 1995 年版。

周作人：《周作人晚年书信》，真文化出版公司（香港）1997 年版。

周作人：《知堂回想录》（上、下），河北教育出版社 2002 年版。

周作人：《知堂文集》，河北教育出版社 2002 年版。

北京大学校史办编辑：《北京大学史料》（1912—1936），北京大学出版社 2003 年版。

陈崧主编：《五四前后东西文化运动问题论战文选》，中国社会科学出版社 1985 年版。

张宝明、王中江主编：《回眸〈新青年〉》，河南文艺出版社 1998 年版。

高平叔：《蔡元培年谱》，中华书局 1980 年版。

高平叔：《蔡元培年谱长编》，人民教育出版社 1996 年版。

唐宝林、林茂生：《陈独秀年谱》，上海人民出版社 1988 年版。

胡颂平：《胡适之先生年谱长编初稿》（1—10）（校订

版），联经出版事业公司（台北）1990年版。

胡颂平：《胡适之先生晚年谈话录》，新星出版社2006年版。

季维龙：《胡适著译系年目录》，安徽教育出版社1995年版。

耿云志：《胡适年谱》，四川人民出版社1989年版。

北京大学图书馆、北京大学李大钊研究会编：《李大钊史事宗录》，北京大学出版社1989年版。

李权兴等：《李大钊研究辞典》，红旗出版社1994年版。

张静如：《李大钊生平史料编年》，上海人民出版社1984年版。

李星华：《回忆我的父亲李大钊》，上海文艺出版社1981年版。

曹敬述：《钱玄同年谱》，齐鲁书社1986年版。

沈永宝编：《钱玄同印象》，学林出版社1997年版。

鲍晶：《刘半农研究资料》，天津人民出版社1985年版。

刘小惠：《父亲刘半农》，浙江人民出版社2000年版。

鲁迅博物馆鲁迅研究室：《鲁迅年谱》（1—4）（增订本），人民文学出版社2000年版。

周海婴：《我与鲁迅七十年》，南海出版公司2001年版。

张菊香等编：《周作人年谱》（1885—1967），天津人民出版社2000年版。

李玉刚编：《吴虞　易白沙——五四风云人物文萃》，人民日报出版社1999年版。

万仕国：《刘师培年谱》，广陵书社2003年版。

冯友兰：《冯友兰自述》，中国人民大学出版社2004年版。

汪原放：《回忆亚东图书馆》，学林出版社1983年版。

顾颉刚：《古史辨》（1），上海古籍出版社1982年版。

袁进编：《学界泰斗——名人笔下的蔡元培　蔡元培笔下的名人》，东方出版中心1999年版。

高勤丽编：《疑古先生——名人笔下的钱玄同　钱玄同笔下的名人》，东方出版中心1999年版。

二　研究著述

任建树：《陈独秀传》，上海人民出版社1989年版。

王观泉：《被缚的普罗米修斯：陈独秀传》，业强出版社（台北）1996年版。

沈寂主编：《陈独秀研究》（一），东方出版社1999年版。

沈寂主编：《陈独秀研究》（二），东方出版社2004年版。

朱成甲：《李大钊早期思想与近代中国》，人民出版社1999年版。

张晓唯：《蔡元培与胡适（1917—1937）——中国文人与自由主义》，中国人民大学出版社2003年版。

周天度：《蔡元培传》，人民出版社1984年版。

梁柱：《蔡元培与北京大学》，北京大学出版社1996年版。

蔡元培研究会：《蔡元培纪念集》，浙江教育出版社1998年版。

张晓维：《蔡元培评传》，百花洲文艺出版社1993年版。

张乐天、檀传宝：《蔡元培传》，团结出版社1998年版。

萧夏林编：《为了忘却的纪念——北大校长蔡元培》，经济日报出版社 1998 年版。

　　章清：《胡适评传》，百花洲文艺出版社 1997 年版。

　　章清：《"胡适派学人群"与现代中国自由主义》，上海古籍出版社 2004 年版。

　　易竹贤：《胡适传》，湖北人民出版社 2005 年版。

　　胡明：《胡适传论》，人民文学出版社 1996 年版。

　　沈卫威：《自由守望》，上海文艺出版社 1997 年版。

　　耿云志：《胡适新论》，湖南出版社 1996 年版。

　　欧阳哲生主编：《解析胡适》，社会科学文献出版社 2000 年版。

　　罗志田：《再造文明的尝试——胡适传（1891—1929）》，中华书局 2006 年版。

　　邵健：《瞧，这个人：个人日记、书信、年谱中的胡适（1891—1927）》，广西师范大学出版社 2007 年版。

　　韩石山：《少不读鲁迅　老不读胡适》，中国友谊出版公司 2005 年版。

　　周维强：《扫雪斋主人——钱玄同传》，浙江人民出版社 2003 年版。

　　吴锐：《钱玄同评传》，百花洲文艺出版社 1996 年版。

　　李可亭：《钱玄同传》，河南大学出版社 2002 年版。

　　徐瑞岳：《刘半农评传》，天津人民出版社 1990 年版。

　　林贤治：《人间鲁迅》，安徽教育出版社 2005 年版。

　　王锡荣：《鲁迅生平疑案》，上海辞书出版社 2002 年版。

　　王富仁：《中国文化的守夜人：鲁迅》，人民文学出版社 2002 年版。

　　倪炎墨、陈九英：《鲁迅与许广平》，上海书店 2001 年版。

朱正：《鲁迅回忆录正误》，浙江人民出版社1999年版。

曹聚仁：《鲁迅评传》，东方出版中心1999年版。

乐黛云：《国外鲁迅研究论集》，北京大学出版社1981年版。

孙郁：《鲁迅与周作人》，河北人民出版社1998年版。

舒芜：《周作人的功过是非》，辽宁教育出版社2000年版。

钱理群：《周作人传》，十月文艺出版社2002年版。

吴中杰：《吴中杰评点鲁迅杂文》，复旦大学出版社2000年版。

孙郁：《鲁迅与胡适——影响20世纪中国文化的两位智慧者》，辽宁人民出版社2000年版。

钱理群：《话说周氏兄弟——北大演讲录》，山东画报出版社1999年版。

汪晖：《反抗绝望——鲁迅及其文学世界》，河北教育出版社2000年版。

王晓明：《无法直面的人生——鲁迅传》，上海文艺出版社1993年版。

房向东：《鲁迅：最受诬蔑的人》，上海书店2000年版。

钱理群：《周作人研究二十一讲》，中华书局2004年版。

程光炜：《周作人评说八十年》，中国华侨出版社2005年版。

彭明：《五四运动》，人民出版社1984年版。

陈平原：《触摸历史与进入五四》，北京大学出版社2005年版。

张耀杰：《历史背后——政学两界的人和事》，广西师范大学出版社2006年版。

张耀杰：《北大教授——政学两界的人和事》，文汇出版社2008年版。

叶曙明：《重返五四现场——1919一个国家的青春记忆》，中国友谊出版公司2009年版。

杨念群：《"五四"就是周年祭——一个"问题史"的回溯与反思》，世界图书出版公司2009年版。

董德福、史云波：《回首五四：百年中国思潮和人物》，人民出版社2008年版。

林贤治：《五四之魂——中国知识分子精神史》，广西师范大学出版社2008年版。

欧阳哲生：《新文化的传统——五四人物与思想研究》，广东人民出版社2004年版。

沈卫威：《回眸"学衡派"——文化保守主义的现代命运》，人民文学出版社1999年版。

孙尚扬、郭兰芳主编：《国故新知论——学衡派文化论著辑要》，中国广播电视出版社1995年版。

郝斌、欧阳哲生主编：《五四运动与二十世纪的中国》，社会科学文献出版社2001年版。

陈万雄：《五四新文化的源流》，生活·读书·新知三联书店1997年版。

张宝明：《多维视野下的〈新青年〉研究》，商务印书馆2007年版。

张宝明：《现代性的流变——〈新青年〉个人、社会与国家关系聚焦》，社会科学文献出版社2005年版。

张宝明：《启蒙与革命——"五四"激进派的两难》，学林出版社1998年版。

庄森：《飞扬跋扈为谁雄——作为文学社团的新青年社研

究》，东方出版中心 2006 年版。

王瑶：《中国文学研究现代化进程》，北京大学出版社 1998 年版。

陈思和：《新文学传统与当代立场》，学林出版社 1999 年版。

吴立昌：《文学的消解与反消解——中国现代文学派别论争史论》，复旦大学出版社 2004 年版。

严家炎主编：《二十世纪中国小说理论资料》，北京大学出版社 1997 年版。

范伯群：《中国近现代通俗文学史》，江苏教育出版社 2000 年版。

周昌龙：《新思潮与传统：五四思想史论集》，百花洲文艺出版社 2004 年版。

朱德发：《中国五四文学史》，上海文艺出版社 1986 年版。

刘炎生：《中国现代文学论争史》，广东人民出版社 1999 年版。

高旭：《二十世纪的中国：学术与社会》，山东人民出版社 2001 年版。

郑家建：《中国文学现代性起源的语境》，上海书店 2002 年版。

陈安湖主编：《中国文学社团流派史》，华中师范大学出版社 1997 年版。

朱寿桐：《中国现代社团文学史论》，人民文学出版社 2004 年版。

陈明远：《文化人的经济生活》，文汇出版社 2005 年版。

王晓明：《二十世纪中国文学史论》，东方出版中心 1997

年版。

龚书铎：《中国近代文化概说》，中华书局 1997 年版。

甘霖：《变局——前 11 世纪以来至 21 世纪中国区域发展与社会变迁》，上海人民出版社 1999 年版。

罗志田：《权势转移——近代中国的思想、社会与学术》，湖北人民出版社 1999 年版。

陈旭麓：《近代中国社会的新陈代谢》，上海人民出版社 1992 年版。

桑兵：《晚清民国的国学研究》，上海古籍出版社 2001 年版。

郑师渠：《晚清国粹派思想文化研究》，北京师范大学出版社 1997 年版。

罗福惠：《辛亥时期的精英文化研究》，华中师范大学出版社 2001 年版。

王先明：《近代绅士——一个封建阶层的历史命运》，天津人民出版社 1997 年版。

林甘泉编：《孔子与 20 世纪中国》，中国社会科学出版社 2008 年版。

宋志明、刘成有：《批孔与释孔——儒学的现代走向》，华东师范大学出版社 2004 年版。

宋仲福、赵吉惠、裴大洋：《儒学在现代中国》，中州古籍出版社 1991 年版。

庞朴主编：《中国儒学》，东方出版中心 1997 年版。

杨朝明：《儒家文化面面观》，齐鲁书社 2000 年版。

崔大华：《儒学引论》，人民出版社 2001 年版。

蔡尚思：《孔子思想体系》，上海人民出版社 1982 年版。

蔡尚思：《十家论孔》，上海人民出版社 2006 年版。

蔡尚思：《中国传统思想总批判》，上海古籍出版社2006年版。

蔡尚思：《中国礼教思想史》，上海古籍出版社2006年版。

钱穆：《国学概论》，商务印书馆1997年版。

刘梦溪：《论国学》，上海人民出版社2008年版。

《郭店楚简研究》（《中国哲学》第二十辑），辽宁教育出版社2000年版。

唐凯麟、曹刚：《重释传统——儒家思想的现代价值评估》，华东师范大学出版社2000年版。

张立文等：《传统文化与现代化》，中国人民大学出版社1987年版。

朱维铮：《壶里春秋》，上海文艺出版社2002年版。

朱维铮：《中国经学史十讲》，复旦大学出版社2002年版。

路祥生：《中国近代三百年疑古思潮》，上海人民出版社1997年版。

李振纲：《文化忧思录——中国文化的历史走向》，河北人民出版社2000年版。

丁守和主编：《中国近代启蒙主义思潮》，社科文献出版社1999年版。

张岂之、陈国庆：《近代伦理思想的变迁》，中华书局2000年版。

刘梦溪：《传统的误读》，河北教育出版社1996年版。

王元化：《九十年代反思录》，上海古籍出版社2000年版。

陈来：《人文主义的视界》，广西教育出版社1997年版。

陈来：《古代宗教与伦理——儒家思想的根源》，生活·读书·新知三联书店1996年版。

郭湛波：《近五十年中国思想史》，山东人民出版社1997年版。

许纪霖编：《二十一世纪中国思想史论》，东方出版中心2002年版。

姜义华：《理性缺位的启蒙》，上海三联书店2000年版。

林大中主编：《九十年代文存（1990—2000）》，中国社会科学出版社2000年版。

陈刚：《西方精神史——时代精神的历史演进与社会实践活动》，江苏人民出版社2000年版。

蒋梦麟：《西潮·新潮》，岳麓书社2000年版。

辜鸿铭：《中国人的精神》，古吴轩出版社2009年版。

马嘶：《百年冷暖：20世纪中国知识分子生活状况》，北京图书馆出版社2003年版。

王汎森：《中国近代思想与学术谱系》，河北教育出版社2001年版。

韦政通：《儒家与现代中国》，上海人民出版社1990年版。

李孝悌：《清末的下层社会启蒙运动：1901—1911》，河北教育出版社2001年版。

马克思、恩格斯：《马克思恩格斯选集》，人民出版社1995年版。

哈佛燕京学社：《启蒙的反思》，江苏人民出版社2007年版。

哈佛燕京学社：《儒家传统与启蒙心态》，江苏人民出版社2005年版。

［美］周明之：《胡适与中国现代知识分子的选择》，广西师范大学出版社 2005 年版。

［美］周质平：《胡适与鲁迅》，三民书局股份有限公司（台北）1988 年版。

［美］唐德刚：《胡适杂忆》，广西师范大学出版社 1999 年版。

［美］周策纵：《五四运动史》，岳麓书社 1999 年版。

［美］夏济安：《夏济安选集》，辽宁教育出版社 2001 年版。

［美］李欧梵：《铁屋中的呐喊》，岳麓书社 1999 年版。

［美］李欧梵：《现代性追求》，生活·读书·新知三联书店 2000 年版。

［美］林毓生：《中国意识的危机》，贵州人民出版社 1986 年版。

［美］林毓生：《中国传统的创造性转化》，生活·读书·新知三联书店 1996 年版。

［美］林毓生等：《五四：多元反思》，三联书店香港有限公司 1989 年版。

［美］杜维明：《现代精神与儒家传统》，生活·读书·新知三联书店 1997 年版。

［美］张灏：《幽暗意识与民族传统》，新星出版社 2006 年版。

［美］余英时：《重寻胡适历程：胡适生平与思想再认识》，广西师范大学出版社 2004 年版。

［美］余英时：《中国知识人之史的考察》，广西师范大学出版社 2004 年版。

［美］余英时：《中国思想传统的现代诠释》，江苏人民出

版社 1998 年版。

[美] 舒衡哲:《张申府访谈录》,北京图书馆出版 2001 年版。

[美] 舒衡哲:《中国启蒙运动——知识分子与五四遗产》,新星出版社 2007 年版。

[美] 费正清编:《剑桥中国晚清史》,中国社会科学出版社 1985 年版。

[美] 费正清编:《剑桥中国民国史》,中国社会科学出版社 1993 年版。

[美] 亨廷顿:《变迁社会中的政治秩序》,生活·读书·新知三联书店 1989 年版。

[美] 明恩溥:《中国人的素质》,学林出版社 2002 年版。

[美] 格尔德:《胡适与中国:文艺复兴——中国革命中的自由主义 (1917—1937)》,江苏人民出版社 1989 年版。

[美] 列文森:《儒教中国及其现代命运》,中国社会科学出版社 2000 年版。

[日] 佐藤慎一:《近代中国知识分子与文明》,江苏人民出版社 2008 年版。

[日] 丸山升:《鲁迅·革命·历史:丸山升现代中国文学论集》,北京大学出版社 2005 年版。

[英] 阿克顿:《自由史论》,译林出版社 2001 年版。

[英] 埃德蒙·柏克:《自由与传统》,商务印书馆 2001 年版。

后　记

　　《新青年》是一集思想文艺于一体的综合性期刊，它深渍着民初觉醒了的知识分子的忧患与期望，挟近代西方"民主"、"科学"文明之风，对阻碍进步束缚思想摧残个性的旧势力旧制度旧文化予以了猛烈的抨击，在中国现代思想文化史上占有极为重要的地位。它曾是五四新文化运动的"旗帜"与"阵地"，更是新文学得以催生的"园圃"与"温床"；并曾为上海共产小组的机关刊物，为马克思主义在中国的传播和中国共产党在中国的建立贡献卓著。它一度将各路新学精英引领一处，共同揭开了 20 世纪中国新文化新文学运动的序幕。也许正因为它承载着如此厚重而繁杂的历史内容，所以长期以来，一直为世人所关注。一方面，尽管世事起伏跌宕不定，然其追寻者始终不离不弃；另一方面，其虽刊行七年，却被质询至今：从当时的《东方杂志》记者杜亚泉、古文家林琴南、《学衡》梅光迪、《甲寅》章士钊，到稍后的新儒家以及后来的海外学者等。不仅如此，随着新时期的到来，从意识形态的桎梏中解脱出来的学界，秉持求实求真的治学精神，对《新青年》的探究更为具体与深入，并取得诸多相应的研究成果。但是，一些曾对《新青年》方向极为肯定与执著的大陆学者，似乎也有不同以往的声音发出。显然，随着文明的演进和社会的发展，人们对东西文化各自优长劣短、交互作用及其影响等问题的认识也大有拓进；故对《新青年》所揭橥的丰富而深刻的历史内容，也会有诸多新的考察视角与诠释；当然，也会由此引发诸多"似曾相识"问题的再讨论。笔者旧刊重读，旧题再作缘起于此。

学研的路途崎岖幽深，千虑一得之刻尤为珍视并快乐。

感谢导师吴立昌先生！本书是博士学位论文的增修，前后几近十个年头，得到导师一如既往的关怀与支持；导师的为学令人印象深刻，导师的为文为人让人感佩敬仰。感谢张德林先生、王铁仙先生、王文英先生、许道明先生、唐金海先生！作为当年答辩组专家成员，他们的真知灼见，为如今书稿的拟就奠定了基础。这里尤要对英年不幸逝去的许道明先生致以深深的谢忱与敬意！当年的充分肯定与不经意间流露出的感叹（全球化语境下如此学研之路会比较难行），何尝不是一种鞭策。感谢章清先生！中国近代思想文化专题课堂，让人们对充满思想张力的海内外学术前沿有了及时的发现与认知。感谢同行专家学者，他们的建树，惠人良多！最后，感谢一直支持并关爱着我的至爱亲朋！

何玲华

2009 年 6 月于浙工新村